Simone Meier • Kuss

AF202881

Simone Meier
Kuss

Roman

KEIN & ABER

POCKET

Ebenfalls von Simone Meier:
Fleisch

Alle Rechte vorbehalten
Copyright © 2019/2020 by Kein & Aber AG Zürich – Berlin
Coverbild: Natalie Jeffcott
Satz: Dörlemann Satz, Lemförde
Druck und Bindung: CPI books GmbH, Leck
ISBN 978-3-0369-6104-0
Auch als eBook erhältlich

www.keinundaber.ch

Toi
Toujours toi
Rien que toi
Partout toi

Edith Piaf, »Je t'ai dans la peau«

1

Er starrte auf die Wand der Toilette. Sie war von einem appetitlichen Honig-Vanille-Gelb, und die Größe der einzelnen Kacheln erinnerte an quadratisch geschnittene Karamellbonbons. Bei einer Institutsfeier war er derart betrunken gewesen, dass er daran geleckt hatte, er erinnerte sich an den ätzenden Hauch von Putzmittel auf der Zunge. Jetzt war er nicht betrunken, nur erschöpft. Nicht zuletzt von der Frage, die sich seit Tagen in seinem Kopf festgekrallt hatte: Verwandelte sich etwa jede Hausfrau früher oder später aus Frust in eine perfektionistische Furie? Oder hatte er bloß zu viel schlechtes Fernsehen geschaut?

Yann und Gerda liebten Sendungen mit Auswanderern oder Hausfrauen. Sie liebten es, Menschen dabei zuzuschauen, wie sie ohne Geld, Sprachkenntnisse oder irgendeine andere Fähigkeit alles aufgaben, nur weil sie zu sehr träumten. Von einem Strand, einer eigenen Bar, endlich mehr Zeit, endlich neuen Tattoos. Meist war Mallorca ihr Ziel. Und nach ein paar Monaten mussten sie verschuldet, desillusioniert und tätowiert zurück in eine alte Heimat ohne weiteren Ausweg. Trotzdem hatten sie etwas gewagt. Wenn auch das Falsche.

Die Welt der Fernseh-Hausfrauen war traumlos und schlicht. Sie unterstützten ihre Töchter bei der Wahl des Hochzeitskleides oder verausgabten sich im Wettbewerb um die schönste Torte. Sie waren unausgefüllte Bestien der Biederkeit und entschädigten sich mit maßloser Pedanterie. Gerda war eine Hausfrau. Yann fragte sich, ob er daran schuld war. Ob er seine Unterschrift zu voreilig unter den Mietvertrag für das Haus gesetzt hatte. Ob er Gerda ins Hausfrauendasein hineingetrieben hatte. Schnell drückte er die Toilettenspülung und versuchte, die Frage zu entsorgen. Aber konnte man eine Frau, die nichts anderes tat, als sich mit dem eigenen Haus zu beschäftigen, etwa nicht als Hausfrau bezeichnen? Und wie kam er auf die Idee, Gerda sei frustriert? Vielleicht war sie ja glücklich.

Ihm war, als würden seine Gedanken Lärm machen. Sich durch die Tür der Toilette fräsen und kreischend in dem gelb gekachelten Raum kreisen. Sich im ganzen Institut verbreiten, bis alle wüssten: Yanns Frau macht keinen unbezahlten Urlaub, wie sie behauptet, Yanns Frau ist in Wirklichkeit arbeitslos, und weil sie für den Arbeitsmarkt nicht taugt, ist sie jetzt eben Hausfrau. Yanns Frau macht nichts, als seine Socken zu waschen, für ihn zu kochen, das Haus zu putzen, seinen Abfall und ihre Wünsche zu beseitigen. In Ermangelung von Sinnvollerem. Hoffentlich wird sie bald schwanger, würden sich seine Institutskollegen denken, dann hätte sie wenigstens ein Kind. Dann könnte sie sich wenigstens als Mutter und Hausfrau bezeichnen.

Und wenn sie es schon jetzt dachten? Egal. Er liebte Gerda. Keinen Tag hatte er in den drei Jahren ihrer Beziehung daran gezweifelt. Sie war noch immer die bezauberndste Frau, die sich jemals in sein Leben verirrt hatte, ein Rätsel, doch ein lichtes Rätsel, nicht ganz durchschaubar, aber grundsätzlich von dieser sonnigen Unbeschwertheit, die junge Floristinnen oder Cafébesitzerinnen in romantischen Filmen ausstrahlten. Er war überzeugt, dass ihre Erwerbslosigkeit bald vorübergehen würde, weil er sie für geschickt hielt, für kompetent, wenn er eine entsprechende Stelle zu vergeben hätte, Gerda würde sie bekommen. Und obwohl sie schon ohne Job gewesen war, als sie im Sommer aus der Innenstadt in das Haus am Stadtrand gezogen waren, hatte er daran geglaubt, dass ihr Glück nun wachsen könne. Ein Glück so groß wie ein Haus, hatte er sich vorgestellt, dabei hatte das Haus genauso viele Quadratmeter wie seine alte Wohnung, nämlich zweiundachtzig. Auf zwei Stockwerke verteilt. Ein süßes kleines Haus, das letzte in einer von zwölf Reihen mit je acht Häusern. Eins von sechsundneunzig Häusern also.

Wer zu Geld gekommen war, kaufte sich jetzt eins dieser alten Arbeiterhäuser, man konnte sich darin eins fühlen mit den Familien, die früher hier gewohnt hatten, den Fabrikarbeitern aus Italien, deren Kinder die Gärten und die gelben Kieswege belebt und mit Holzreifen und Bällen gespielt hatten. Jedenfalls stellte Yann sich dies gerne vor, denn das taten Arbeiterkinder doch immer auf alten Fotos. So ein Haus war eine Oase, nicht nur, weil das Grün und der Fluss nahe lagen, sondern auch eine Oase der Erinnerung an eine Zeit voller Genügsamkeit und Bescheidenheit. Die neuen

Hausbesitzer richteten ihre Küchen mit handgefertigten Kacheln aus Portugal und Küchenzeilen aus England ein, und in den Gärten entstanden riesige Plateaus aus Echtholzbalken, schließlich konnte man einen dänischen Designerstuhl nicht einfach ins Gras stellen. In Gemüserabatten, die von Gartenarchitekten angelegt wurden, wuchsen ausschließlich vom Aussterben bedrohte Tomaten, weißbäuchige Auberginen und winzige, aromatische Kartoffeln, die aussahen wie altmodische Kommas.

Gerdas Komma-Kartoffeln würden gewiss die schönsten, obwohl sie das Beet selbst ausgesteckt und keine Ahnung von der gartentechnisch so unverzichtbaren Grundlagenforschung zur optimalen Sonneneinstrahlung hatte. Gerda war die virtuoseste Hausfrau, die er kannte. Als er am Morgen zur Arbeit aufgebrochen war, hatte sie im Wohnzimmer vor einer Ecke gestanden und gesagt: »Das ist ja nicht zum Aushalten!«

»Wie, nicht zum Aushalten?«, hatte er gefragt. »So Feng-Shui-mäßig?«

»Das vielleicht auch, aber die Raumproportionen stimmen nicht, da muss irgendwas hin, und zwar exakt auf dieser Höhe.« Sie zog mit ihrer Handkannte eine Linie von ihrem Schlüsselbein zur Wand.

»Ist das nicht zu tief für ein Bild?«

»Davon verstehst du nichts, geh Geld machen.«

Wenn er am Abend nach Hause kam, würde sich der Raum kaum wahrnehmbar verändert haben, sie hätte eine Wand leicht anders gestrichen, etwas aufgehängt, einen Tapetenstreifen geklebt, alles wäre stimmiger, anmutiger, aufregender. Und ohne es zu wollen, dachte er: Das also war es, was Großvater früher meinte, als er vom Feierabend schwärmte. Vom Heimkommen.

Trotzdem hätte er zu gern gewusst, was in ihr vorging, wenn sie sich stur vor eine Wand stellte oder wenn ihr über einem seiner vielen kleinen Häufchen – aus Zeitungsartikeln, Büchern, Sitzungspapieren – fast die Tränen kamen. Ob das vielleicht der Anfang einer Depression war? Er ließ sie dann lieber in Ruhe, sie dekorierte die Wand, verschob das Häufchen und wurde wieder zur normalen Gerda, die im Haus so viel Beschäftigung fand, dass sie sich keine Sorgen über ihre Lage machte. Wobei die Lage ja gar keine war. Er verdiente genug, und das Haus schien Gerdas Berufung zu sein. Es war bloß kein Modell, das man jetzt, nach rund einem Fünftel des einundzwanzigsten Jahrhunderts, noch zu vertreten wagte.

Er erinnerte sich sehr gut: Ein uralter Onkel hatte seiner Schwester zu ihrem achten Geburtstag einen Schal mit Ponys drauf geschenkt, die Schwester hatte sich gefreut und den Schal auseinander- und wieder zusammengefaltet, immer wieder, und der Onkel hatte gesagt: »Man muss den Weibern einfach was zum Aufräumen geben, damit sie zufrieden sind.«

Er hatte sich für den Onkel geschämt und sich neben seine Schwester gekniet und mit ihr den Schal minutenlang auf- und zugefaltet. Aber was, wenn der Onkel recht hatte? Nicht richtig recht natürlich, aber in Spurenelementen?

Yann war ein guter Mann, das nahm er für sich in Anspruch. Er war monogam, auch im Kopf, hatte ein gutes

Verhältnis zu seinen Eltern, bezahlte noch immer Kirchensteuer, um seiner Familie einen Gefallen zu tun, und unterstützte die Frauenquote. Er aß am liebsten Gerichte aus Ländern, die an Meere grenzten, schaute gerne skandinavische Serien und mochte alle Bücher von Haruki Murakami. Ikea fand er gut wegen der witzigen Werbung, H & M dagegen schlecht wegen der sexistischen Kampagnen und der Kinderarbeit. Trotz der gefährdeten Vögel befürwortete er die Windenergie. Die Vögel mussten sich eben wie jedes Lebewesen an die Windräder gewöhnen, die waren ja nicht dumm. Der Fortschritt kam schließlich auch ihnen zugute. Als Sohn eines Eisenwarenhändlers unterstützte er den Einzelhandel und das Handwerk. Er bewunderte Bauern und Bauarbeiter, aber nicht in einem konservativen Sinn. Viele dachten ähnlich wie er.

Yann war achtunddreißig. Er fühlte sich grundsätzlich unschuldig. Irgendwann wollte er Kinder. Doch diese Entscheidung würde am Ende nicht bei ihm liegen, sondern bei Gerda. Ein wenig hoffte er, dass sie den aktuellen Zeitpunkt für günstig hielt. Er wollte kein alter Vater werden. Aber wenn sie sich lieber in ihrem Job verwirklichte, würde er ihr nicht im Weg stehen. Falls sie denn wieder einen Job finden würde. Woran er nicht zweifelte. Die Notlüge mit Gerdas unbezahltem Urlaub war seinen Arbeitskolleginnen und -kollegen gegenüber unvermeidbar gewesen. Schließlich stand Yann für die Auflösung dessen, was Gerda gerade lebte. Eine Frau, vom Ernährer ausgehalten im Haushalt.

Vor Kurzem hatte er seine Eltern gefragt, was denn das Geheimnis ihrer stabilen, jahrzehntelangen Ehe sei. Der

Vater hatte nichts geantwortet und zur Mutter geschaut, und diese hatte in einer ihrer blumigen Reden Zuflucht gesucht, bei denen Yann sich nie ganz sicher war, wie viel tatsächlich der gelebten Wahrheit und wie viel den Wünschen seiner Mutter entsprach.

»Eine Beziehung«, hatte sie gesagt, »ist wie eine Bibliothek voller Romane. Die einen sind Meisterwerke, die andern nicht, die einen sind leichter, die andern schwerer. Das sammelt und stapelt sich mit den Jahren, bei manchen hast du Lust, noch einmal darin zu blättern, und andere schmeißt du weg, weil du sie schon viel zu gut kennst und nicht mehr lesen magst.«

»Welchen hast du zuletzt weggeschmissen?«, wollte Yann wissen.

»Frag nicht«, sagte die Mutter und schwieg.

Natürlich hätte er es viel zu gerne gewusst. Was denn ein schlechter Roman zwischen zweien gewesen sein könnte, die seit so langer Zeit jeden Tag und jede Nacht miteinander verbrachten. Er versuchte sich zu erinnern, wann es in ihrer Ehe jemals eine Lücke gegeben hatte, in die etwas Störendes hätte eindringen können. Er wusste es nicht. Aber das Bild seiner Mutter gefiel ihm.

Er fragte sich, wie weit seine Beziehungsbibliothek in den drei Jahren mit Gerda schon gediehen war. Er sah einen riesigen Raum vor sich, mit hohen dunklen Regalen, die oben nach Art eines gotischen Kirchenfensters spitz zuliefen, und leer waren bis auf zwei schmale Bändchen, die er kaum finden konnte, weil sie sich zuunterst im hintersten Regal versteckten. Auf einem stand *Gerda*, auf dem andern *Yann*, und er fragte sich, ob darin die ineinander verschränkten Geschichten überhandnahmen oder eher die kurzen Einträge von zwei Menschen, die einander gegenseitig beobachteten. Er schüttelte auch diesen Gedanken ab, drückte sicherheitshalber noch einmal die Klospülung und dachte kurz an das viel zu teure Abendessen mit der Institutsleiterin vom Vortag, an all das Geld, das er schon die diversen Toiletten hinuntergespült hatte. Dann öffnete er die Tür und setzte ein unverfängliches Lächeln auf, das knapp vor einem starren Grinsen endete. Gerade rechtzeitig, bevor er sich selbst im Spiegel über dem Waschbecken begegnete.

2

Gerda hätte lieber Greta geheißen wie die Garbo. Greta klang imperial. Gerda dagegen mit diesem E, das zum Ä hin tendierte, war derb und erdig, es klang nach einer sehnigen norddeutschen Mittvierzigerin mit Schäferhund, aber das kam nun mal davon, wenn die Mutter ihre Tochter ums Verrecken nach dem Mädchen im Märchen von der Schneekönigin taufen musste. Das war der Unterschied zwischen ihr und Yann. Zwischen der Tochter einer alleinerziehenden diplomierten Skandinavistin und dem Sohn eines Eisenwarenhändlers. Sie hatte ihren Namen von Hans Christian Andersen, Yann hieß so, weil seine Eltern während ihrer Hochzeitsreise auf Kreta einen besonders netten Kellner namens Yannis kennengelernt hatten. »Das ist Griechisch für Hans«, hatte Yanns Vater ihr erklärt.

Es gab in Yanns Verwandtschaft bereits gefühlte einunddreißig Hansen. Gerda liebte jeden einzelnen von ihnen. Denn in Yanns Verwandtschaft kannte die Liebe keinen Preis. Es gab sie oder es gab sie nicht, aber sie war keine Verhandlungssache wie bei Gerdas Mutter. Da machten sich Funken von Liebe immer nur gegen sehr viel Bestätigung bemerkbar. Da gab es Liebe nur gegen Lob. Unmengen von Lob.

Sie wusste nicht, wie ihre Mutter dieses Lob eigentlich vor sich selbst rechtfertigte, schließlich war die Mutter nichts Besonderes und ihre Zuneigung keine warme, sondern eine äußerst kühle. Natürlich hielt sich Gerdas Mutter für sehr viel besonderer als die Eltern von Yann, sie hatte in ihrem Leben wenigstens ein Bildungsziel erreicht und Yanns Eltern nur eine kaufmännische Ausbildung, die es ihnen erlaubte, einen Laden zu führen. Und jetzt? Übersetzte sie schwedische Krimis. Aber nicht die großen Namen, sondern ein paar aus der dritten bis vierzehnten Reihe, all jene, auf die man nie von sich aus gekommen wäre, sondern die bei Amazon ganz zuletzt unter »Kunden, die diesen Artikel gekauft haben, kauften auch …« angepriesen wurden.

Gerda lud sich ab und zu einen davon auf ihren Kindle. Es waren entsetzlich billige Stieg-Larsson- und Jussi-Adler-Olsen-Verschnitte, in monotoner Regelmäßigkeit ging es um eine Industriellenfamilie mit irgendeinem Partikel von Nazivergangenheit, die versuchte, ein rebellisches, uneheliches Enkelkind in eine Villa an einer abgelegenen Bucht zu locken und dort aus dem Weg zu schaffen. Immer lag Schnee, und immer wurde großer Wert auf skandinavisches

Design gelegt. Gerda las aus reiner Bösartigkeit in den Übersetzungen ihrer Mutter. Sie liebte die Telefongespräche, die sich daraus ergaben. Dieses »Hier Gerda! Ich wollte nur mal fragen, wies dir so geht, was du so machst?«.

»Letzte Woche ist meine Romqvist-Übersetzung erschienen. Jetzt sitz ich am neuen Sandholm.«

»Romqvist? Hab ich schon gelesen.«

»Oh! Und?«

Schweigen. Langes Schweigen. Lobverweigerung. Liebesentzug. Themenwechsel. Manchmal wusste Gerda nicht, wofür ihre Mutter und sie einander eigentlich bestraften. Aber sie machten es beide gerne und es tat immer wieder überraschend weh.

Wahrscheinlich freute sich die Mutter sogar heimlich, dass Gerda jetzt, mit zweiunddreißig, zum ersten Mal ihren Job verloren hatte. Dass sie auf der Straße stand und das tun musste, was ihre Mutter schon ihr ganzes Leben lang tat: kämpfen. Obwohl der Vergleich nicht stimmte, Gerdas Mutter hatte niemanden, Gerda hatte Yann. Einen lieben Mann. Nicht wie Gerdas Vater, ein finnischer Literaturprofessor, der die Mutter als blutjunge Studentin auf einer Tagung kennengelernt und geschwängert hatte. Der Professor war alt, verheiratet und überdies auch bald schon tot gewesen. Die Mutter hatte ihn nie wieder gesehen, er hatte gar nie erfahren, dass er in einer besoffenen Nacht in einem Land, das weit wärmer war als Finnland, ein kleines Leben gezeugt hatte.

Der Professor existierte einzig als winziges Schwarz-Weiß-Bild auf den Klappentexten wissenschaftlicher Bücher, ein älteres, aber klares, kantiges Gesicht mit Augen, die wirkten, als hätten sie gerne an nordischen Fjorden das Meer betrachtet. Er war kurz nach Gerdas Geburt gestorben. Als Kind wollte sie unbedingt ihre finnische Familie kennenlernen, sie stellte sich vor, wie sie mit ihren Stiefgeschwistern in einem hellen Holzhaus an einem See sitzen würde, es gäbe Fleisch vom selbst erlegten Elch und Heidelbeeren mit viel Sahne zu essen, auf dem Boden lägen bunte Flickenteppiche, und nach dem Essen gingen alle zusammen in die Sauna und würden sich danach mit Birkenruten abreiben.

Die Mutter hatte tausend Ausflüchte gefunden – zu weit weg, zu teuer, stell dir vor, die arme alte Witwe, die weiß doch gar nicht, dass ihr Mann sie betrogen hat, Elchfleisch ist zäh und schmeckt nach schmutziger Wäsche und so weiter. Die Wahrheit, da war sich Gerda bald sicher, war sowieso eine ganz andere. Die Wahrheit war vielleicht ein altes Foto, das sie eines Tages im Schreibtisch ihrer Mutter fand. Im Fach, wo die Mutter ihre Tagebücher aufbewahrte. Woraus die Mutter zu Recht schloss, dass Gerda in ihren Tagebüchern geblättert hatte. Ihre Mutter war in den Tagbüchern auch keine andere als in Wirklichkeit, genauso bitter, genauso langweilig. Sie hatte gehofft, etwas über Sehnsüchte oder Sex zu erfahren oder vielleicht ein paar liebe Worte über sich selbst, aber es waren bloß Notizen aus dem Unglück der Frau, mit der sie zusammenleben musste.

»Mit Gerda zur Kleiderbörse gegangen«, begann einer der Einträge, »was für den Winter gesucht und gefunden, erleichtert. Erschütternd, wie teuer so ein Kind ist.«

Oder: »Vater gefragt, ob er uns einen neuen Staubsauger zu Weihnachten schenkt. Verblüfft, wie viel das kostet. Vater hat Staubsauger versprochen. Sein Triumph, meine Demütigung.«

Die Mutter zitterte vor Wut, als Gerda das Foto auf den Tisch legte und ganz beiläufig fragte: »Wer ist das?«

»Woher hast du das?«

»Es lag auf dem Boden«, log sie, es war ihr egal.

Auf dem Foto waren zwei junge Menschen zu sehen, beide hatten lockiges Haar und trugen enge Jeans, die mittels Schnürtechnik und Farbbädern in stilbefreite Hippie-Batikhosen verwandelt worden waren. Der Mann war mager, die Frau trug keinen BH. Wirkten sie glücklich? Eher euphorisch verstrahlt. Sie sah, wie ihre Mutter auf die Zähne biss, als müsste sie die Wut über Gerda zermalmen, sah, wie sie sich in einer plötzlichen Traurigkeit entspannte und der Frau von früher ähnlich wurde.

»Eine alte Liebe«, antwortete sie schließlich, »schon lange tot, Überdosis.«

Seltsam, dachte Gerda, schon wieder ein Toter von früher. Wie viele gab es noch? Oder war der tote Professor nur eine Metapher für den toten Junkie? Eine Ersatzerzählung, weil sie sich nicht zu sagen getraute: »Hey, dein Vater ist übrigens auf einer stinkenden Matratze verreckt. Ein Glück, dass du gesund bist, ich dachte, du wirst schon im Mutterleib heroinsüchtig.«

Aber wenn es so gewesen war, wieso hatte sie dann nicht abgetrieben? Etwa, weil sie den toten Typen zu sehr liebte? Oder hatte sie Gerda mit Absicht herbeigeführt? Wollte sie nicht mehr allein sein in ihrem Kämpferinnenleben?

»War sicher auch hart für seine Familie«, tastete sich Gerda vor.

»Die? Die schmissen ihn raus, als er achtzehn wurde.«

Ach, wie praktisch, dachte Gerda, sonst könnte ich vielleicht liebevolle Großeltern haben und alles, was dazugehört! Und wir hätten Geld! So aber: nur die Mutter. Deren eigene Familie ein eigenes Elend war, dem man sich höchstens auf hundert Kilometer Distanz nähern sollte, das fand auch Gerda. Aber angenommen, sie war ein Wunschkind, wieso musste sie dann um jeden verdammten Krümel von Mutterliebe kämpfen? Wieso verweigerte ihr die Mutter mit aller Macht einen Vater? Wenn sie mich wenigstens lieben würde, dachte Gerda, wenn ich sie wenigstens lieben könnte. Sie beneidete die ganz normalen Durchschnittsfamilien. Die Abertausenden von Paaren, die sich nicht mehr füreinander interessierten und daher beschlossen, ihre ganze emotionale Energie auf ein Kind zu richten. Es quasi in den Brennstrahl ihrer aus dem Paarsein ausgelagerten Liebe zu stellen.

Yanns Familie mit all ihren Hansen fühlte sich daher für Gerda an wie ihre echte Heimat. Wie die Familie, von der sie als Kind geträumt hatte. Etwas Lebendiges, Lautes, wo Leute miteinander um große Tische saßen, redeten, lachten, und ab und zu griff ein echtes Schicksal mit fester Hand dazwischen, nicht nur eine neurotische Laune wie bei ihrer Mutter. Wenn das Schicksal derart zuschlug, fand man sich erstaunlich oft gemeinsam in einer Kirche wieder. Bei einer Beerdigung, einer Hochzeit, einer Taufe. Yann waren diese Begegnungen unangenehm, Gerda nicht. Und dies, obwohl ihr schon in früher Kindheit jegliche Regung in Richtung Religion ausgetrieben worden war.

In Yanns Familie war das Leben in jedem Moment greifbar, und es war Gerda egal, dass es weder urban noch intellektuell war. Im Gegenteil, sie wünschte sich Yanns Kindheit statt ihrer eigenen, sie sah sich als Mädchen in der Eisenwarenhandlung seiner Eltern stehen, sah sich Schrauben nach Größen sortieren und Schleifpapier nach Körnung, das grobe gelbe und das feinere kupferfarbene, sah sich neben gefährlichen Maschinen stehen, sie würde sie alle verstehen, den Winkelschleifer, die Kettensäge, all die Fräsen und Bohrer.

Hinzu kam, dass sie mit Yanns Mutter viel besser über Bücher, Filme und Serien reden konnte als mit ihrer eigenen. Weil Yanns Mutter unvoreingenommen war und nicht über den Dingen stand, sondern vor ihnen. Sie wusste, dass ihre Mutter nichts so sehr kränkte wie die Tatsache, dass ausgerechnet Yanns Mutter unter ihresgleichen als Literaturexpertin galt. Weil sie zweimal die Woche abends in der Dorfbibliothek aushalf und jede Neuanschaffung las oder zumindest durchblätterte. Über die Jahre hatte sie sich eine solide Kenntnis über die Gegenwartsliteratur und die Vorlieben der Bibliothekskundschaft erworben, und gerade deshalb wäre es ihr niemals in den Sinn gekommen, eins der fünftklassigen Bücher anzuschaffen, mit deren Übersetzung sich Gerdas Mutter ihren Lebensunterhalt sicherte. Es war eine der seltenen Kränkungen ihrer Mutter, an denen Gerda nicht oder nur indirekt schuld war.

Jetzt stand sie im Garten des kleinen Hauses, versuchte, das Röhren des vierspurigen Autobahnanschlusses am einen Ende der Siedlung auszublenden und sich auf die Bäume und den Fluss am andern Ende zu konzentrieren. Sie blickte über den niedrigen Zaun in den Garten der Nachbarin, einer Frau wie eine Krähe, mindestens zwanzig Jahre älter als sie und trotz ihres sichtbaren Alters mit diesen übertrieben schwarz gefärbten Haaren, die man sich in Gerdas Grafikerkreisen spätestens mit dreißig abgewöhnte und die sich sowieso nur mit einem japanisch akkuraten Schnitt tragen ließen. Die Nachbarin hingegen kleidete sich in schwarze Fetzen und trug ihre Haare als etwas, das in jungen Jahren eine Kaskade gewesen sein mochte, jetzt jedoch einer langsam austrocknenden Auenlandschaft mit sich schlapp dahinschlängelnden Rinnsalen glich. Zudem war sie Kettenraucherin und hatte die Nachbarschaft mit ihrem unappetitlichen Husten den ganzen Sommer über im Garten gestört. Und sie telefonierte laut. Wo Telefonieren doch derart Nullerjahre war! Gerda kannte niemanden mehr, der gerne telefonierte. Die Frau von nebenan telefonierte laut, bestimmt und viel zu gerne. Und wie Raucher das eben machten, telefonierte sie am liebsten draußen. Gerda sah drei mögliche Erklärungen für das Telefoniertemperament ihrer Nachbarin, die sich alle beliebig kombinieren ließen: Sie war irgendeine Chefin, einsam oder wahnsinnig.

Gerda hatte das leise Gefühl, dass sie die Frau kennen müsste, aus den Medien, von Facebook, aber seit sie im Haus wohnte, waren ihre Tage von so vielen leisen Gefühlen bestimmt, dass sie noch keinem nachgegangen war. Das nagendste von allen war die Sache mit Yanns Kinderwunsch. Er hatte noch nie zu ihr gesagt: »Ich will ein Kind von dir«, oder »Lass uns ein Kind zusammen machen«, trotzdem war seine Vorfreude auf das »Häuschen«, wie er es nannte, und die angrenzende »Natur«, auf all die »jungen Familien« in der Nachbarschaft, die Katzen, die er sich vorgestellt hatte, und das Singen der Vögel am Morgen alarmierend deutlich gewesen. Wann kam in einem Mann eigentlich zum ersten Mal der Kinderwunsch hoch? Wenn ihn sein Vater beim Fußballspiel anfeuerte? Wenn er zum ersten Mal Sex hatte? Wenn er glaubte, die Richtige gefunden zu haben? Hielt Yann sie für die Richtige? Und war er der Richtige für sie? Wie wusste man das?

Sie hasste die Konkretisierung solcher Fragen. Weil die Logik der Antwortführung viel zu klar war: Frau, zwei-unddreißig, in Superbeziehung, in Supervorzeigehipster-siedlung, mit Supervorzeigehipsterjob, aktuell arbeitslos, pardon freischaffend und daher frei zur Verwirklichung von allerlei Lebensplänen, findet endlich zu dem, was bei Schauspielerinnen immer »ihre schönste Rolle« genannt wird. Gerda war dagegen. Nicht grundsätzlich gegen das Naturwunder oder die gesellschaftliche Maßnahme Kind, aber sicher nicht jetzt. Vielleicht in vier oder sieben Jahren. Oder auch nie. Und vielleicht ja auch nicht mit Yann. Oder doch? Und schon gar nicht in der Siedlung. Die breite Straße, der weite Fluss forderten quasi unausweichlich einen Kindstod. Sie sah eine kleine Kinderleiche auf den Grund des Flusses sinken, ein Kleidchen blähte sich im Wasser und leuchtete durch die Dunkelheit wie eine fluoreszierende Qualle. Sie sah winzig kleine, von Blut voll-gesogene Wollhandschuhe auf der Straße liegen. Lebten in der Siedlung eigentlich Kinder oder nur Paare, die bald merken mussten, dass die teuren Mieten und die anstehenden Kosten für die Kindertagesstätten unvereinbar waren mit restlos allen anderen Träumen? Und dass es hier viel zu gefährlich war? Kinder belebten die Siedlung höchstens, wenn die beiden Airbnb-Häuser von Familien gemietet wurden.

Sie wusste wirklich nicht, was in seinem Kopf schiefge-laufen war, als er diesen Ort mit einem Kinderwunsch ver-knüpft hatte. Gut, mit einem bisher noch nicht geäußerten Kinderwunsch. Vielleicht wollte er ja gar keins? Ehrlich, man müsste mal reden. War das so schwer? War es. Weil es so viel angenehmer war, über Leichteres zu reden. Über die elfte Folge der siebten Staffel dieser HBO-Serie mit dieser Schauspielerin, die gerade auch auf Netflix was lau-fen hatte, zum Beispiel. Das waren die Gespräche, mit de-nen sie und Yann gern ihre Abende verbrachten. Gespräche über Meta-Realitäten. Oder sie besuchten gemeinsam eine Tagung an Yanns Institut. Diesem Thinktank, der die Welt auch nicht retten konnte. Da saßen sie dann und lauschten gemeinsam dem Vortrag eines amerikanischen oder asia-tischen Experten über den Zusammenhang von Klima, Ka-pital und Katastrophe. Doch kaum waren sie zu Hause, schauten sie Hartz-IV-Fernsehen oder eine ihrer vielen Lieb-lingsserien und fanden dort alles sehr viel lebensnäher oder visionärer dargestellt als von irgendeinem Bitcoin-Philoso-phen. Aber Yann verdiente mit der Organisation und der

Publikation derartiger Vorträge sein Geld. Und am Ende hing immer alles am Geld.

Eigentlich hatte sie ja erwartet, dass er zuerst arbeitslos sein würde. Weil ihr Job ein praktischer war und seiner irgendwie substanzlos. Weil sie sich nicht sicher war, ob Yann wirklich so klug war, wie sein Jobprofil es zu verlangen schien. Sie fand einige seiner Institutskollegen klüger als ihn. Etwa Alex, einen smarten, immer schwarz gekleideten Politologen. Eigentlich fand sie Alex auch schärfer als Yann. Aber das war ungerecht, Yann war ihr Mann, sie hatte sich für ihn entschieden, er war gut zu ihr und hatte die beste Familie, die man sich wünschen konnte. Sie hatten ein gutes Leben. Punkt. Oder gehabt. Bis sie ihren größten Auftrag verloren hatte, weil das Theater, für dessen grafische Corporate Identity sie zuständig gewesen war, plötzlich größere Subventionen erhielt und sich jetzt eine Angeber-Agentur leistete. Die Subventionen hatte das Haus nicht zuletzt deshalb erhalten, weil Gerdas letzte Plakatkampagne so publikumswirksam gewesen war. Sie hatte ein paar Studien über *Cute Marketing* gelesen, über den Einsatz von Tierbabys und Kleinkindern in der Werbung, und ohne weiter nachzudenken ein rotbraunes Eichhörnchen gezeichnet, das statt einer Nuss einen Totenkopf in den Pfoten hielt. Ein *Hamlet*-Eichhörnchen. Es war plakativ, naiv und ein Erfolg. Jetzt warb das Theater mit silberner Typografie auf anthrazitfarbigem Grund, und keiner schaute mehr hin. Die allgemeine Auftragslage ihrer Agentur schwächelte schon lang.

Eines Morgens, es war der Tag vor ihren Ferien, bestellte

der Chef sie in sein Büro, und als sie es wieder verließ, fühlten sich ihre Beine an wie faule Bananen. Damit hatte sie nicht gerechnet. Falsch, eigentlich hatte sie schon immer damit gerechnet, vom ersten Tag in ihrer ersten Anstellung an, schließlich war ihre Skepsis kerngesund, ja überaus blühend. Sie hatte sich schon oft ausgemalt, wie das berühmte Leben unter der Brücke wäre, wie sie in einem Verschlag aus feuchtem Karton hausen und versuchen würde, mit weggeschmissenen Feuerzeugen tote Ratten zu rösten. Wie sie zwischen Nacht und Morgen die sich leerenden Partymeilen der Stadt nach Bechern und Flaschen mit tröstlichen Alkoholresten absuchen würde. Und ab und zu würde sie gegen viel zu wenig Geld auf einem Parkplatz mit fremden Männern ficken. Einer von ihnen hieße Yann. Ein anderer Alex. Beide würden sie retten wollen, aber sie könnte sich nicht entscheiden. Das heißt, ihr Herz schlüge für Yann. Der Rest ihres Körpers möglicherweise für Alex. Und der Kopf, dieses mit sanftem Nachdruck berechnende Anhängsel ihres Gefühls- und Sexuallebens? Es wäre ein Dilemma. Weshalb sie sich in einer kalten Winternacht in den Fluss stürzen würde.

Sie sah das alles ganz genau vor sich, in schwarz-weißen Comicstrips, harte Konturen, schnelle Schraffuren, alles sehr dunkel. Sie war wirklich keine weltbewegende Grafikerin. Aber eine brauchbare. Eine, die immer eine Idee hatte und nie eine Deadline verpasste. Sie war höflich, hübsch und hatte sich bis eben noch für beliebt gehalten. Quasi für eine Cheerleaderin ihrer Agentur. Was natürlich Bullshit war, Zweiunddreißigjährige sollten sich nicht mit Cheerleaderinnen identifizieren. Hatte sie nicht eben der Praktikantin erklärt, dass der dreißigste Geburtstag den ersten richtigen Peak im Leben darstellte? Eine Plattform, auf der man sich stolz einmal um sich selbst drehen und das Erreichte mit einer gewissen Sicherheit betrachten konnte? Fuck Sicherheit! Andere hielten Gerda offenbar für einen Unsicherheitsfaktor im großen Getriebe des Erfolgsdrucks. Für die war sie verzichtbar. Sie hätte nicht erwartet, dass sich ein Rauswurf derart beschissen anfühlen würde. Sie war jetzt entwertet.

Grußlos verließ sie an jenem Tag die Agentur. Was sollten die andern schon zu einer Versagerin sagen? Was würde Yann jetzt von ihr denken? Draußen regnete es nicht, sie hätte zu gern ins Nasse hineingeschluchzt. Doch vor ihr lag die Stadt und räkelte sich genüsslich unter der schönsten Frühsommersonne.

Dann schrieb sie Yann eine SMS: »Bin gefeuert. Triff mich in der Bar. Schnell. Bitte. Küssdich.«

Yann schrieb zurück: »SHIT!!! Komme sofort. By the way: Wir haben das Haus! Küssdichzurück.«

3

Valerie hatte eine genaue Vorstellung davon, was einst auf ihrem Grabstein stehen sollte: »Dirty old woman«. Das hatte sie sich verdient. Sie war hart im Ton und hart im Nehmen. Und weil der Gedanke an ihre Grabinschrift unweigerlich ihre Laune hob, beschloss sie, auch gleich noch eine ihrer Lieblings-E-Mails zu schreiben. »Sehr geehrter Herr S.«, begann sie, »ich bin leider nicht in der Lage, Ihre gestrige

Premiere zu besprechen. In den fünfundzwanzig Jahren meiner Karriere habe ich nämlich noch nie eine in jeder Sekunde derart miserable Inszenierung gesehen. Was auch eine Leistung ist.«

Oh, sie liebte es! Noch eine! »Sehr geehrte Frau F., ein Glas Ihres neuen Haselnuss-Brotaufstrichs hat sich auf meinen Schreibtisch verirrt. Gewiss möchten Sie ein Feedback? Nun, der Geschmack ist bitter, die Konsistenz erinnert an nassen Beton und verklebt einem auf höchst unangenehme Art den Mund. Was bezwecken Sie damit? Wollen Sie Menschen töten?«

Sie versicherte sich kurz, dass sie unbeobachtet war, und zog ihre Mundwinkel nach oben. Saß da, vor ihrem Computer, mit einem riesigen Grinsen im Gesicht. Es war eine kosmetische Maßnahme. Vor ein paar Monaten hatte sie in den Spiegel geblickt und mit Entsetzen diese Angela-Merkel-Lefzen links und rechts von ihrem Mund entdeckt. Dieses traurige, hundeartige Gehänge. Und dann hatte sie mit Gesichts-Yoga begonnen. Wozu ihr wiederum jede Geduld fehlte, weshalb sie das Yoga auf intensives Lachen reduzierte. Es schien zu wirken, ein paar Muskeln im hängenden Garten ihres Gesichts erstarkten wieder. Fatalerweise vertieften sich dadurch die Fältchen um ihre Augen. Sie sollte wirklich nicht so oft in den Spiegel schauen. Knapp über fünfzig war sie jetzt, da war es einfach vorbei mit der Schönheit. Und mit dem guten Gehör offenbar auch, anders konnte sie sich nicht erklären, dass sie immer lauter wurde beim Reden. Und? Musste ihr das peinlich sein? Schließlich war ihre Stimme angenehm tief. Nichts war so schrecklich wie das ewige Girlie-Gepiepse reifer Frauen, deren einzige Sünde im Leben war, dass sie gelegentlich aus Versehen einen Tampon das Klo runterspülten.

Valeries Floristin war so. Eine naive Nervziege der Sonderklasse, die Dinge sagen konnte wie: »Tulpen sind die kleinen Kinder unter den Blumen. Wenn du einer Tulpe viel Wasser gibst, dann trinkt sie einfach immer alles aus, und danach ist ihr schlecht und sie beugt das Köpfchen über den Vasenrand, als ob sie sich übergeben müsste.«

Valerie hasste sie dafür. Trotzdem hatte sie sich breitschlagen lassen, was mit der Floristinnen-Tochter zu machen. Schließlich mussten sich jetzt alle bei der Zeitung verständnisvoll um die sogenannte Jugend kümmern, erstens wegen der Eroberung neuer Leserschichten, zweitens, weil der junge Mensch von heute Aufmerksamkeit für selbstverständlich hielt. Die Tochter der Floristin war ein Prototyp, eine dieser jungen Frauen mit Gehirnverschiebung, die ums Verrecken berühmt werden wollten. Sie konnte im Blumenladen ihrer Mutter stehen und sagen: »Mama, ich will Influencerin werden.«

Toller Titel für einen Artikel, dachte Valerie.

Und dann hatte sie die bescheuerte Idee gehabt, das Gör für die Zukunftsseite des Gesellschaftsteils zu interviewen. Sie hatte sich vorgestellt, dass sich aus der Idee der Influencerin etwas Kluges, Abstraktes entwickeln ließe über Visionen und Ängste einer Generation, mit der sie sonst nur in Berührung kam, wenn der achtzehnjährige Praktikant den Geschirrspüler ihres Großraumbüros ausräumte. Menschen unter zwanzig waren ihr sonst zuwider. Schon als sie selbst in diesem Alter gewesen war, hatte sie keine Ahnung gehabt, wie man mit ihnen umging. Sie war zu langsam im Kopf für die Witze der anderen, sie schrieb lieber als zu reden.

Doch seit sie Journalistin war und die andern sie lesen mussten, gehörte sie zur ersten Garde. Zumindest hatte sie mal dazugehört. Jetzt wunderte sie sich, dass die Reputation von früher sie überhaupt so weit getragen hatte. Jetzt wartete sie noch auf den Ruhestand und vielleicht auf einen Preis fürs Lebenswerk. So was stand ihr zu. Schließlich wurde sie immer häufiger von jüngeren Journalistinnen als »Role Model« und »Vorkämpferin« erwähnt. Dabei hatte sie gar nie gekämpft. Schon gar nicht für andere. Oder für »die Frauen«. Sie wollte einzig eine gute Zeit mit sich und den Geschichten der anderen haben. Denn das war ja das Großartige am Journalismus: Dass man seine berufliche Existenz auf einem ganz und gar parasitären Fundament aufbauen konnte.

Den Preis fürs Lebenswerk sah sie sehr plastisch vor sich, es wäre wie die Oscars, glitzernd und gehoben, mit viel Champagner und Fotografen, das People-Magazin des Fernsehens wäre dabei, Ex-Missen würden wie dekorative Pfauen aus der Menge stechen, es wäre ein Gottesdienst des Glamour, hohl und schön zugleich. Valerie hatte schon ewig den Traum, dass sich in derartigen Nächten Wunder vollziehen müssten und dass sie selbst zum Ereignis würde. Dabei wusste sie genau, dass sie sich schon beim Betreten des Saales fühlen würde wie immer: nichtig, unbedeutend und passé. Zudem zählte ein Journalistenpreis noch weniger als das schäbigste Gesellschaftsevent. Journalistenpreise wurden am späten Nachmittag in Mehrzweckhallen außerhalb der Stadt vergeben, ein paar Kleinindustrielle, Filialleiter von Banken und Menschen aus diffusen Verwaltungsräten versammelten sich für ein Zeitungsfoto mit dem Preisträger, der letztlich nur ein Vorwand war, um die eigene Großherzigkeit gegenüber dem kreativen Prekariat zu feiern. Zu trinken gab es sauren, warmen Weißwein, Fleischplatten färbten sich vor Müdigkeit langsam grau, der Preisträger schaute unter seiner Maske inniger Dankbarkeit immer trauriger, Valerie fühlte mit ihm.

Trotzdem wollte sie so eine Auszeichnung, wollte die Anerkennung, denn neuerdings fühlte sie sich verunsichert und unter Druck. Die Stars, die ihr lieb waren, galten bei jungen Menschen als uralt, die Themen, mit denen sie sich auskannte, als langweilig oder schlimmer noch als moralisch. Aber verdammt, hatte sie nicht mehr Lebenserfahrung als die meisten in ihrer Redaktion? Wieso konnten die ganzen Kinder sie nicht einfach als weise Mutter akzeptieren? Weil sie Kinder waren, natürlich. Hatte sie selbst in deren Alter nicht alle über vierzig für austauschbar gehalten? Doch dann waren genau diese Alten bis zuletzt geblieben, waren mit den Jahren zunehmend fieser, berechnender, intriganter geworden. Waren geschickt darin, sich klebrige kleine Spinnennester aus ihren Beziehungen zur Macht zu bauen. Die Alten von damals hatten heute alle ihr Haus, ihre Ferienwohnung, ihr Boot, ihren Hund mit Stammbaum.

Bei ihr würde dies bescheidener aussehen. Allerdings nicht viel. Sie hatte ja jetzt das Haus geerbt. Mit etwas Glück würden ihr vom Verkauf ein paar Hunderttausend bleiben. Falls sie nicht plötzlich beschloss, selbst darin zu leben und zu sterben, wie ihre Großmutter das getan hatte. Doch im Grunde war sie ein Zentrumsmensch. Ein Stadt-kernmensch. Sie wollte nicht an diesen albernen Rand, an dem die Natur so aufdringlich war wie in der Innenstadt nur bei sehr schlechtem Wetter. Sie hatte den Großteil des Som-mers im Haus gelebt, zur Probe, und weil sie als Kind am liebsten dort gewohnt hatte, viel lieber als zu Hause. Immer, wenn sie die Großmutter nach ein paar Tagen wieder verlas-sen musste, stellte sie sich beim Schlafengehen vor, dass ihr Bett durch die Nacht fliegen und sie im Gärtchen vor dem Haus wieder erwachen würde. Doch der Zauber von früher wirkte nicht mehr, ihre Kindheit fühlte sich ebenso tot an wie die Großmutter. Als die alte Frau ihr Leben in Valeries Armen mit einem ungeduldig rasselnden Seufzer ausge-haucht hatte, rissen in ihrer Enkelin Tausende von winzigen Fäden. Da schränzte etwas heftig mitten durch das Gewebe ihrer Existenz und der letzte Rest von Nabelschnur löste sich.

Kein Grund zu Melodram und Pathos, dachte Valerie, der klassische alte Redaktionsschluss galt auch für sie, die Druckerpresse wartete nicht, auch wenn sie sich gerade fragte, ob die Druckerei und die Papierzeitung überhaupt noch existierten, ob das Ganze nicht der Fiebertraum einer wahnsinnig gewordenen Ex-Journalistin war, die in einer Psychiatrie im Flügel für hoffnungslose Fälle vor sich hin dämmerte.

Einmal noch beugte sie sich über das Protokoll dessen, was die Floristinnen-Tochter von sich gegeben hatte. Zum

Glück hatte sie es nicht selbst transkribieren müssen, der Geschirrspülmaschinen-Praktikant war unterbeschäftigt gewesen. Doch es hatte keinen Zweck. Die junge Idiotin under the influence ihrer selbst war genauso schwachsinnig wie ihre Mutter. Valerie hatte eine letzte Idee, sie war ihr schon oft zugutegekommen: Sie googelte den Namen des Blumenladens und den der rechtesten aller Parteien, und da war sie, eine großzügige Blumenspende zum letzten Jubiläum der Partei. Sie dankte sich selbst für ihren altbackenen Moralismus, der sie sofort davon überzeugte, das Testimonial einer hirnlosen Selbstdarstellerin endgültig und für alle verständlich zu verwerfen.

4

In eines der beiden Airbnb-Häuser zogen neue Mieter ein. Kein Hipsterpaar aus Hannover oder Wien, sondern eine Familie. Die Frau war sehr dick und glich einer Moderatorin aus dem Nachmittagsfernsehen. Ob sie wohl im Flugzeug nach einer Verlängerung für die Sitzgurte hatte fragen müssen? Bestimmt. Der Mann war schmal und kahl und die beiden Kinder waren nicht der Rede wert. Kinder halt. Gerda fragte sich, wie sie ihre Mutter wohl nannten. Mutter? Mama? Mom? Oder Gisela, wie die Moderatorin mit Vornamen hieß, wenn sie es denn war? Ihre eigene Mutter hatte auf dieser Vornamensgeschichte bestanden, seit Gerda denken konnte, und es störte sie noch immer. Für ein Kind war das zu distanziert und für eine Erwachsene zu nah. Sie nannte Freundinnen beim Vornamen. Arbeitskolleginnen. Ihre Friseurin. Die Lieblingskellnerin. Yanns Mutter. Aber doch nicht die eigene.

Sie wusste genau, was ihre Mutter stets von Neuem glaubte: Beim nächsten Buch wird alles anders. Die nächste Übersetzung wird ein Bestseller oder wenigstens ein Kritikerliebling. Hätte sie nämlich aufgehört, so zu denken, hätte sie auch gleich den Glauben an sich selbst aufgeben können. Das wäre wenigstens mal eine ehrliche Aktion gewesen, die Mutter wäre zwar gebrochen zurückgeblieben, aber auch demütig und ganz gewiss sehr viel erträglicher. So aber bewahrte sie sich die grimmige Energie einer gestürzten höheren Tochter, die sich nicht mit der eigenen Mittelmäßigkeit abfinden will und ihren Frust an Gerda abreagierte. Immerzu an Gerda. Sie besaß die manisch perfektionierte Fähigkeit, ihr einziges Kind zu verletzen, bei lebendigem Leib zu sezieren, von jeder Freude zu trennen. Jedes Mutterwort ein Mord.

Gerne dachte Gerda deshalb ihrerseits über Todesarten für ihre Mutter nach. Jetzt zum Beispiel saß sie in ihrem hübschen Häuschen, in der Küche mit den schwarz-weißen Fliesen und dem Küchenschrank aus den Dreißigerjahren. Die Fliesen waren uralt und von Generationen von Vormietern unter familienfreundlichem, gelbfleckigem Linoleum versteckt worden. Das Möbel hatte im Keller von Yanns Eltern gestanden, sie hatte die alten Farbschichten mit einem Heißluftföhn entfernt und sich dabei oft verbrannt, hatte geschliffen, neu lackiert, es war viel Arbeit gewesen, aber sie hatte ja Zeit. Und Yanns Staunen, wenn er abends aus seinem in abstrakten Diskursen schwebenden Büro nach Hause kam und sah, was sie alles geschafft hatte, war nach dem Rausschmiss enorm wohltuend gewesen. Da saß sie jetzt und stellte sich vor, wie es wäre, wenn ihre Mutter auf diesem Boden verbluten, ausbluten würde – nicht, weil Gerda sie erstochen hätte, es müsste subtiler sein. Die Mutter wäre zum Beispiel das Opfer eines Wahnsinnigen geworden, der praktischerweise einbrach, während die Mutter zu Besuch war, was sie allerdings noch nie gewesen war. Die Konstellation all der Zufälle, die überdies noch hätten mitspielen müssen, war Gerda schleierhaft, wieso war sie selbst nicht in der Küche, wenn der Wahnsinnige kam, wo war sie überhaupt, und womit würde er die Mutter töten?

Wie auch immer – da läge sie also, und Gerda stünde neben ihr und würde gleich sehen: Es ist zu spät, es bringt nichts mehr, jetzt den Notarzt zu rufen. Es ist aus. Vorbei. Goodbye, mommy dearest. Es wäre schade um die porös gewordenen weißen Fliesen, aber mit Javelwasser würde sie das höchstwahrscheinlich wieder hinkriegen. Würde sie sich ekeln? Nein. Es wäre ja nur Blut. Und ein Mensch, der von einem Aggregatzustand in einen andern überging. Wäre sie traurig? Nein. Obwohl – wusste sie wirklich, wie es wäre? Ob sie sich nicht doch in Tränen auflösen müsste? Ob sie sich all die Jahre vorwerfen würde, in denen sie die Distanz zu ihrer Mutter absichtlich unüberbrückbar gehalten und mit rhetorischem Glatteis überzogen hatte? Waren Gefühle berechenbar?

Selbst schuld, dachte sie sich, die Mutter war selbst schuld, Gerda war nichts als die Frucht ihrer Erziehung.

Und in der Frucht drin gärte etwas. Manchmal, wenn sie im Garten am Boden kniete, beim Jäten, wenn sie derart fest an irgendeiner alten Wurzel zerrte, dass sie fast vornüberfiel und sich mit beiden Händen abstützen musste, wenn sie da so auf allen vieren war, spürte sie, wie dieses Etwas ihren Rücken durchzubiegen und ihren Kopf zu heben versuchte. Wie sich ihre Finger in den Boden krallten. Sie musste zugeben, dass sie es mochte, es war ein Gefühl, das mit allem zu tun hatte, was an ihr nicht niedlich, friedlich und blond war. Was nicht Yanns Freundin war, sondern ein Alien, ein Psycho, ein Stalker, eine Frau, die Sex wollte, sofort und hart, am liebsten in einer dreckigen Toilette, deren Tür sich nicht schließen ließ. Sie sah das alles vor sich, die Toilette wäre ganz aus rostigem Metall, und während sie gefickt wurde und immer wieder gegen die Wände knallte, würden rotbraune Flocken in ihren Haaren und Kleidern hängen bleiben wie getrocknetes Blut. Sie bog ihren Rücken noch etwas mehr durch, etwas in ihr fletschte die Zähne und wollte rohes Fleisch schmecken. Und dann war es auch schon wieder vorbei. Und sie verwandelte sich zurück in jenes hübsche, heitere Ding, das ein wenig den Plastikfigürchen glich, die man auf Hochzeitstorten steckte. Das Biest in ihr legte sich schlafen und gab sich seinen bösen Träumen hin.

Gerda musste über sich selbst lachen. Gab es eigentlich Töchter, die nicht so dachten? Waren all diese Hühner, die ständig behaupteten: »Meine Mutter ist meine beste Freundin, wir teilen uns alles, na ja fast alles, kicher …«, wirklich ehrlich? Und was war mit Yanns Schwester? Sie müssten sich mal darüber unterhalten. Oder besser nicht.

Denn eigentlich, wollte sie auch gar nicht an ihrem Bild von Yanns Familie kratzen. Es kam aus einer andern Welt, wo die Menschen vor allem Gutes im Sinn hatten. Füreinander gut zu sein war die Basis von allem. Yanns Eltern waren gut füreinander und für ihre Kinder. Sie machten gute Geschäfte und stellten gutes Essen auf den Tisch. Was sich alles von Gerdas Mutter nicht behaupten ließ.

Gerda konnte sie sich ohne Weiteres in einem Kloster vorstellen. Als strenges Geschöpf Gottes, das andere züchtigte und ihnen andauernd salzlose Brühen mit verkochten Haferflocken auftischte, deren grau-schleimige Konsistenz den Fertiggerichten aus Gerdas Kindheit glich. Den Fischfilets in undefinierbaren Saucen etwa, Hauptsache, ein geschmacksamputierter Food-Designer hatte dafür einen französisch klingenden Fantasienamen gefunden. Dass Fleisch nicht in einer Plastikpackung mit dem »Reduziert«-Sticker vor sich hin gammeln muss, sondern von Tieren kommt, für die andere Menschen lange arbeiten mussten, hatte sie von Yanns Mutter gelernt. Natürlich hatte das alles mit Geld zu tun. Die Mallorca-Menschen im Fernsehen etwa konnten sich das glückliche Biorind vom Demeter-Hof, das wahrscheinlich auf einer Strickdecke aus selbst geschorener Schafwolle entschlafen war, gewiss nicht leisten.

Die Kulissen, in denen die Fernseh-Menschen vor sich hin vegetierten, glichen bestürzend den Wohnungen, in denen Gerda aufgewachsen war. Außer, dass es in ihrer Kindheit Hunderte von Büchern gegeben hatte. Sie lenkten ab von fleckigen Laminat- und Teppichböden, von lieblos eingerichteten Küchen und billigen Badezimmern, deren

Möbel immer aus Plastik oder sich an den Rändern zersetzenden Spanplatten bestanden. Ihre Mutter hatte auch Gerdas Zimmer mit ihren Regalen gefüllt, das war die beste Isolation gegen den Lärm der Nachbarn, hatte sie gesagt, und Gerda schlief gut im Schutz all der Erzählungen. Doch die Bücher waren die einzig erkennbare Investition gewesen und das Einzige, worin sich Kreativität und Fantasie im Haushalt ihrer Kindheit austobten. Der Rest bestand aus zähen Literatursendungen im Radio und irren Stapeln von Literaturkritiken aus Zeitungsfeuilletons, die ihre Mutter nur noch bitterer machten, denn die Autoren, die sie übersetzte, kamen darin nicht vor. Wieso hatte ihre Mutter nicht einfach einen Job in einem Büro annehmen oder Lehrerin werden können? Wieso verdiente sie nicht einfach ganz normal Geld wie andere Eltern auch? Stattdessen verbrachte sie ihre Tage zu Hause, arbeitete für lächerliche Honorare bis Mitternacht, litt unter Rückenproblemen, Krampfadern und dem stillen, scharfen Hass ihrer Tochter. Die jetzt einen Mann hatte, der ihr ein Häuschen ermöglichte, weil in seiner Welt ein Häuschen die einzig logische Geschenkschachtel für ein junges Glück wie ihres war.

Gerda liebte das Haus. Sie und das Haus kommunizierten. Es war zwar stumm, aber stark. Leider zeichnete sich ab, dass ihre gemeinsame Zeit dem Ende entgegenging. Denn solange sie hier nur zur Miete wohnten, ließ sich nicht alles verwirklichen, was sie gerne getan hätte. Sie durfte zum Beispiel nicht mit einem schweren Hammer auf die Wand zwischen der kleinen Küche und dem winzigen Wohnzimmer eindreschen, auch wenn die Wand sehr schönen Plänen im Wege stand. Sie hatte schon genug betteln müssen, bis ihr der Vermieter überhaupt erlaubt hatte, den Parkettboden und die alten Türschwellen abzuschleifen und neu zu versiegeln, es war aus seiner Sicht nicht wirklich notwendig gewesen, aber aus ihrer schon, denn sie musste ihre Zeit im Haus rechtfertigen, musste sie sich erschleichen, um den Zeitpunkt, an dem sie sich wieder nach einem Job umschauen musste, hinauszuzögern.

Abend für Abend erwartete sie von Yann die Bemerkung: »Du weißt schon, wegen mir musst du nicht zu Hause bleiben, dir ist sicher langweilig.«

Dabei war ihr Leben schon lange nicht mehr so aufregend gewesen wie jetzt, hier, im Haus, wo sie sitzen und abwarten konnte, was dem Biest in ihr in den Sinn käme. Mit welcher ihrer Sehnsüchte es sich paaren und sie lebendiger und greller machen würde, bis sie eines Tages einfach nicht mehr anders könnte, als ihnen nachzugeben. Sie traute sich selbst nicht mehr. Wäre ich ein Mann, dachte sie, würde ich mich heillos in diese unberechenbare Person verlieben, ihr verfallen, sie anbeten, mich für sie aufgeben.

Fieberhaft suchte sie nach einer Lösung. Es gab keine. Es sei denn, sie würde schwanger, dann wäre alles anders. Yanns Vater hatte schon angedeutet, dass es für ihn ein Leichtes wäre, ihnen dieses oder lieber noch ein anderes Haus zu kaufen, eines, das nach Möglichkeit näher bei Yanns Familie und damit provinzieller läge, wenn sie denn endlich ans Familie gründen denken würden. Er respektierte zwar, dass sie beide miteinander glücklich waren, aber für seine finanzielle Unterstützung reichte dieses Glück noch nicht. Leider dachte Gerda nicht daran, das Haus mit einem Baby zu teilen. Gut, sie könnte natürlich eine Scheinschwangerschaft mit nachfolgender Scheinfehlgeburt inszenieren, sie sah so was ja andauernd in schlechten Komödien, aber das wäre verdammt aufwendig.

Und sonst? Sie dachte an ihre alte Arbeit, wie gerne sie früher morgens mit dem Rad in die Agentur gefahren war, wie sie es geliebt hatte, vor ihrem Computer den ersten Kaffee zu trinken, während die Stadt allmählich aus dem Nebel auftauchte. Es hatte diese kleinen warmen Momente gegeben und die großen kühlen, die mit Machtstrukturen und Marktbedingungen zusammenhingen, aber im Grunde hatte sie das gerne gemacht, ihren Job, der sich irgendwo zwischen absoluter Präzision und freier Kunst bewegte. Fast so gerne, wie sie jetzt das Haus vollendete. Sie genoss es, wenn Yann am Morgen zur Arbeit ging, stand in der Tür, lehnte sich gegen den alten, gemauerten Rahmen, schaute ihm nach, wie er über den Kiesweg zwischen den beiden Rabatten davonging und das von ihr dezent pistaziengrün gestrichene Gartentor öffnete. Sie freute sich über das bestimmte, frisch geölte Klicken, mit dem das Tor wieder ins Schloss fiel und ihr bedeutete: Jetzt sind wir endlich allein, wir zwei. Jetzt lernen wir uns kennen.

Als sie neulich in der Küche Löcher gebohrt hatte, entdeckte sie, dass unter der weißen Farbe mehrere Schichten alter Papiertapeten klebten, die im Lauf der Jahrzehnte zusammengewachsen waren wie eine zähe Haut. Es hatte sie gerührt, gern hätte sie alles gewusst über die Menschen, die ein Leben ums andere und eine Tapetenschicht um die andere ins Haus gebracht hatten, und deren Gerüche, Gelächter und Tränen, deren Lieben, Geburten und Tode in seine Substanz eingesickert waren.

Im Wohnzimmer lief der Fernseher. Eine aufgekratzte Männerstimme verkündete: »Meine lieben und wunderschönen Kandidatinnen, die Aufgabe für unsere herrliche Woche in Kiel lautet: Heavy Metal – glänze mit deinem neuen Metallic-Teil. Ihr kriegt dafür vier Stunden Zeit und fünfhundert Euro.«

Es war die Wiederholung der Folge von gestern. Gerda wusste, was als Nächstes kam: Eine verblühte Frau, die in allen Details zu knochig war, hatte sich so lange euphorisch mit Nietengürteln, verspiegelter Sonnenbrille und silbernem Leder bedeckt, bis sie aussah wie ein Pferd in Sadomaso-Montur. Der Moderator lobte sie: »Man sieht, unsere Lena, die traut sich was, die ist eine vergnügte kleine Maus, ich find die total süß, die hat unser Motto voll getroffen. Von mir bekommt die Lena ganz lieb gemeinte sieben Punkte.«

Vor dem Gartentor stand die vermeintliche Gisela und ruderte mit den Armen. Was konnte die nur wollen? Eine Auskunft? Mehl? Eine Waffe? War etwas explodiert bei Airbnb drüben? Waren ihre Kinder in den Fluss gefallen? Wollte sie wissen, wo der nächste Swingerclub war? Und wieso glaubte die Frau überhaupt, ein Recht auf ihre Aufmerksamkeit zu haben? Gerda starrte sie durchs Fenster so lange nieder, unbeweglich und mit ausdruckslosem Blick, bis die Frau ihre labbrigen Arme sinken ließ und sichtlich verunsichert zurück zu Mann und Kindern trottete.

5

Yann, Alex und Clément hatten Pizza bestellt und saßen in dem Raum, der sich Küche nannte, aber weder eine Geschirrspülmaschine noch einen Herd besaß. Dafür einen Kühlschrank voller Bier, eine Mikrowelle und drei unterschiedlich kaputte Nespresso-Maschinen. Es war ein ganz normaler Tag im Institut. Clément bastelte an einer Tagung mit schwulen französischen Denkern, die versprach, das Ereignis des Jahres zu werden, nur Feministinnen unter fünfunddreißig zogen noch mehr als schwule Franzosen, aber die Feministinnen lagen ganz in der Kompetenz der Institutsleiterin. Cléments Franzosen vereinigten alles auf sich, was das Publikum jetzt hören und vor allem sehen wollte, eine elegante Radikalität, Charme gemischt mit Klassenkampf und persönlichem Schicksal. Alex arbeitete an seinem Essay zum Thema *Reden mit Rechts: Strategien für ein Europa der Zukunft* und Yann tat, was er am besten konnte: Er bildete das kommunikative, organisatorische und administrative Rückgrat für die Arbeit von Clément, Alex, seiner Chefin und ein paar weiteren Junggenies aus Fachrichtungen wie *Gender-Statistik* und *Politische Online-Kommunikation*. Er mailte mit Paris und Berkeley, verhandelte Honorare, steckte die unverzichtbare Landkarte der Termine und Deadlines ab, lektorierte Texte und schrieb kleinere Übersetzungen.

Kurz: Sein Name zählte hier am wenigsten. Trotzdem war er der Zufriedenste. Einmal mehr fragte er sich, wieso ein derart gut aussehender, angenehmer und einnehmender promovierter Politologe wie Alex, der darüber hinaus ein ausgezeichneter Koch war, so unglücklich sein konnte.

»Ecoute, Alex, was macht dein Lesbennest?«, fragte Clément, der von ihnen dreien als Einziger die Lizenz zu Witzen besaß, denen man eine homophobe Färbung hätte zuschreiben können. Als Schwuler durfte er das.

»Könnte besser sein«, sagte Alex, »Lilly ist ausgezogen.«

»Ah merde!«, rief Clément, aber damit war nicht Alex' Liebeskummer gemeint, sondern das Fett, das von seinem Pizzastück auf sein Hemd tropfte.

»Shit, Mann«, sagte Yann und schaute Alex bedauernd an. Die Lesben hatten ihn wirklich fertiggemacht. Von einer Frau mit einer Frau ausgestochen zu werden, war zu hart. Gegen einen andern Mann konnte man immer Argumente finden. Aber zwei Frauen waren zusammen einfach viel zu schön, um gegen sie anzukommen. Jedenfalls im Film.

Er war froh, dass ihm so was noch nie passiert war. Obwohl, was wusste er schon? Vielleicht war Gerda gerade jetzt mit irgendeinem Au-pair aus der Siedlung zugange? Gewiss gab es da Au-pairs? Bei all den reizenden Jungfamilien? Gerda versuchte ihm zwar einzureden, dass da gar nicht so viele Jungfamilien lebten, aber er war überzeugt, dass sie nur noch keine kennengelernt hatten. Er hatte sich das schon mal ausgerechnet, einfach so aus Neugier, es bestand ja bei Gerdas aktuellem Beschäftigungsgrad kein Bedarf an Personal, zudem hatten sie kein freies Zimmer, es sei denn, das

Au-pair würde gerne auf dem ungeheizten Dachboden oder im Keller wohnen. Auf jeden Fall waren Au-pairs günstiger als die Kita, gut, sie waren auch ein wandelnder Risikofaktor, es konnte ihnen immer irgendwas zustoßen, Krankheiten, Männer, andere Unfälle.

Seine Schwester war Au-pair in London gewesen, in einem dramatisch überalterten Villenviertel. Eines Nachts war ein Au-pair aus der Nachbarschaft auf dem Weg nach Hause überfallen und vergewaltigt worden, anschließend hatte ihr der Täter die Zunge rausgeschnitten. Niemand war ihr zu Hilfe geeilt, weil all die geriatrischen Millionäre nachts ihre Hörgeräte weglegten. Was sie heute wohl machte? Er hörte auf zu kauen und presste seine eigene Zunge fast zärtlich gegen seinen Gaumen, sie war noch da, er liebte sie dafür, wie sie all die synthetisch verstärkten Geschmacksstoffe der Pizza Richtung Hirn jagte und dort ganz banale Glücksströme auslöste. Er erinnerte sich an einen japanischen Horrorfilm, den er mit Gerda im Kino gesehen hatte, eine schöne junge Sadistin hatte einen Mann gefoltert, ihm die Zunge abgetrennt, und die Zunge war in heiteren Sprüngen über den Boden gehüpft. Gerda hatte den Kinobesuch vorzeitig abgebrochen und war bleich auf der Toilette verschwunden, ein wenig hatte er damals gehofft, sie wäre schwanger.

»Ist Lilly denn noch auf dem Trip?«, fragte er.

»Ja«, sagte Alex.

»Mit dieser reiferen Lady?«

»Anna? Nein, die haben sich schon lange getrennt. Lilly ist jetzt mit einer Schauspielstudentin zusammen.«

Ihre Mittagspausen zu dritt waren Yanns kleine, sinnentleerte Männerzone, in der er dumme Fragen stellen durfte und schlichte Antworten erhielt.

»Une petite actrice? Wow, sexy! Wie sieht sie aus?«, wollte Clément wissen.

»Wie du, nur als Frau«, gab Alex zurück, Clément strahlte. »Ihre Augen sind größer und grüner. Und ohne Ringe darunter. Sie ist schlanker, und ihre Haare glänzen mehr. Sie riecht auch besser.«

Yann überlegte, ob er drei Biere aus dem Kühlschrank holen sollte, aber nach der Mittagspause stand die große Schwerpunktsitzung mit der Institutsleiterin an, und das ölverspritzte Hemd von Clément war prekär genug. Der Einzige, der sich hier Nachlässigkeiten leisten konnte, war Alex, seine Studien zu den postrevolutionären Strategien des digitalen Establishments waren legendär. Leider war Alex seit Jahren in seine Mitbewohnerin Lilly verliebt. Zum Glück war sie weg und er konnte sich endlich entwöhnen. Andere Frauen hatte er nur angeschaut, dies jedoch so intensiv, dass sich Yann all die Scherben gebrochener Herzen vorstellte wie das Innere eines Altglascontainers. Alex wäre ein talentierter Womanizer, wenn er sein Herz nicht an eine Frau verloren hätte, die eines Tages beschlossen hatte, dass Frauen die besseren Männer waren. Er hatte verteufeltes Pech.

Allerdings fragte sich Yann, ob Lilly, eine in der Stadt mit Studium, Job und Familienproblemen überforderte Bauerntochter, für Alex tatsächlich eine Liebe und nicht einfach ein Protestprojekt gewesen war. Eine Zuneigung, die nur entstanden war, weil die Abneigung der eigenen Herkunft gegenüber so grundsätzlich und schmerzhaft war. Alex' Vater war ein Medienmogul im Ruhestand, die Mutter Modedesignerin mit lukrativen Aufträgen für Personaluniformen von Fluglinien und Supermärkten. Der Vater war mit Zeitschriften über die Frau, das Landleben und ständig um ihre Gesundheit besorgte Mitmenschen reich geworden, er war ein groß gewachsener Herr mit einem Ausdruck grimmig gebremster Güte im Blick. Die Mutter hatte früher als Model gearbeitet, sie hatte ihrem Sohn die Schönheit vermacht. Dass Alex in einer WG lebte, war ein Statement, um sich noch ein paar Jahre von dem anstehenden Riesenerbe zu distanzieren. Er war gutherzig und selbstlos, ein Kronprinz im hehren Gewand des sich zermürbenden Intellektuellen. Trotzdem drängte die Frage, wie lange er seinen systemkritischen Zugang zur Gegenwart vor sich und der Welt noch rechtfertigen konnte, wenn seine Eltern irgendwann beschlossen, dass es an der Zeit sei, ihn mit ihrem Geld zuzuscheißen.

Yann stellte sich Alex in der elterlichen Villa vor, wahrscheinlich wäre nur der Vater da, weil die Mutter gerade wieder in Mailand Stoffe einkaufte, der Vater würde seinem Sohn dringend zu einer Habilitation raten, wenigstens das. Alle waren doch heute Doktor, und wenn einer schon auf diesem idealistischen und also ungemein überflüssigen, ja nichtsnutzigen akademischen Weg bleiben wollte, wenn er davon partout nicht abzubringen war, dann sollte er sich wenigstens um den Titel aller Titel bemühen und langsam mal die Sache mit der Habilitation angehen, denn so ein Professor würde dem Stammbaum der Verlegerfamilie gut anstehen. Und natürlich ein paar Erben. Es konnte ja nicht sein, dass Alex, der Geld gar nicht richtig zu schätzen wusste und der damit höchstens ein paar gammelige Baugenossenschaften für weitere idealistische Prekariatsfälle finanzieren würde, seine Verzweigung im Stammbaum als fahlen Stumpf abschließen würde.

Es gab für diesen Vater nichts, woraus sich kein Nutzen ziehen ließ. Die Mutter hatte Kunstverstand mit in die Ehe gebracht und aus dem Fürsten des gefälligen Lifestyle einen akzeptablen Sammler und Mäzen gemacht. Der Sohn schuf mit seiner Arbeit intellektuelles Kapital, was zwar nichts mit echtem Geld zu tun hatte, aber als Image-Politur willkommen war. Der Vater honorierte dies durch gelegentliche Spenden ans Institut. Alex hatte versucht, ihn davon abzubringen, doch das Institut brauchte dringend Geld, es war ein Teufelskreis, dem Alex nur mit immer noch kritischeren und makelloseren Gesellschaftsanalysen entgehen konnte. Auch wenn sein Freund schöner, klüger und reicher war als er, hatte Yann doch aufrichtiges Mitleid mit ihm.

Natürlich war es Clément, der die Frage stellte, die auch Yann brennend beschäftigte: »Alors, les lesbiennes chez toi, wenn die Sex hatten, hast du das gehört? War das heiß?«

Alex' Gesichtsfarbe änderte sich von blaustichigem Bleich zu einem gesunden Rosa.

»Ah, es war heiß …«, sagte Clément, und Yann merkte, wie ihm selbst die Röte ins Gesicht stieg. Er stellte sich gerade verschiedene Dinge vor, die alle nicht an diesen Mittagstisch gehörten. Erstens: Gerda und ein Au-pair. Zweitens: Lillys Ex-Geliebte, diese Anna, die er bei einem

WG-Besuch kurz kennengelernt hatte, er erinnerte sich an etwas Leuchtendes, das ihn auf beruhigende Art sehr beeindruckt hatte. Wow, hatte er gedacht, so also sieht eine erfahrene Frau aus. Sicher, gelassen und großzügig. Wie Anna und Lilly zusammenpassten, war ihm allerdings ein Rätsel, Lilly schien ihm nicht nur zu jung, sondern auch zu schwierig, da hatte er Alex noch nie verstanden, es musste etwas mit melancholischen Quälereien und allgemeinen Selbstzweifeln zu tun haben.

Clément entsorgte sein letztes Stück Pizza und machte sich auf, um im Schrank eines abwesenden Kollegen nach einem sauberen Hemd zu suchen.

»Kommst du mal wieder zu uns zum Essen?«, fragte Yann. »Übermorgen?«

»Gern«, sagte Alex, »soll ich was backen? Brot? Kuchen? Beides?«

»Hast du Zeit?«

»Zu Hause? Viel zu viel.«

Er ging davon, in sein Büro, Yann schaute ihm nach, dem niedergeschlagenen Rockstar, und freute sich, dass er und Gerda ihm einen schönen Abend in ihrem vor Wärme glühenden kleinen Haus ermöglichen konnten. Mein Freund, dachte er. Er hatte gerade keine Lust, irgendwas zu hinterfragen. Manchmal fühlten sich die Dinge einfach richtig an, und fertig. Mein Freund, meine Frau, mein Haus. Mein gutes Leben.

6

Weit schlimmer als die Jugend von heute sind ihre Eltern, dachte sich Valerie und versuchte, ein total natürliches Lächeln auf ihrem Gesicht eine Minute lang zu halten. Eben hatte sie gelesen, dass die Lachmuskeln exakt eine Minute lang auf einen bestimmten Nerv zu drücken brauchten, damit dieser wiederum die Serotonin-Ausschüttung ankurbelte, was sofort ein allgemeines Glücksgefühl im Körper auslösen sollte. Und? Ja, verdammt, sie fühlte etwas durch sich hindurchschießen, was auffallend der Wirkung dieses großartigen Vitamin-D-Präparats glich, das ihr die Hausärztin gegen Lichtmangel während der Wintermonate verschrieben hatte. Die Welt der Hormone war unergründlich und gelegentlich beglückend. Oft aber auch nicht. Gerade in ihrem Alter. Bald wurde sie zweiundfünfzig und hatte sich das Recht auf Hormonpräparate und rezeptpflichtige Drogenflashs tapfer erlitten.

Wenn es nach ihr gegangen wäre, hätte sie längst damit begonnen, ihre Mutter hatte ihr schließlich genug vorgeschwärmt, wie toll ihr Leben dank korrekter Medikamentierung geworden war, alles war ausgeglichener, der Schlaf, die Körpertemperatur, die Laune, die Haut, das Verhältnis zu Sex. Schon seit Jahren wollte Valerie tagelang ganz banal genagelt werden und dann wieder monatelang nicht. Schon seit Jahren litt sie regelmäßig unter den unberechenbaren Wüstenwinden ihrer Hitzewallungen. Aber die Ärztin hatte gesagt, nichts da, für so was sind Sie noch zu jung. Zu jung! Nun denn, demnächst würde dieses Argument endlich nicht mehr zählen. Sie war jetzt richtig weit weg von der Jugend, zu der sie alle zwischen fünfzehn und fünfunddreißig rechnete. Nicht, dass eine Fünfunddreißigjährige biologisch gesehen noch eine große Ähnlichkeit mit einer Fünfzehnjährigen hatte, aber psychologisch hatte sich die Entwicklung innerhalb dieser Zeitspanne entweder von unten her be- oder von oben her entschleunigt. Als würden plötzlich alle in einem Vakuum hocken. In einer Suppe aus kollektiver Verunsicherung bei individueller Selbstüberschätzung. Nur die Unsensibelsten und Dümmsten wurden zu egomanen Wanzen wie die Tochter der Floristin, die andern hatten es wirklich nicht leicht. Sie bewirkten, dass gerade etwas wie Liebe in Valerie aufwallte: Die Jugend von heute war vielleicht die fragilste aller bisherigen Zeiten, sie bestand aus kleinen, flottierenden Inseln aus Zuckerwatte, die einander mit liebenswürdiger Anschmiegsamkeit auf dem Ozean des Lebens begegneten. Valerie war sich sicher, dass der junge Mensch von heute ein besserer war als der junge Mensch ihrer Generation. Der kleine Praktikant am Geschirrspüler zum Beispiel war viel netter, als sie es in seinem Alter je gewesen war. Mit einem strahlenden »Danke schön!« hatte er die schmutzigen Kaffeetassen, die sie ihm beim Nachhausegehen hingeknallt hatte, in die Maschine gefüllt, und seine Hände schienen dabei keine Tassen, sondern ängstlich pulsierende Küken zu umfassen. Er war süß. Arglos, süß und gefährdet. Bald würde ihn die Realität zermalmen. Oder auch nicht. Vielleicht war diese sanfte, grundsätzliche Umgänglichkeit der neuen Generation die einzige Chance, den Wahnsinn zu überstehen.

Was Valerie weit größere Sorgen machte, waren die Eltern. Zu denen unter anderen ihre Floristin, ihr Steuerberater und der gleichaltrige Kollege aus der Sportredaktion
gehörten. Der Kollege versuchte schon seit Monaten, ihr
das Babysitting für seine Teenie-Tochter aufzuschwatzen,
die unbedingt mal den Gesellschaftsjournalismus erleben
wollte, »weil sie alles mag, was mit Stars zu tun hat«, wie
er sagte.

»Dann soll sie mir halt schreiben, wie alle andern auch«,
hatte Valerie entgegnet, es war nicht die Antwort, die der
Papa hören wollte, er schien regelrecht Angst davor zu haben, seine Tochter um etwas zu bitten.

Der Steuerberater suchte auf Facebook nach einem
WG-Zimmer für seinen Sohn: »Unser lieber Linus braucht
ein Zimmer, ruhig und in Gehdistanz zur Uni, mindestens
fünfundzwanzig Quadratmeter, am liebsten mit aufge-
schlossenen und nicht allzu unternehmungslustigen Geis-
teswissenschaftlern ☺ Wer was weiß, Tipps bitte an mich.«

Und die Floristin hatte ihren wie immer idiotischen Post
mit sämtlichen Blümchen-Emojis verziert: »Hilfe! Mein
Schatz sucht einen Praktikumsplatz!! Wie ihr wisst, inte-
ressiert sich Melly für Mode und Kosmetik. Sie ist mein
Sonnenschein und meine Inspiration. Deshalb frag ich euch:
Was habt ihr Melly zu bieten? ♥♥♥«

Valerie fand täglich Dutzende solcher Posts auf Facebook,
die Eltern gratulierten tagelang zum Geburtstag – »Heute
sind wir schon siebzehn Jahre zusammen! So schön, dass
es dich gibt, mein Großer, danke!« –, zur bestandenen Prü-
fung – »Proudest Dad ever!« – oder zum ersten selbst ge-

machten Rührei – »Unsere kleine Sterneköchin!«. Natürlich immer mit mindestens einem Bild, dem anzusehen war, dass sie ihre Kinder vor allem als Accessoire für die eigene Ikonografie benutzten. Und dass die Kinder dies hassten. Ob sie sich irgendwann für jedes ihrer Kinderfotos auf Instagram rächen würden? Ob sie ihre welken Eltern heimlich beim Sex filmten?

Wenn Valerie ihrem Alter für etwas dankbar war, dann für die Tatsache, vor der großen digitalen Revolution zur Welt gekommen zu sein: Vor all den sozialen Kontrollkraken, die nach Körperteilen und Vogelgezwitscher benannt waren oder nach semipornografischer Sofortbefriedigung klangen. Gut, auch sie musste ihre Community unterhalten und sich vermessen lassen, es gehörte zu ihrem Job, aber mehr nicht. Sie war nach Dienstschluss nicht online, höchstens mal auf Zalando. Und früher? Natürlich verklärte sie ihre Kindheit heute massiv, das war der Geniestreich selektiver Erinnerungen, sie sah sich ganz bescheiden mit Stöckchen am Waldrand spielen oder sich mit dem Blütenstaub des Löwenzahns gelbe Tupfen aufs Kleid malen. Sah sich im Frühling im Garten der Großmutter die Primeln mit viel zu viel Wasser gießen oder in ihrer Küche über den schwarz-weiß gefliesten Boden hüpfen. Sah sich mit der Großmutter zusammen den kleinen grünen Campingtisch im Wohnzimmer aufstellen und stunden-, manchmal tagelang Monopoly oder Schach spielen. Die Figuren trugen Namen, die britischen Windsors mischten sich mit dem französischen Hof, den Habsburgern und der mythologischen Tafelrunde um König Artus, Ritter Lancelot begegnete Marie Antoinette, die

Türme ließen sich Burgen zuordnen und die Läufer und Springer ihren Herren und Heeren, bloß die Bauern blieben Bauern und wurden ohne Bedauern an den Fronten verfeuert. Sie verstanden beide fast nichts von Schach, aber es war die Beschäftigung mit den Royals auf dem Campingtisch, die sie auf simple Art glücklich machte. Sie hatten versucht, das Schachspiel auf den Küchenboden zu verlegen, aber schon beim ersten Versuch hatten Großmutters Knie mit einem überdeutlichen Knacken reagiert. Sie war eben alt.

Das heißt, nein, sagte sich Valerie, Großmutter war noch keine fünfzig gewesen, als ihre erste Enkelin zur Welt kam. Und als die Knie geknackt hatten nur wenige Jahre älter als Valerie jetzt. Kurz vor ihrem Hundertsten war sie gestorben. War an einem Winternachmittag zusammen mit den letzten Sonnenstrahlen verdämmert und Valerie hatte vergebens versucht, sie mit ihrer Umarmung zurückzuhalten. Hatte den Blick danach lange nicht von dem Gesicht wenden können, das mit dem letzten Herzschlag so hart und entschlossen wurde, wie es noch nie gewesen war. Königlich, dachte Valerie, Großmutter wirkte königlich, als sie vom Schlachtfeld des Lebens abtrat. Mit der einen Hand hatte Valerie das Kissen geschüttelt und mit der andern die Leiche festgehalten, hatte sie sorgfältig wieder sinken lassen, ihre Augen geschlossen und ihre Hände auf der Decke übereinandergelegt. Hatte Großmutters Lieblingskette gesucht, ein winziger Opal in einer silbernen Fassung daran, hatte ihr die Kette umgehängt und auf das Nachthemd aus dicker, rauer Baumwolle gelegt und war mit einem Kamm durch die schütteren Haare gefahren. Über der Lampe lag schon seit

Tagen ein rosafarbenes Foulard, das Licht war weich, als wäre es der Großmutter bereits gefolgt und hätte nur noch eine sanfte Spur hinterlassen. Valerie öffnete die Fenster und trat nach draußen, steckte sich eine Zigarette an und machte die ersten Anrufe.

Als sie eine halbe Stunde später wieder neben dem Bett stand, wollte sie noch ein letztes Mal die Wange küssen. Doch das Wesen in Großmutters Bett schien sich mit aller Macht von ihr und der Welt zurückziehen zu wollen, als würde anderswo etwas auf sie warten, was endlich richtig sei. Valerie sträubte sich gegen Begriffe wie Jenseits oder Himmelreich. Die Großmutter hatte daran geglaubt, in halbwegs guten wie in schlechten Tagen. Während der letzten Monate hatte sie sich wie ein Kind auf das Ende gefreut. Und Valerie hatte es aufgegeben, ihr klarmachen zu wollen, dass der einzige Schein, der nach ihrem Tod über ihr aufginge, der des Feuers im Krematorium wäre. Aufklärung, Zynismus und schlechte Laune gehörten in die Zeitung, nicht an ein Sterbebett.

Das kleine Haus am Stadtrand in der Nähe des Flusses war durch ein Unglück an die Großmutter gegangen, sie hatte es Ende der Dreißigerjahre mit ihrem Mann und ihrem ersten Kind im Bauch bezogen, der Mann arbeitete in der Fabrik, der die Siedlung damals gehörte, aber die Fabrik hatte sich seit der großen Depression nicht mehr richtig erholt, die Häuser wurden verkauft, der Großvater kratzte seinen Arbeiterlohn zusammen und die Großmutter machte Heimarbeit für eine Stickerei. Ihre Augen wurden sehr schnell schlechter dabei, doch es gelang den beiden, über die Hälfte des Hauses abzubezahlen. Und dann geriet der Großvater eines Tages »in eine Maschine«, Genaueres war darüber von der Großmutter nicht zu erfahren. Der Arbeitsunfall hatte ihn bei lebendigem Leib gehäutet.

»Auch das Gesicht?«, hatte Valerie sie gefragt.

»Das Gesicht zuerst. Die Maschine hat ihn an seinen dunklen Locken gepackt«, sagte Großmutter.

Er sei zu seinem Glück sofort bewusstlos gewesen, hieß es. Eine Aufbahrung der Leiche fand nicht statt. Seine Frau hatte ihn zum letzten Mal gesehen, als er an jenem Morgen das Haus über den gelben Kiesweg zwischen den rosa und blau überschäumenden Primeln verließ. Eine Woche später geschah der gleiche Unfall noch einmal. Die Fabrik war schuld, der Skandal riesig, die Großmutter musste die zweite Hälfte für das Haus nicht mehr bezahlen. Danach war sie gut fünfzig Jahre lang allein, wobei all ihr Erleben an das kleine Haus geknüpft war. Hier hatte sie ihre drei Kinder großgezogen und ihre Enkel gegen all die kleinen, dann immer tiefer gehenden Stiche des Erwachsenwerdens verteidigt. Jahrzehntelang kochte sie für Valerie Milchreis mit einer knisternden Schicht aus Zimt und Zucker. Sie hatte ihre pubertäre Schulferien-Schwärmerei für den blonden jungen Metzger im Supermarkt unterstützt und sie Tag für Tag mit kleinsten Aufträgen in die Fleischereiabteilung geschickt. Und sie hatte ihr die sinnloseste Angel der Welt gebastelt, eine Schnur mit einem Stück Brot an einen Stock gebunden, und Valerie hatte sich damit als Fünfjährige leichtgläubig auf die Brücke über dem Fluss gestellt und nichts gefangen.

Um die Zeit, als Valerie ihren vierzigsten Geburtstag feierte, hatte die alte Frau das obere Stockwerk ihres Hauses aufgegeben und ihr Bett ins Wohnzimmer bringen lassen. Die vier Stufen von der Haustür bis zum Kiesweg und von der Veranda in den Garten waren genug, sie stand jeden Morgen um halb sechs Uhr auf, brauchte eine ganze Stunde, um sich in der Küche zu waschen, danach kochte sie sich einen Filterkaffee, der stundenlang auf der Wärmeplatte vor sich hin blubberte und immer bitterer wurde.

»Das machen sie doch so, in Amerika«, hatte Großmutter protestiert, als Valerie sie zu einer italienischen Espresso-Maschine hatte überreden wollen. Amerika war ihr Spleen, sie träumte von einer Jukebox, aber das Einzige, was sie sich in ihren späten Jahren zu leisten wagte, war ein DVD-Gerät und Dutzende alter Filme mit Ingrid Bergman, Bette Davis und der lieblichen Greer Garson. Dazu sämtliche Bildbände über die Kennedys. Jetzt war sie tot, und ihre selbst bald uralten Kinder warteten darauf, dass Valerie das Haus verkaufen und ihnen endlich ihren Pflichtanteil ausbezahlen würde.

Die letzten zwanzig Jahre hatten Enkelin und Großmutter damit verbracht, die immer gleichen Dinge im Haus in die Hand zu nehmen und am Ende doch nicht wegzuschmeißen. Die Großmutter war für radikales Entsorgen, nur ein Paar feiner roter Riemchensandalen wollte sie behalten, »damit ich mich erinnere, wie schön meine Beine mal waren«, sagte sie. Aber solange die Großmutter lebte, hing Valerie an jedem Likörglas und an jedem Blumenschemel, und jetzt hatte sie den Dreck. Zuerst hatte sie überlegt, den nostalgischen Kram auf irgendwelchen Internetforen mit Namen wie *Omas Welt* oder *Vintage Wonderland* zu verramschen, doch zufälligerweise hatte der Geschirrspül-Praktikant gesehen, wie sie mühselig ein paar Fotos mit altem Geschirr bearbeitete. Sein Blick war erst gierig, dann traurig geworden, weil er genau wusste, wie viel der Krempel in Hipsterbedarfs-Boutiquen kostete. Sie hatte sich nichts gedacht bei den feuchten Augen des Praktikanten, außer: »Arbeite halt mal was Richtiges, statt immer nur doof mit dem Kickboard durch die Redaktion zu fetzen!«

Jetzt hatte sie deswegen ein schlechtes Gewissen. Das arme kleine Hündchen. Was sollte es denn sonst groß tun?

»Hey!«, rief sie in Richtung Geschirrspüler, sie hatte seinen Namen vergessen. Hießen Praktikanten nicht alle Dimitri oder Damian? »Herkommen!«

Sie sah, dass er Angst vor ihr hatte. Heute bestand dazu ausnahmsweise kein Grund. Sie klickte auf die Fotos vom Hausrat ihrer Großmutter: »Sag mal, kannst du davon was brauchen?«

»Boah, ich … Ja klar, aber ich hab kein Geld.«

»Brauchst du nicht, ich verschenk alles. Sags den andern.«

»Echt jetzt?«

»Echt jetzt. Aber abholen müsst ihr's selbst.«

An dieser Stelle verließ Valerie ihre beschämend kleine Ecke im Großraumbüro einer Redaktion, der sie aus Gründen der Bequemlichkeit seit einem Vierteljahrhundert die Treue hielt. Sie ging nach draußen in den trüben, kalten Nachmittag, der nach feuchter Erde, fernem Schnee und dem karamelligen Rauch des nahen Marroni-Häuschens roch. Da liegt ein guter Whisky in der Luft, dachte sie, steckte sich eine Parisienne an, blickte durchs Fenster in den hell erleuchteten Redaktionsraum, wo sich gerade ein Dutzend Kinder um ihren Computer scharte und artig kleine Notizen auf diverse Zettel kritzelte. Sie sah ihr Spiegelbild im Fenster, sah ihr Lächeln, das sich ganz mühelos schon weit über eine Minute lang hielt. Ich kann echt nett sein, dachte sie, und ich muss dringend zum Friseur.

7

Yann schlief den guten Schlaf derer, die ihren Tag ausnahmsweise ohne Selbstzweifel überstanden hatten. Gerda lag wach. Sie fragte sich, worin die Kunst des Einschlafens neben dem immer gleichen Menschen eigentlich bestand. Zu Beginn ihrer Beziehung war es ihr leichtgefallen. Es war ihr liebster Moment des Tages gewesen, sich neben ihn ins Bett zu legen, sich in seine Arme zu schmiegen, ihn zu küssen, ihre Hand in seinem weichen Haar verschwinden zu lassen, gehalten zu werden, mal mit, mal ohne Begehren, aber immer so, als gäbe es außer ihnen keinen Menschen, keinen Raum und keine andere Ewigkeit. Sie ließen einander los und trieben in den Schlaf hinein, geradezu komatös beruhigt von der Gegenwart des andern. In einem Bett, aber unter getrennten Decken. Sie wollte das so. Und sie wusste genau, dass all die andern Paare, die sie kannten, dies am liebsten auch so gewollt hätten, sich aber nicht trauten. Dabei konnte man dank getrennter Decken viele kleine Terrorakte vermeiden, viel Groll kam gar nicht erst auf, es gab kein nerviges Gezerre bei einem Rückeroberungsversuch, kein spitzes Knie, kein kantiger Ellenbogen stach absichtslos zu, und der geteilte Schweißfilm, der nur beim Sex willkommen war, fehlte auch. Gut, Yann schnarchte ein wenig, im Alter würde es gewiss schlimmer werden, aber noch störte es sie nicht, noch störte sie sich nur selbst. Mit ihren ganz persönlichen Träumen und Gedanken. Mit denen sie sich nachts nicht nur um ein paar Zentimeter, sondern um kleine Welten von Yann entfernte, weil sie mit dem zu tun hatten, was zwischen ihnen gerade nicht stattfand. Es stieg nichts Bittersüßes in ihr hoch und kein Schrei nach Erlösung, wenn sein Atem schneller und sein Blick dunkler wurde. Sie machte Liebe mit einer höflichen Teilnahmslosigkeit, von der sie hoffte, dass sie ihm nicht auffiel. Schließlich war er ein guter Mann, sie hatte Grund zur Dankbarkeit. Er gab ihr Haus und Geld, sie gab ihm ein Heim und sexuelle Gratifikation. So war das doch gewesen früher, als die Frauen zu Hause blieben, in ihren Vororthäuschen depressive Alkoholikerinnen wurden und beim zweiten, dritten oder vierten selbst vorgenommenen Abtreibungsversuch starben, während die Männer in den Mittagspausen blutjunge Sekretärinnen vögelten.

Gerda plante weder Alkoholismus noch Tablettensucht, sie war ja auch gar nicht unzufrieden mit ihrem Dasein, das sich seit Monaten auf das Haus, den großen Baumarkt an der Peripherie und seine Gartenabteilung konzentrierte. Aber sie fürchtete, dass Yanns Geduld mit ihr langsam löchrig werden könnte. Oder, was schlimmer wäre, dass er das Ungleichgewicht zwischen ihnen genießen könnte. Dass sich da etwas geradezu Sadomasochistisches in ihre

Beziehung einzuschleichen drohte, ähnlich wie in diesen Büchern, von denen nur ganze drei Seiten wirklich als Wichsvorlagen taugten. Denn das war es doch, wofür *Fifty Shades of Grey* in die Welt gesetzt worden war, oder nicht? Gerda hatte sie alle gelesen, höchst diskret auf ihrem Kindle, es gab einfach Dinge, mit denen man sich nicht sehen lassen konnte. Gegen ein paar Szenen war sie dennoch wehrlos. Zum Beispiel dachte sie im Baumarkt immer öfter an Sex. Sie stand vor den Seil- und Kabelrollen und stellte sich vor, wie ein Mann eine Frau damit fesselte. Wie Yann sie zu einem ohnmächtigen Paket aus Fleisch verschnürte. Oder es zumindest versuchen würde, denn er wäre viel zu unbeholfen. Doch lauerte nicht gerade in den Unbeholfenen die Gefahr blutiger Brutalität?

Sie starrte in die Nacht hinein, die hier draußen weit dunkler war als in der Stadt, dann wandte sie sich dem Mann zu, von dem alle erwarteten, dass sie einen sehr, sehr langen Weg zusammen gehen würden. Sein Haar schimmerte genauso silbern durch die Nacht wie ihres, wie sie lag er seitlich, das Gesicht zum Fenster, es hatte sich einfach so ergeben, man hätte sie für Zwillinge halten können. Zwei zornige Falten kerbten sich in ihre Stirn. Er hatte kein Recht auf diese Aneignung, sie war nicht sein Eigentum. Ihr Herz ballte sich zu einer harten Faust und übertönte das zweistimmige Rauschen des Oktoberwinds und des Flusses in ihren Ohren. Wenn sie jetzt ein Kissen nähme und es auf sein Gesicht presste, besäße sie genug Kraft, ihn zu ersticken? Und wenn ja, was täte sie dann mit dem Toten? Wie ließe sich der impulsive Akt als perfektes Verbrechen tarnen? Entspann dich, befahl sie sich, deine Fantasien sind sogar für einen richtig schlechten Traum zu übel. Doch ihr Herz tickte weiter wie die Zeitschaltung einer Bombe. Konnte Yann das irre Schlagen durch die Matratze hindurch eigentlich wahrnehmen? War etwa das ganze Bett ein verräterischer Resonanzkörper? Ein Überwachungsapparat, von ihm so eingerichtet, um jede ihrer Regungen zu kontrollieren? Schlief er deshalb so ruhig? Weil er genau wusste, dass winzige Sensoren und Wanzen in der Matratze für ihn arbeiteten? War sie noch bei Sinnen? Nein, war sie nicht. Aber stellten sich nicht alle Menschen, wenn sie nachts wach lagen, ähnliche Fragen? Und wie sehr war es eigentlich das Geld, das sie nicht verdiente, das sie sich zu verdienen weigerte, das ihre Liebe seit Monaten belastete? War sie am Ende schuld und gar nicht Yann? Sollte sie nicht vielmehr sich selbst ein Kissen aufs Gesicht drücken?

Autoscheinwerfer bahnten sich ihren Weg durch die Nacht. Natürlich, die dicke Gisela und ihre Brut. Und natürlich knallten Gisela und alle drei Gisela-Anhängsel mit den Autotüren. Mehrfach. Weil offenbar alle zu dumm waren, ihre gewiss schmerzlich geschmacklosen Habseligkeiten in einem Schwung aus dem Wagen zu nehmen. Waren die alle betrunken? Samt Kindern? Ob sie sich mal bei Airbnb beschweren sollte, sodass die Gisela-Familie nirgends mehr auf dieser Welt eine Wohnung bekäme? Aber wie machte man das, sich bei Airbnb beschweren? Wo waren die eigentlich? Und wie redete man die an? Liebe, lieber oder liebes Airbnb? Nein, »Dear Airbnb« natürlich. »Dear Airnbnb, we would kindly like to bring into your consideration that the

Gisela-family has brought much distraught into our quiet neighbourhood …« Aufhören, befahl sie sich, du bist noch nicht siebzig! Und dein Englisch ist scheiße! Und wieso hatte sie eigentlich »schmerzlich geschmacklos« gedacht? Gab es nicht den Ausdruck »eine schmerzlich schöne Frau«? Weil Äußerlichkeiten offenbar einen Eindruck machten, der sich auf fatale Weise ins Körperliche übersetzte. Weil das Schöne wie das Hässliche unweigerlich Wunden in die sinnliche Wahrnehmung schlugen.

Sie dachte an Alex. Yann hatte ihn für den nächsten Abend zum Essen eingeladen. Was er wohl gerade tat? Ob er wie angekündigt in der Küche stand und Brot und Kuchen backte? Ob er mit seinen schlanken, sehnigen Händen Teig knetete, die Ärmel hochgekrempelt, vielleicht sogar oben ohne, weil sich das weiße Mehl nicht mit dem schwarzen Hemd vertrug? Ob er mit ebenmäßigen Bewegungen den Teig auf die Tischplatte schlug, wieder und wieder? Und dabei ins Schwitzen kam? An wen er wohl dachte? Sie hatte noch immer nicht durchschaut, ob sein Liebesleben eigentlich existent oder nur eine einzige melancholische Fiktion war, in der eine Zicke namens Lilly die Hauptrolle spielte. Egal, jetzt war sie weg, und Alex würde gewiss bald wieder echten, nicht nur eingebildeten Sex haben. Bis dahin musste er sich eben an seinem Brotteig abreagieren. Gut für Gerda. Sie würde während ihres gemeinsamen Dinners bei jedem Bissen in seine Augen blicken und sich dabei vorstellen, wie er halb nackt in der Küche gestanden und den Teig mit seinen Händen liebkost und traktiert hatte. Sie würde ihn dies mit ihren Blicken wissen lassen. Ihn, den Mann, der aussah wie ein dunkles Versprechen. Oder besser nicht. Alex war scheu, verletzt. Sie freute sich auf ihn.

Ihr Herz wurde ruhig, und im Einschlafen glitten ihre Gedanken in jene schillernde Schicht ab, über die sie keine Macht mehr hatte. Sie sah sich neben ihrem Bett stehen, und darin schlief Alex, nur mit einem Tuch bedeckt, sie setzte sich mit gespreizten Beinen auf ihn, er wurde hart, was sie nicht erwartet hatte, überrascht dachte sie, oh, gleich betrüge ich Yann, da erwachte Alex, stand auf und ging wortlos davon. Sie blieb verwundert zurück. Die Nacht war auffallend tintenblau mit einem leichten Stich ins Grünliche, und der alte Apfelbaum vor dem Fenster trieb tief-pinke Blüten. Das Blau und die Blüten machten sie traurig, ein Schwall aufsteigender Tränen schüttelte sie. Endlich schlief sie auch innerhalb ihres Traumes ein.

8

Aus Angst vor dem Kater danach legte er sich ein paar Tabletten bereit: Zwei Alka-Seltzer, eine etwas stärkere Schmerztablette, die ihm der Arzt gegen seinen chronisch verspannten Nacken verschrieben hatte, dazu ein schwach dosiertes Muskelrelaxans. Bloß zur Sicherheit. Eigentlich hatte er nicht vor, mehr als die beiden Alka-Seltzer zu nehmen, was bedeutete, dass er nicht mehr als vier Gläser Wein trinken durfte. Sollte es doch mehr werden, also zum Beispiel fünf Gläser Wein plus Aperitif samt Digestif, wäre die größere Tablettendosis unumgänglich. Er schlief danach gut

und erlebte den nächsten Tag als nicht wirklich fassbare Ab-
folge von weichen Verzögerungen. Gerda schien ihm dann
noch schöner, schien zu glühen und zu zerfließen wie ein
radioaktiver Engel, alles an ihr wurde milde, ihr Ausdruck,
ihre Bewegungen, er wollte sie immerzu festhalten und vor
ihrer eigenen Flüchtigkeit bewahren. Nie war seine Sehnsucht nach ihr größer. Es war ein Zustand, der hartnäckig
jedes Leistungsstreben verhinderte, er konnte gerade noch
das Klo putzen oder Wäsche aufhängen, schon nur die
Waschmaschine richtig zu programmieren traute er sich
nicht mehr zu. Aber die seltsame Gummizelle, in der sich
sein Bewusstsein unter dem Einfluss der Tabletten befand,
war auf jeden Fall besser als der stechende, pochende Kopf-
schmerz, vor dem er sich so fürchtete.

Früher hatte er Tage, ganze Wochenenden in diesem
Schmerz dahingedämmert, war er erst mal da, half nichts
mehr, erst bei Einbruch der Dunkelheit wurde er weniger.
Er hatte gegen den Schmerz gejoggt, scharfen Ingwertee
getrunken, innerhalb eines Tages eine halbe Packung Kopf-
wehtabletten gegessen, sich nervös gefühlt, geschwitzt, ge-
zittert. Nichts ging. Und dabei hatte er nicht mal gekokst,
nur getrunken. Vor Jahren hatte er sich in den Ferien in
Amerika höchst wirksame Antikater-Tabletten gekauft, sie
waren rosa, von der obszönen Größe eines Hundebaby-
pimmels und man musste während des Trinkens alle zwei
Stunden eine davon schlucken, was in Gesellschaft hoch-
gradig toxikoman wirkte. Aber Amerika war fern und der
Alkohol nah und allein schon die Angst vor den Kopfschmerzen machte Yann verspannt. Bis er eines Nachts die

rettende Alka-Seltzer-Antischmerz-Muskelrelaxans-Formel entdeckt hatte.

Schon während des Studiums hatte er die Tage nach den Partys gehasst, nicht, weil es ihn persönlich gestört hätte, das Tageslicht auf irgendeiner Matratze oder mit ein paar gröberen Schwarzenegger-Filmen zu ignorieren, sondern weil er ein schlechtes Gewissen hatte. Denn allein sein Kopf hatte ihn schließlich dazu qualifiziert, als Erster in seiner Familie studieren zu können. Nicht überragend, nicht mit Bestnoten oder so, nur etwas besser als gut. Und er ging hin, setzte sein Gehirn unter Alkohol und schaute ihm beim Schrumpfen zu. Viele, die er kannte, machten das genauso. Im Gegensatz zu ihm kamen sie jedoch nicht aus dem ländlichen Kleingewerbe, sondern aus anderen gesellschaftlichen Zusammenhängen. Sie mussten sich nicht beweisen, bei denen hatten die Eltern schon alle Beweise geführt. Die Kinder mit dem privilegierten Start ins Leben hatten ihn schon im Gymnasium gedemütigt, sie konnten sich alles leisten und wurden zur Strafe in ein Luxusinternat in den Bergen verbannt, wo sie die Wochenenden mit noch besseren Drogen, bei Pferderennen oder im Schnee verbrachten.

Alex war auch so ein Privilegierter. Yann hasste es, wenn er von seiner Kindheit und Jugend erzählte, von den Ferien an Orten, die mit einem »Sankt« begannen, St. Moritz, Saint-Tropez, St. Barths, von den vergeblichen Versuchen seiner Eltern, ihn mit Töchtern der Gesellschaft bekannt zu machen, und schließlich vom großen Zerwürfnis mit achtzehn, als er beschloss, in besetzten Häusern zu leben, Bücher zu lesen, radikale Manifeste zu verfassen und kein Geld von zu Hause zu akzeptieren. Yann fand beides albern: Die Dekadenz der Herkunft und die Extremität des Ausstiegs. Er war mehr für ein neugierig entspanntes Gleiten von einer Lebensphase in die nächste. Zudem waren abtrünnige Rich Kids in der autonomen Szene Dutzendware, sie verwirklichten sich dort für ein paar Monate und erhielten regelmäßig Besuch von einem sie nachsichtig bewundernden Elternteil. Yann hatte an der Uni einige von ihnen kennengelernt, sie konnten ihre vererbte Überheblichkeit auch im Seminar nicht abstreifen. Im Unterschied zu ihnen war Alex jedoch von geradezu starrköpfiger Konsequenz, seinen Lebensunterhalt hatte er sich schon während des Studiums als Ghostwriter für sozial engagierte Jungpolitiker verdient, seine WG war das Äußerste, was er sich bis heute an Häuslichkeit und Komfort gestattete. Dass ihn das Geld des Vaters ausgerechnet am Institut wieder eingeholt hatte, war der perverse Fluch seiner Biografie. Ein lästiger Vorbote der Zukunft.

Um sieben Uhr stand Alex vor der Tür, in der Hand trug er eine mit Selbstgebackenem prall gefüllte Papiertüte, sein Haar fiel ihm enorm einnehmend ins Gesicht, er war frisch rasiert und strahlte: »Merci, mein Freund, dank euch hab ich mich aufs Wochenende gefreut! Faszinierende Gegend hier. Ich kenn so was ja nur aus Filmen.«

Wow, dachte Yann, als Alex mit einem Grinsen versuchte, sich das Haar aus dem Gesicht zu schütteln, ich hab einen Bro-Crush.

Das Licht in der Küche war so weit gedimmt, dass es unmöglich zum Kochen zu gebrauchen war. Gerdas Haar glänzte, wie es dies nur tat, wenn sie es minutenlang mit einer großen runden Bürste glatt geföhnt hatte. Als er sie ungefähr vor einer Stunde zum letzten Mal bewusst wahrgenommen hatte, wirkte ihr Haar noch matt wie gescheuertes Messing. Oder täuschte er sich? Er war erschöpft gewesen, hatte sich etwas Fernsehen gegönnt, sich in eine Sendung gezappt, in der es um nichts anderes ging als um die perfekte Hochzeit.

»Das Gefühl, einen Maßanzug zu tragen, kannte ich bereits. Weil du mein Maßanzug bist«, sagte ein Bräutigam am Altar zu seiner Braut.

»Es waren die schönsten Worte, die mein Schatz hätte finden können«, stammelte die Braut unter Tränen.

»Die Stimmung auf der Hochzeit von Ronya und Rick war mega, ich gebe den beiden herzliche acht Punkte«, sagte ein Wedding-Planner.

Vielleicht hatte Yann das auch geträumt, zwischendurch war er vor dem Fernseher eingeschlafen.

Neben dem schönen Haar trug Gerda eine Schürze. Sie stand ihr gut, die Bänder betonten ihre zarte Taille, die altmodischen roten Blumen passten zu ihren rot gemalten Lippen und den erhitzten Wangen. Seit wann besaß sie eine Schürze? War ihr so was nicht zu blöd?

»Er ist da!«, sagte Yann.

Gerda drehte sich um, strahlte Alex an, zeigte auf die Tüte und fragte: »Kastanie-Schoko?«

»Wenn ich schon mal Wünsche erfüllen kann?«

Sie ging ihm entgegen, stellte sich auf die Zehenspitzen, Alex beugte sich zu ihr hinunter und küsste sie auf die

Wange. Yann wusste, dass »Kastanie-Schoko« Gerdas Lieblingstorte war und Alex ausgerechnet diese Lieblingstorte besser beherrschte als Gerda selbst. Hatten sich die beiden abgesprochen? Aber wann? Letzte Nacht? Hatte ihm Gerda davon erzählt und er hatte es wieder vergessen?

»Moment«, sagte sie und versuchte, die Schürzenbänder aufzuknoten. Es ging nicht. Sie machte eine hilflose Geste, drehte sich mit dem Rücken zu den Männern. Yann half. Und schaute, ob Alex schaute. Ob er den Knoten oder gar ihren Hintern fixierte, doch Alex war mit dem Auspacken seiner Torte beschäftigt. Unter der Schürze trug Gerda schwarze Hosen und eine eng anliegende schwarze Bluse. Sie stand da wie ein schmaler Pinselstrich, und Yann verfluchte sich dafür, dass er sich als Einziger gegen Schwarz und für eine Jeans mit grauem Sweater entschieden hatte. Die andern beiden wirkten cooler, kühner und dazu auch noch definitiv besser proportioniert. Dabei war er doch derjenige, der Gewichte stemmte, nicht Alex. Wahrscheinlich war sein pragmatischer Zugang zum eigenen Körper genau falsch, wahrscheinlich war es ein Fehler, sich Kraft und nicht Stil zum Ziel zu setzen.

Trotzdem wäre es ihm lieber gewesen, wenn Gerda und Alex nicht ausgesehen hätten, als würden sie in der gleichen Bar kellnern. Wenn Gerda als seine Frau zu erkennen gewesen wäre. Zum Beispiel in einem seiner Pullover, die sie gelegentlich statt eines Kleides mit Strümpfen trug. Er fand sie darin ungeheuer sexy. Wollte er eigentlich, dass auch Alex sie sexy fand? Nein. Und ja. Schließlich befand er sich Alex gegenüber in einem mehrfachen Nachteil, doch Gerda hatte er ihm voraus. An einem von vielen langweiligen Nachmittagen im Institut hatte er eine Liste gemacht, für die er sich heute noch schämte, die ihn aber auch heimlich freute. Die eine Spalte gehörte Gerda, die andere dieser Lilly-Lesbe. In die Spalten schrieb er eindeutige Bewertungskriterien. Bei den Primärmerkmalen »Busen und Po« stand bei Gerda »klein und fest«, bei Lilly »nicht vorhanden«. Bei »Augenfarbe« »himmelblau« gegen »schlammgrün«. Bei »Haarfarbe« »lichtblond« gegen »lehmbraun«. Bei »Figur« »perfekt« gegen »brettig«. Das war vor Gerdas Entlassung gewesen. Jetzt stünde bei Lillys Sekundärmerkmal »Beschäftigungsgrad« noch immer »Verkaufskraft«, bei Gerda »arbeitslos«.

Er war froh, dass sich seine Liebste für ein Essen entschieden hatte, das nicht nach einer zur Hälfte arbeitslosen und deshalb zur Sparsamkeit gezwungenen Zweierbeziehung aussah. Mit Tomatensauce und Käse überbackene Polenta zum Beispiel. Oder Pasta mit Pesto. Auch wenn Gerda das Pesto aus den eigenen Gartenkräutern selbst gemacht hatte. Gut, nein, nicht ganz, sie wohnten noch nicht so lange im Haus, dass eine Gartenernte von liebevoll gezogenem Basilikum, Rosmarin oder Shiso realistisch gewesen wäre, auch wenn im Garten tatsächlich etwas gewachsen war, quasi über Nacht. Gerda hatte getrickst, und er hatte so getan, als würde er ihr glauben, dabei hatte er die braunen und schwarzen Plastikschalen mit den Preisschildern des Baumarkts im Abfall gesehen. Er hatte ein wenig gestaunt, hatte er doch erwartet, dass Gerda ihre Pflanzen wie alle andern Häuschenmenschen auf dem Biomarkt in der Altstadt einkaufen würde und nicht den Billigkram aus Gewächshäusern.

Doch für das Dinner mit Alex brutzelte ein Zitronen-Knoblauch-Hähnchen im Ofen, daneben bräunten akkurat geschnittene Fächerkartoffeln, auf dem Herd dampfte Brokkoli nach dem simplen und unschlagbaren Rezept eines schwulen israelischen Promikochs. Es war das einzige Kochbuch, das Yann und Gerda zum Kochen und nicht nur zum Anschauen benutzten. Sie schenkten einander zwar die Publikationen ihrer liebsten Fernsehköche, doch die kochten immer zu kompliziert, zu schwer, zu französisch, zu englisch oder zu deutsch. Sie schenkten sich die Bücher allesamt ironisch. Der schwule Israeli hingegen kochte genau so, wie man jetzt kochen und essen musste, da waren sich alle einig. Und als hätte Gerda geahnt, dass noch ein essenzielles Detail fehlte, dekorierte sie die Teller ganz zum Schluss mit Sour Cream und ein paar Granatapfelkernen. Weiß wie Schnee, rot wie Blut, musste Yann unwillkürlich denken. Schneewittchen. Obwohl diese Assoziation eher ins Reich von Gerdas Mutter gehörte. Seine eigene Kindheit war an Märchen arm, doch an glücklichen Realitäten reich gewesen. Und an gutem Essen.

Als er Gerda kennengelernt hatte, war sie kulinarisches Brachland. Eine verwahrloste junge Frau, hatte er gedacht, außen schön und in ihrer Arbeit so klar, aber darüber, was alles in sie hineindurfte, hatte er sich vom ersten Tag an gewundert, als er ihren Arbeitstisch in der Agentur gesehen hatte mit der Kinderschokolade, einer Packung Toffifee und einer angebrochenen Flasche Coke Zero. Sie entwarf damals den neuen Briefkopf seines Instituts, eine vollkommen uninteressante Aufgabe, die er selbst mit einem billigen Grafikprogramm nur unwesentlich schlechter erledigt hätte. Zumal ein paar der bleiernen Nachmittage im Institut damit schneller vorbeigegangen wären.

Er hatte sie zu einer Vorbesprechung in der Agentur getroffen, und plötzlich war er gern ins Büro gegangen. Weil er einen Grund hatte, ihr Geschäftsmails zu schreiben, um mit ihr dringende Dinge wie etwa die Notwendigkeit von Bindestrichen im Straßennamen der Institutsadresse ausführlich zu besprechen. Sie hatte zurückgeschrieben, und beide hatten angefangen, diese winzigen Dinge hinzuzufügen, ein »mein« vor »lieber Yann« zu setzen, sich zuerst mit »herzlich«, dann »sehr herzlich«, mit »lieber Gruß« und schließlich »Liebgruß« zu verabschieden, und es war klar, dass dies kein Versehen war, kein Rechtschreibfehler, sondern ein Zugewinn an Intimität.

Eines Tages stand er wieder vor der Agentur, grundlos, er wusste nicht mehr, wie er überhaupt dorthin gekommen war, etwas hatte ihn durch die Stadt gezogen, in seinen Eingeweiden flirrten Käfer unter Elektroschock, doch als er durch das Fenster schaute, hinter dem sich Gerdas Arbeitsplatz befand, war da einzig die Tischplatte mit dem großen Bildschirm und dem Häufchen aus Junkfood. Ein Schwall der Enttäuschung stieg in ihm hoch und etwas Scharfes kratzte plötzlich in seiner Speiseröhre, als müsste er sich gleich erbrechen. Ein krampfartiger Schmerz zuckte durch seinen Bauch. Er stürzte in die Bar vis-à-vis, vorbei an einer Kellnerin mit scharf rasierten Brauen und dem Aufdruck »Burn all your problems« auf dem T-Shirt, er rannte auf die Toilette, wo er sich benahm wie ein völlig verzweifelter Tourist, der sich in einer fremden Stadt eine schlimme Magenverstimmung eingefangen hat. Er schämte sich und schlich ohne etwas zu konsumieren wieder hinaus. Am liebsten wäre er heimgegangen, der eigene Gestank klebte ihm noch in der Nase und sicher auch an seinen Kleidern, so müssten sich Würmer fühlen, wenn sie denn eine Nase hätten, dachte er, schließlich war so ein Wurm ja im Grunde nichts anderes als ein Stück Darm, der sein Leben damit verbrachte, sich zu füllen und zu entleeren. Er merkte, wie er zu schwitzen begann und wie ihm schwindelte, vielleicht war dies gar nicht die Nervosität vor einer möglicherweise ins Amouröse hineinspielenden Begegnung, sondern schlicht der Beginn einer Magendarmgrippe? Vielleicht wäre die Sorge um seine Gesundheit angebrachter als die Scham über seinen Zustand? Er sollte wirklich nach Hause gehen.

Doch da hatte ihn Gerda gesehen und winkte ihm zu. Kam mit einem Netz voller Mandarinen über die Straße. Trug einen hellblauen Mantel und eine flauschige altrosa Mütze, die Mandarinen leuchteten, ihr Schritt war federleicht. Komisch, dachte er, sie wirkte reizend, wie aus der Zeit gefallen, es hätte ihn nicht gewundert, wenn sie sich in einem alten Musicalfilm wiedergefunden hätten, irgendwo in Paris oder London, und er hätte sich in einen Maler verwandelt und sie sich in eine Ballerina. Ich bin nicht krank, überfiel es ihn jäh, ich bin verliebt. Sie blieb vor ihm stehen, viel zu nah, sie sagte: »Hey!«, sie sagte: »Magst du eine?«, riss das Netz auf und reichte ihm eine Mandarine.

Obwohl ihn ihre Nähe schier versengte und er wusste, dass sein Magen die saure Frucht nicht vertragen würde, und obwohl er sah, dass die Mandarinen keineswegs bio-zertifiziert waren, sondern aus dem Sonderangebot eines Supermarkts stammten, griff er zu und griff zufälligerweise auch nach ihrer Hand. Sie legte ihren Kopf leicht in den Nacken und blickte zu ihm hoch, sie wollte etwas sagen, ihre Lippen öffneten und schlossen sich wieder, und nacheinander kullerten die übrigen Mandarinen aus dem zerrissenen Netz aufs Trottoir. Er wollte sie aufheben, doch da schoss ihm schon wieder ein Strahl Kotze in den Hals. Zitternd richtete er sich auf. »Ist dir schlecht?«, fragte sie besorgt.

Und dann sagte sie, was auch seine Mutter an dieser Stelle gesagt hätte: »Komm, du musst dringend eine Cola trinken. Das tut gut.«

Sie packte ihn am Arm, zog ihn in die Bar, er versuchte, der Kellnerin entschuldigend zuzulächeln, sie setzten sich, und Gerda bestellte zwei Cola. Die rasierten Brauen beobachteten ihn streng. Im Dämmerlicht der Bar fragte er sich, was draußen überhaupt für Wetter war. Sonnenschein und Wind? Leichter Schneefall? Beides? Viel später hatte er mit Gerda zusammen diese Serie über die englische Königin geschaut. In einer Folge wurde irgendein adeliger junger Nazi in Deutschland zu Grabe getragen, die Sonne strahlte und es fiel Schnee. »Bullshit!«, reklamierte Gerda. Nein, dachte er. Wir kennen das doch. Genau das. Genau so hatte die gemeinsame Zeit von Yann und Gerda begonnen: Mit Cola in einer ungemütlichen Innenstadt-Bar, die sie danach nie wieder betreten hatten. Davon, dass er gestunken haben könnte, war nie die Rede, ihr Zusammentreffen wurde für immer vom Duft geplatzter Mandarinenschalen überlagert.

Das alles ging ihm durch den Kopf, als er mit Alex, Gerda und dem Zitronen-Knoblauch-Hähnchen am Tisch saß, als sie einander erst mit Crémant, dann mit Rotwein zuprosteten, redeten, lachten und irgendwann zu dritt versuchten, *Bohemian Rhapsody* nachzusingen.

Erst später stellte Alex die naheliegendste aller Fragen: »Wie lange dauert dein Urlaub eigentlich noch?«

Und Gerda antwortete: »Nur noch bis zum ersten Januar. Leider.«

»Versteh ich. Es gibt kein richtiges Leben im Büro. Und was du hier mit dem Haus gemacht hast, ist fast schon Kunst.«

»Danke. Genau das ist ja mein Problem. Am liebsten würde ich den Job kündigen und irgendwas in Richtung Innenarchitektur machen.«

Yann dachte, hör einfach auf, bitte, bitte, hör auf. Möglicherweise kannte Alex jemanden, der jemanden kannte, der irgendwie mit Gerdas alter Agentur verbunden war. Höchstwahrscheinlich wusste er bereits, dass Gerda entlassen worden war, und dachte sich, die arme Irre, höchste Zeit für eine Therapie! Und wenn er am Montag ins Institut kam, würde er Yann besorgt anschauen, ihm eine gemeinsame Rauchpause vorschlagen und sagen: »Mein Freund, darf ich dich was fragen? Seid ihr eigentlich in eure neoliberale Spießer-Idylle am Fluss gezogen, weil du Gerda wegsperren willst?«

Doch Alex schien ganz ohne Hintergedanken, als er sagte: »Gute Idee, ich fand dich in dem Job schon immer unterfordert. Die denken dort viel zu klein. Wieso schreibst du eigentlich keinen Roman?«

Schreiben, dachte Yann, Gerda kann doch nicht schreiben! Zeichnen, dekorieren, kochen, gärtnern, ja, aber doch nicht schreiben! Gut, sie hatte in der Agentur ab und zu kleinere Textarbeiten für Kunden übernommen, etwa für einen Biomarkt, aber über »Regional, saisonal, phänomenal: Bei uns kommen die Kirschen direkt vom glücklichen Baum und unsere Rohmilch haben wir liebevoll von Hand gemolken« ging das nicht hinaus.

»Klar«, sagte sie, »das würde mich schon reizen. Einfach mal die totale Freiheit im Kopf zu entfesseln. Irgendwas Psychotisches.«

»Probiers doch! Lass es in eurer Siedlung spielen. Leben und Lieben im Zeichen der Gentrifizierungsneurose. Schulden, Sex und Gartenzäune.«

»Genau! Und eine wie ich bringt eine wie die Gisela um.«

Aus euch spricht nur noch der Alkohol, dachte Yann.

»Welche Gisela, etwa DIE Gisela? Die aus dem Fernsehen?«, fragte Alex.

»Zumindest typähnlich. Eine Frau wie eine schwangere Robbe, du weißt schon. Wohnt im Airbnb-Haus vis-à-vis. Du kennst die?«

»Nicht wirklich, Lilly schaute die manchmal. Lustig, Airbnb und vis-à-vis reimt sich. Irgendwie.«

»Ah, Lilly, die kleine Blume des Bösen …«

»Was weißt denn du über Lilly? Habt ihr euch eigentlich mal kennengelernt?«

Nein, dachte Yann, haben sie nicht. Obwohl Gerda wahrscheinlich auch schon in dem Bistro mit integriertem Delikatessengeschäft gewesen war, wo Lilly jobbte. Was ihn ewig amüsierte, war die Tatsache, dass die modeschöpfende Mutter von Alex dort Stammkundin war, sie und Lilly aber nichts voneinander ahnten. Alex, der sture Separatist, schirmte seine kleine Boheme mit aller Macht gegen das neue Geld seiner Eltern ab.

»Sag mal, möchtest nicht *du* einen Roman schreiben«, fragte ihn Gerda, »oder besser Lyrik? Irgendwas, wo Reime keimen?«

»Haha. Nein, mach du mal, du schreibst besser. Dein Gespür für Atmosphärisches ist bestechend. Innenarchitektonisch und sprachlich.«

Yann sagte nichts, er fühlte sich ertappt: Wie hatte ihm dies entgehen können? Wo es für Alex doch so offensichtlich war? Hatte er Gerda in den letzten Monaten etwa zu sehr auf die Frau reduziert, die ihm ein Heim bereitete? Hatte er all die kleinen Texte, die sie einander im Lauf eines Tages schickten, zu flüchtig gelesen? Nahm er Gerda als zu selbstverständlich?

»Echt jetzt?«, wandte sich Gerda an Alex. »Du hast immerhin schon publiziert, ich nicht.«

»Definitiv.«

Es war warm, Alex zog seinen Pulli aus, darunter trug er ein schwarzes T-Shirt, es war entweder zu weit oder Alex zu mager, er müsste mal mit mir ins Gym kommen, dachte

Yann und schöpfte ihm nach. Er hatte sich wieder entspannt, Alex hatte nicht vor, Gerda zu demontieren. Und war es nicht schön, wie viel Alex ihr zutraute? Wie er sie regelrecht zu bewundern schien? Das hätte er nicht mal zu hoffen gewagt. Er blickte nach draußen, die Nachbarin stand im Garten und rauchte, rot glühte das Ende ihrer Zigarette durchs Dunkel. Nicht Gisela, die andere, Gerda nannte sie die Krähe, Yann hatte keine präzise Meinung, er fand sie eher imposant, vom Leben gegerbt, eine jener selbstbewussten Frauen, die gerne viel schwarze Mascara und roten Lippenstift benutzten und wahrscheinlich schüsselweise Silberschmuck mit bunten Steinen besaßen. Nicht schön, aber auch nicht uninteressant. Ein gut eingelebtes Gesicht. Sie sollten sie mal zu einer Flasche Wein einladen, doch Gerda fand sie doof. Gerade lutschte sie mit großen, glücklichen Augen an etwas Weißem, er sah nicht, ob es ihre fettig gewordenen Finger waren oder ein Hähnchenknochen.

Ich bin vollkommen betrunken, sagte er sich, und wenn schon, die andern sind es auch. Alles glänzte und in ihm regte sich Anfang Dezember ein zehrendes Frühlingsgefühl. Er fühlte sich auf anspruchslose Weise frei und glücklich. Als er Alex gegen halb zwei zur Tür brachte, hätte er ihn gerne auf den Mund geküsst. Angenehm verwirrt ging er wieder hinein, Gerda kam ihm entgegen, in der Hand den kleinen grünen Eimer mit Bioabfall, »ich bring das schnell zum Kompost«, sagte sie, »bin gleich zurück.« Sie rannte in die kalte Nacht hinaus, zum Gemeinschaftskompost am andern Ende der Häuserzeile, sie musste wirklich sehr betrunken sein, das hätte sie doch einfach stehen lassen können.

In der Küche klebten die schmutzigen Teller aufeinander wie kopulierende Flundern, er krempelte die Ärmel hoch, machte sich an den Abwasch und verfluchte die stilistische Korrektheit oder Bequemlichkeit, die ihren Vermieter daran hinderte, eine Geschirrspülmaschine einzubauen. Und während seine Arme bis zu den Ellenbogen in weißem Seifenschaum verschwanden und er mit seinen Fingern unter Wasser prüfte, ob wirklich keine Reste der Schoko-Kastanien-Torte mehr das Porzellan verkrusteten, verflüchtigte sich seine Euphorie. Winzige Klingen begannen unmissverständlich in seinen Schläfen zu rotieren. Wenn er nicht sofort all seine Tabletten schluckte, würde er den nächsten Tag hassen.

9

»Ich glaub, die kleine blonde Schlampe hat eine Affäre. Mit dem Alleinerben vom alten N.« Valerie löste sich von ihrem dritten Cognac und wandte sich ihrem Gegenüber zu. F. wurde auch nicht attraktiver mit den Jahren. Dafür immer berühmter. Was gewiss daran lag, dass er seinen Vornamen seit Jahrzehnten verschwieg und zu einem einzigen Buchstaben verkürzt hatte – als Friedhelm machte man keine Karriere. F. hingegen war unschlagbar, was die Beliebtheit beim weiblichen Publikum über vierzig anging. Und dies, obwohl er jetzt nur noch selten Liebhaber spielte, eher deren Väter. Neulich hatte er in einer Serie zehn Folgen lang einen Künstler im Koma gespielt, und Valerie wusste, dass er dafür nur einen einzigen Drehtag benötigt hatte. Es war die einzige Möglichkeit gewesen, seinen Namen überhaupt einigermaßen bezahlbar auf die Besetzungsliste zu kriegen. Sie betrachtete ihn: Das edle Schiefergrau seiner Locken war gefärbt, in Wirklichkeit glichen seine Haare einem fleckigen Pelz aus Braun- und Grautönen, doch seine Stimme wurde mit jedem Jahrzehnt voller und auf irritierende Art dunkler. Wenn violetter Samt nach etwas klingen würde, dachte Valerie, dann nach der Stimme von F.

»Ach, N., der alte Lebemann! Seine amtierende Gattin war mal auf dem Strich, oder?«, unterbrach F. Valeries Gedankengang.

»Auf dem Laufsteg, nicht auf dem … okay, ist irgendwie auch ein Strich. Der Sohn ist einer der alternativen Idealisten in diesem Thinktank am Stadtrand.«

»Kenn ich nicht.«

»Kennst du wohl, stell dich nicht blöder, als du bist.«

»Vally, was soll ich mit einem Thinktank, das ist so meta! Hallo, meine Filme und meine Stücke sind wichtig, die definieren Kultur, aber doch nicht irgendein Thinktank!«

Valerie schwenkte ihren Cognac vor Lachen etwas zu sehr, fast schwappte die dunkelgoldene Flüssigkeit über den Rand: »Pikantes Detail: Der alte N. sponsert den kleinen Elfenbeinturm regelmäßig mit hohen Beträgen.«

Insgeheim hatte sie eine Schwäche für den Alleinerben. Vor vielen Jahren hatte sie seine glamouröse Mutter porträtiert, war in der kühlen Villa gewesen, die einem Museum oder Mausoleum glich, aber nicht einem Zuhause. Der Sohn war damals noch beinahe ein Kind, höflich, unglücklich und schön. Wenn er das hier überlebt, dachte sie, wird aus ihm einmal ein interessanter Mann. Sie hatte recht behalten – selbst die jungen Leute in ihrer Redaktion verehrten ihn, er war ihr Lieblingsexperte für politische Themen und die Frauen fanden ihn heiß. »Ich versteh euch nicht, seine Haltung ist echt schlecht, keinerlei Körperspannung«, meinte der Sportredakteur. »Das ist es ja«, antwortete die Polit-Praktikantin, »du willst ihn aufrichten und ihm den Rücken stärken!« Wie alt war er jetzt? Fünfunddreißig? Es dürfte nicht mehr allzu lange dauern, bis er das Institut und die familiäre Scharade für einen Lehrauftrag in Berlin, Paris oder New York verließ.

»Abhängigkeit also«, F. klang jetzt nicht mehr frivol, sondern höchst gewichtig, »die gröbste patriarchale Demütigung. Der übermächtige Vater. Erinnert mich stark an *Hamlet* …«

Als ob, dachte Valerie. Als ob du noch groß was mit *Hamlet* zu tun hättest. Der allseits umschwärmte Rosamunde-Pilcher-Mime ging zusehends auseinander. Gesicht, Bauch, aber auch Hände benötigten immer mehr Raum. Erstaunlicherweise wirkte genau dies auf viele Frauen überhaupt nicht abstoßend, weil sie jedes Gramm F. verehrten. Sein Altern turnte sie nicht ab, sondern im Gegensatz an, denn ihre eigenen Körper hoben sich umso vorteilhafter von dem des berühmten Mannes ab. Sie konnten sich seinem gesellschaftlichen Status durch ihre vergleichsweise Schönheit gewachsen fühlen. Erst vor zwei Jahren hatte ihn eine junge Dame zum Vater von Zwillingen gemacht. Er hatte sich aufrichtig Mühe gegeben, wollte es wirklich schaffen, mit den dreien zusammenzuleben, aber aus der Mühe wurde Mühsal und so was lag F. nicht.

Er war der Prototyp des flamboyanten Narzissten, dessen Interesse an der Welt außerhalb seiner eigenen höchstens zehn Meter weit reichte. Ihr genügte das. Sie wollte F. nicht für sich, dafür kannte sie ihn zu gut und hatte genug glückliche und unglückliche Beziehungen erlebt. Die Muster, nach denen sich ihre Unglücke abgespielt hatten, waren einfach und vorhersehbar gewesen, die Glücke dagegen brauchten Arbeit, Zeit und Raffinesse und glichen komplexen, durchdachten Architekturen. Gegen einen neuerlichen Versuch von Glück wäre nichts einzuwenden, theoretisch jedenfalls. Praktisch sprach dagegen, dass sie keine Lust hatte, ihre Wohnung, ihr Bett, ihre Freizeit und ihre Ansichten noch einmal mit jemandem zu teilen. Sie war, wer sie war, und hatte ein Recht darauf, in Ruhe gelassen zu werden, im Job wurde sie schon allzu aufdringlich mit allerlei sinnfreien Existenzen konfrontiert.

Und dann war da noch die Sache mit dem Sex, also den Körpern, und hier fühlte Valerie sich zum ersten Mal in ihrem Leben richtig verunsichert. Es war nicht so, dass sie sich durchgängig vor sich selbst ekelte. Manchmal stand sie nach dem Duschen vor dem großen Badezimmerspiegel und staunte, weil sie vom Hals an abwärts je nach Beleuchtung sehr jung, beinah kindlich wirkte. Ihre Brüste waren nie groß gewesen und deshalb auch gar nicht erst schwer geworden, an ihren Armen hingen keine dieser labbrigen Lappen, obwohl sie doch immer enorm viel geraucht hatte, was ja so schlecht für die Haut, ihre Durchblutung und das elende

Bindegewebe sein sollte. Ihre Beine waren Beine. Nicht die einer Gazelle, aber auch nicht die eines Elefanten. Die meisten Spuren fanden sich im Gesicht, es schien insgesamt kleiner geworden, jedenfalls stachen Augen, Mund und Nase weit mehr hervor als früher, gerade die Nase glich einem regelrechten Schnabel. Die Adern auf ihrem Handrücken hatten die Tendenz, knotig hervorzutreten, und ihre Fußgelenke waren mit feinen violetten Gespinsten überzogen, die auch der Venenspezialist nicht mehr wegspritzen konnte. Gekommen um zu bleiben, dachte sie, so war es jetzt mit fast allem.

Sie hasste die aktuelle Mode, die verlangte, dass man seine Knöchel auch im Winter zeigte. Nackt. Klar, jede Französin in Valeries Alter konnte das, schließlich kamen Französinnen als Botschafterinnen lebenslanger Schönheit zur Welt, bei allen andern äußerte sich die Sterblichkeit einigermaßen zuverlässig an den Knöcheln. Am schlimmsten stand es jedoch um jenen Körperteil, für den sämtliche existierende Bezeichnungen zu albern oder zu technisch waren. Erst neulich hatte sie sich mal wieder einen Spiegel zwischen die Beine gehalten. In Erinnerung hatte sie etwas, das einer vor Frische noch bebenden Auster glich, oder einer bleichen Rose unter Tau. Die Erinnerung hatte sie getäuscht. Sie selbst war also das eine Problem, wenn es um Sex ging. Das andere war der Typus Mann, der für sie überhaupt noch infrage kam. Da konnte sie gleich einen jener Antik-Vibratoren an eine ausgeleierte Gummipuppe montieren. Einen fleischfarbenen mit naturalistischer Penis-Maserung.

Seit sie vor zwei Jahren eine große Reportage über eine

Sexmesse geschrieben hatte, lag die Visitenkarte eines Callboys auf ihrem Redaktionstisch. Wenn ihr mal gar nichts
mehr in den Sinn käme, wenn sie quasi auf den aufgeschürf-
ten Knien der sexuellen Bedürftigkeit ihre Hände flehend
zum Himmel erheben würde, wenn sie nicht mal mehr fähig wäre, das Tagwerk der Masturbation zufriedenstellend
zu erledigen, dann wäre es an der Zeit, die Nummer auf
der Karte zu wählen. Wenn die überhaupt noch gültig war.
Wie lange machten Callboys so was? Und wann wäre sie als
Kundin eigentlich zu alt? Seine älteste sei fünfundsechzig
gewesen, hatte ihr der Boy mit der guten Haut und den treu-
herzigen Augen gestanden, seine jüngste dreiundzwanzig.
Echt? Ja, sie habe zu früh geheiratet, erzählte er, sie habe gar
keine Erfahrungen sammeln können, er sei ihre Therapie
gewesen, ohne dass der Mann davon erfahren habe, heute
habe sie dank ihm beglückenden Sex mit dem Mann. Aha.

Valerie hatte sich an ihren eigenen dreiundzwanzigjäh-
rigen Sex erinnert, sieben Orgasmen in einer Stunde und
dies ganz ohne Callboy. Sie war zufrieden mit ihrem Erfah-
rungslevel, sie konnte sich jetzt guten Gewissens zur Ruhe
setzen. Schließlich galt es auch im Sex ein paar Anstands-
regeln einzuhalten. Eine davon lautete: Nimm Abstand,
nimm dich zurück, begnüge dich mit deinem Verschwinden
von der Bühne der erotischen Satisfaktionsfähigkeit. Sie
hatte dies schon oft mit F. verhandelt, seine Antwort war
immer die gleiche: »Was soll ich tun, wenn mir die Weiber
nachrennen? Mich kastrieren? Bin ich blöd? Nein, bin ich
nicht, ich bin F. Und F. kommt von ficken. Viel gut ficken.
Ich werde noch mit achtzig sagen: I'm old, but bold!«

Sie spürte, dass er ihre Unaufmerksamkeit registrierte und in wenigen Momenten die Geduld verlieren würde. »Ich sag dir, die Frau ist spooky!«, beeilte sie sich. »Manchmal denk ich, die ist ein Roboterweib. Sitzt da und starrt stundenlang ins Leere. Ihr Mann ist niedlich, sieht aus wie so ein ehemaliger Highschool-Quarterback, naiv und muskulös.«

»Hast du eigentlich nichts anderes zu tun, als Nachbarn zu beobachten?«

»Ich bin Journalistin, schon vergessen? Das ist die feige Variante von Ermittlerin. Also, gestern kommt der Alleinerbe zu Besuch. Und als er geht, rennt sie ihm nach und schmeißt sich ihm an den Hals. Zwei Teenies gehen vorbei, der eine sagt: ›Dürfen wir auch mal?‹«

»Teenies sind perfekt. Immer pointensicher, ich liebe es, mit Teenies zu arbeiten, die sind so …«

Valerie musste vermeiden, dass sich F. in der Halböffentlichkeit der Hotelbar allzu innig über seine Bewunderung für Teenager beiderlei Geschlechts ausließ. Sie wusste, dass in seinem Leib nicht der kleinste pädophile Funke auf einen unlauteren Ausbruch lauerte, aber solche Gerüchte verbreiteten sich schnell und vernichtend, sie hatte das schon oft genug erlebt.

»Okay, okay«, fiel sie ihm ins Wort, »es war kurz, aber steamy. Als ich Stunden später aufs Klo muss, sitzt sie reglos vor ihrem Computer. Als würde sie auf was lauern. Echt unheimlich.«

»Und du bist sicher, dass du das Ganze nicht mit einem schrägen französischen Arthouse-Film verwechselst? Die sind doch so, gespenstische Lähmung in schicken Häusern, bis plötzlich total unmotiviert die Bombe der Begierde einschlägt. Zum Drehen ein extremer Spaß, komplett albern, aber sexy. Französinnen, du weißt schon, die haben auch nie ein Problem damit, sich auszuziehen … Und dann kommen Leute wie du und pumpen mit ihren Texten Sinn in den Unsinn. Vally, es ist ein Privileg, dass es euch gibt, ohne euch wär meine Welt echt flach.«

Er beugte sich über den gläsernen schwarzen Bartisch mit dem Messingrand, nahm ihre Hand und küsste sie. Endstation Charme, dachte sie. Sobald er sich langweilte, suchte er Zuflucht in Anekdoten und einer seiner Attacken, die ihn für neunundneunzig Prozent der Frauen so unwiderstehlich machten. Sie hatte schon zu viele davon erlebt. Und kannte auch den uncharmanten F., den biestigen, beleidigten, nachtragenden F. Vor einem Vierteljahrhundert hatte sie zum ersten Mal über ihn geschrieben, sie arbeitete erst wenige Monate bei der großen Zeitung, war unverfroren, er ein attraktiver, aber überheblicher Niemand an einer Off-Bühne, sie hatte die Produktion und ihn abgewatscht. Statt zu schweigen, wie sie es jedem Kulturschaffenden geraten hätte, wurde er laut, protestierte beim Chefredakteur, sorgte dafür, dass sie ein Jahr lang Hausverbot an der Off-Bühne erhielt, und bezeichnete sie unter gemeinsamen Bekannten als dreckige Fotze, die ihren Job eh nur dank Hochschlafen bekommen habe. Es kratzte sie alles nicht, im Gegenteil. Sie freute sich über den Furor, den er ihr angedeihen ließ, und darüber, dass er ihr so viel sexuelle Potenz zutraute.

Die Jahre vergingen, man wurde dreißig, man wurde vierzig, Valerie blieb, wo sie war, F. wurde beliebter und beleibter, und eines Nachts fanden sie sich nebeneinander an der Bar eines Filmfestivals, er sagte: »Geiles Interview neulich, Respekt!«

Sie grinste, prostete ihm zu, seine Stimme klang damals schon ähnlich wie heute, er musste sie mit aller Macht aufgeraut haben, sie dachte wow, das also vermag eine gute Männerstimme, nämlich direkt in den Solarplexus zu treffen und Wellen aus Neugier und Überwältigung in alle Richtungen auszusenden. Und gerade als sie sich fragte, ob sich das Zuprosten wohl in genügend Zuneigung für eine gemeinsame Nacht verwandeln könnte, trat etwas Junges, Dünnes hinter F.s massivem Rücken hervor.

»Darf ich dir Julia vorstellen? Eine sehr begabte Kollegin«, sagte er.

Arschloch, dachte sie, verzieh dich doch einfach mit deiner dummen Fickpuppe. Doch dann hatte sich ein ungemein eleganter Zufall ereignet, ein jugendlicher Soapstar hatte die Bar betreten, ein Freund von Julia, und weil er verzweifelt spitz darauf war, seinen Namen irgendwann in irgendeinem medialen Zusammenhang zu sehen, warb er um Valerie, und plötzlich war sie in der gleichen Lage wie F.

Am nächsten Morgen hatten sie sich auf der Frühstücksterrasse des gemeinsamen Hotels wiedergesehen, beide hatten das Frischfleisch freundlich, aber bestimmt im Morgengrauen nach Hause geschickt und die letzten Stunden in den ausgezeichneten Hotelbetten alleine genossen. Jetzt saßen sie einander gegenüber, eingelullt vom weichen Nebel erfolgreich vollzogener Befriedigung. Die Chance, dass sie dies miteinander hätten erleben können, dachte

Valerie, hatte in der Nacht zuvor durchaus bestanden, ein paar Worte und Blicke lang. Die schwebende Möglichkeit einer Affäre.

F. klopfte mit einem Löffel die Schale von der Spitze seines Frühstückseis und sagte: »Die war nett, die Julia. Erfreulicher Body. Aber ganz ehrlich: Du und ich, *das* wäre interessant gewesen.«

»Dann lassen wir das doch so zwischen uns stehen«, sagte sie, lehnte sich in dem üppig gepolsterten Sessel zurück, zog an ihrer Zigarette und ließ ihren Blick ruhig und belustigt über sein Gesicht gleiten. F. wurde rot, verschluckte sich, und winziges Stück Ei landete auf ihrem Teller.

»Oh Gott, entschuldige!«

Buhrufe im Theater vermochten ihn nicht so sehr zu demütigen wie dieser kleine Kontrollverlust auf der Hotelterrasse. Es war der Moment, in dem sie ihn ins Herz schloss. Er war keine Gefahr, weder latent noch imaginär und auch nicht unter Alkohol.

Weshalb Valerie jetzt auch nach Hause wollte. Nachschauen, ob im Nachbarhaus noch jemand am Leben war oder ob die kleine Robotteuse den Quarterback schon mit einem Beil zu Hackfleisch gemacht hatte. »Ich lass dich hier sitzen, du findest sicher noch ein Groupie«, sagte sie, stand auf, beugte sich über F. und küsste ihn auf den Mund.

»Vally, weißt du eigentlich, dass deine Augen immer hinreißender werden? Als würden schwarze Panther mit goldenen Schlangen kämpfen.«

»Quatsch. Ciao!«

Draußen stach ihr Eisregen ins Gesicht, es war kurz nach Mitternacht. Sie legte den Kopf in den Nacken. Seltsam, sie hatte schon lange keinen Regen oder Schnee mehr auf ihrem Gesicht gespürt, hatte vergessen, wie heiß sich Wangen anfühlten, wenn sie von der Kälte getroffen wurden, beinah fiebrig, beinah wie früher während der Liebe. Küsse in der Kälte waren köstlich. Und doppelt elektrisierend, wenn man dabei auf einen ganz neuen, fremden Menschen traf. Sie musste an den Callboy denken, auf der Sexmesse hatte sie mütterliche Gefühle für ihn gehegt, er wirkte so jung und völlig unschuldig in seinem Bestreben, Frauen zu beglücken. Ob er eine Freundin hatte? Und was die wohl sagte, wenn er von einem Job nach Hause kam? »Boah, Alter, geh duschen«? Oder war es erregend, die Spuren anderer Frauen ins eigene Bett zu tragen? Weniges war so geheim und anregend wie die private Seite des Sexgewerbes. Was empfand er, wenn er Kundinnen küsste? Hatte er Lust auf ihre bedürftigen Lippen? Und nahm er so was wie die perfekte Witterung einer kalten Dezembernacht überhaupt noch wahr oder küsste er einzig in identisch temperierten Hotelzimmern?

Unter den meteorologisch bedingten Stichen in ihrem Gesicht fühlte Valerie ein winziges Austernmesser des Neides in sich bohren: Die kleine Blonde von nebenan hatte sich vergangene Nacht wirklich den besten Moment ausgesucht, um den jungen N. zu küssen. Ein paar Sterne hatten dazu wie dreckiger Glitzer durch den Nebel über der Stadt geschimmert und der Fluss hatte gerauscht, wie er das immer tat.

10

Ihre Hände sagten ihr, dass sie nicht geträumt hatte. Die Ränder um ihre Nägel waren zwar nicht mehr schwarz, sondern nur noch hellgrau, aber sie waren da, und sie wollte auch gar nicht, dass sie ganz verblassten. Sie waren wie eine langsam nachlassende Berührung. Gerda war ihm einfach nachgerannt. Sie hatte die Pillen gesehen, die Yann bereitgelegt hatte, sie wusste, dass er damit schnell in einen tiefen Schlaf fallen würde. Wann hatte er eigentlich angefangen, sich schon nach wenigen Gläsern Alkohol um seinen Schlaf zu sorgen? War das etwa, neben dem leichten Schnarchen, eine erste Alterserscheinung, die erste Stufe, bevor man behauptete, wetterfühlig zu sein, und sich ohne Blick auf die Wetter-App nicht mehr anziehen konnte am Morgen? Wie lange würde es dauern, bis man nur noch über seine Allergien, die operierten Krampfadern, seine Brille oder sein künstliches Hüftgelenk reden wollte? Egal, dachte sie, soll er seinen Kram doch schlucken, seine Ausnüchterungsparanoia würde ihr Zeit verschaffen.

Und plötzlich hatten sich in ihr Dinge in Bewegung gesetzt, war sie nach draußen gestürzt, hatte gerade noch rechtzeitig nach dem Komposteimer gegriffen, er war fast leer, aber ein gutes Alibi, und dann war sie auch schon auf dem Kiesweg, fragte sich im Rennen, wie sie es schaffen könnte, aus einem kurzen Moment mit Alex etwas für sich zu gewinnen, eine kleine Erschütterung, einen winzigen Stromstoß, eine Erregung, die sich wie ein Funkeln in ihrem Körper fortsetzen würde. Sie hatte während des

Essens versucht, jeden Blick und jedes Wort von ihm zu ihren Gunsten zu deuten, es war ihr nicht gelungen, er mochte sie, sicher, vielleicht sogar sehr, als Frau eines Freundes, nicht als Frau, es gab keinen Geheimcode zwischen ihnen, es gab nur ihren Traum aus der Nacht zuvor. Alex aus dem Traum hatte nicht allzu viel mit Alex am Tisch zu tun, er war so viel normaler, es war alles kein Problem mit ihm, sie fühlte sich in seiner Gegenwart wohl und unbehelligt von obsessiven Projektionen. Schade, dachte sie, sehr schade. Aber besser so.

Doch je länger der Abend dauerte, je mehr sie tranken und redeten, desto erfolgreicher verdrängte der Alex in ihr den Alex vor ihr, desto genauer justierte sie ihre Gegenwart. Passte sie der Begierde an, die sie im Traum erfasst hatte. Was tue ich hier eigentlich, dachte sie, sitze neben Yann, der völlig naiv ist in seiner Idee von uns und unserer einfachen, klaren, von pistaziengrünen Gartenzäunen der Treue und Treuseligkeit eingerahmten Beziehung. Sitze da und biete mich innerlich einem Mann an. Oder rede mir die Notwendigkeit ein, mich ihm anzubieten. Und wozu? Es war eine groteske, eine verwirrende Situation, aber natürlich auch prickelnd, es war eine Extravaganz, die sich Gerda über dem Zitronen-Hähnchen und dem israelischen Chili-Mandel-Brokkoli ganz alleine zurechtlegte und aus der sie spätestens beim Cognac, der auf die Schoko-Kastanien-Torte folgte, keinen Ausweg mehr wusste. Denn kaum hatte Alex das Haus verlassen, spürte sie, wie eine Stichflamme mitten durch sie hindurchschoss.

Noch im Laufen dachte sie, ich bin das Klischee einer

gelangweilten Hausfrau. Dann war sie bei Alex, der neben seinem Fahrrad kauerte.

»Hey«, sagte sie, »brauchst du Hilfe?«

»Nein, geht schon, die Kette ist rausgesprungen. Irgendwas hat sich verhakt.«

Er zeigte ihr seine schwarzen Hände.

Perfekt, dachte sie, die Realität ist immer die Rettung. Sie kniete sich neben ihn, griff nach der Kette, löste sie mit einem Ruck aus der Verklemmung, nahm die Pedale, drehte und ließ die Kette Glied für Glied auf die Zähne des Kettenblatts gleiten. Dann wischte sie die Hände an ihrer Hose ab: »Wozu trägt man sonst Schwarz?«

»Danke«, sagte Alex, »gibts eigentlich was, das du nicht kannst?«

»Erben«, sagte sie trocken.

Er musterte sie amüsiert: »Touché.«

Sie richteten sich beide auf, er war einen Kopf größer als sie. Jetzt oder nie, dachte sie, denn da war sie wieder, diese unvernünftige Aufregung. Sie strich sich eine Strähne aus der Stirn und hoffte, dass ihre Finger noch dreckig genug waren.

Alex lachte: »Wie siehst du denn aus?«

Er nahm seinen Schal und versuchte, die Schmiere von ihrer Stirn zu wischen.

Sie streckte ihm ihr Gesicht entgegen: »Nimm Spucke.«

In ihrer Bluse begann sie zu zittern, Alex zog seinen Mantel aus, legte ihn um ihre Schultern und spuckte auf seinen Schal. Er zog ihren Kopf mit der Linken zu sich heran und rieb mit der Rechten über ihre Stirn. Das Zittern wurde heftiger, es war keine Absicht, für einmal war es keine Absicht, wirklich nicht, sie konnte nicht anders, nicht in seinem Mantel, mit den Händen an ihrem Kopf und dem dünnen großen Mann mit den verschatteten Augen vor sich.

Der Mantel war allerdings eine schlechte Idee, Yann würde den Geruch erkennen, es gab nichts Demütigenderes, sie hatte das selbst erlebt, als sie mit einem verheirateten Mann aus ihrer alten Agentur eine Affäre gehabt hatte. Eines Abends stand seine Frau vor der Tür, sie hatte einen Verdacht gehabt, er ging mit ihr eine rauchen, zur Beschwichtigung. Als er zurückkam und Gerda flüchtig und entschuldigend in seine Arme schloss, roch er nach der andern. Zitroniger und ordentlicher als sonst. Auf seinem Pullover, seinem Hals, seinen Wangen. Es war ein Schock. Küssen mochte sie ihn an jenem Abend nicht mehr. Die Vorstellung, dass sie Erinnerungen an die Zunge der andern in seinem Mund finden könnte, ekelte sie. Aber würde Yann Alex überhaupt an ihr riechen? Wäre ihm dessen Geruch denn fremd, wäre er nicht eine Selbstverständlichkeit, deren Gegenwart gar keine Fragen mehr provozierte? Und wie roch Alex eigentlich? Sie wusste es nicht. Es war zu kalt draußen, ihre Nase taub. Sie musste umkehren, sofort. Musste nach Hause, sich neben Yann ins Bett legen, lesen, schlafen. Sie gehörte hier nicht hin. Und sie konnte sich nicht rühren.

Alex nahm seine Hände von ihrem Kopf. Sie zitterte, ihre Zähne schlugen aufeinander, sie hatte das Gefühl, dass ihre Augen, die verzweifelt seine suchten, immer größer wurden und ihr ganzes Gesicht verschlangen.

»Was ist denn los?«, fragte er, aber sie konnte nicht antworten, es war, als lähmte sie ein Krampf. Die Idiotie der Nerven, dachte sie, diese verfluchte Dummheit der Einbildung
auch, aber hatten die Märchen, die ihr die Mutter früher erzählt hatte, nicht gewimmelt von verzauberten, versteinerten,
eingefrorenen Mädchen? Und wenn sie endlich erlöst waren, taten sie allesamt das Gleiche: Sie heirateten ihre Retter.
Wieso kam ihr ausgerechnet jetzt ihre Mutter in den Sinn?
Eine Träne rann ihr übers Gesicht, sie wollte schluchzen,
aber alles war starr. Endlich legte Alex seine Arme um sie,
zog sie an sich, ganz fest, legte seine Wange an ihre, sagte:
»Schhhhh, ganz ruhig, alles gut. Soll ich Yann rufen?«

Entspann dich, befahl sie sich, natürlich darf er Yann
nicht herholen, darum geht es ja. Ihre Muskeln lockerten
sich, sie atmete tief, schüttelte den Kopf, ihre Stimme klang
matt und gebrochen: »Geht schon, entschuldige bitte.«

»Keine Ursache.«

Sie lächelte schwach, sie lag noch immer in seinen Armen,
hörte, wie kichernde Kinder vorbeigingen und ein Junge
sagte: »Dürfen wir auch mal?«

In ihrem Lächeln zogen sich ihre Lippen in die Breite, sie
spürte, wie ihr Mundwinkel auf seinen traf und wie der nicht
wegzuckte, und da drehte sie ihr Gesicht noch ein wenig weiter, bis ihre Lippen auf seinen zu liegen kamen, und küsste
ihn. Kurz und keusch, wie sie sich sagte. Nein, das war kein
Kuss, eher ein Zufall, ein Versehen, sie hätte genauso gut ein
Kind oder eine Katze auf die Nasenspitze küssen können.
Ihre Hand lag dabei auf seinem Arm, ganz leicht, er sollte
sie nicht spüren, nur ihre verirrte, kleine, weiße Hand auf

seinem schwarzen Hemd sehen und sich später daran erinnern. Vielleicht würde es ihm dann ein bisschen schwerer fallen, das Hemd in die Wäsche zu werfen.

Sie nahm seinen Mantel von den Schultern: »Ich muss jetzt gehen. Komm gut heim.«

»Klar. Bis dann.«

Er stieg auf sein Rad, sie drehte sich nicht um, hörte das Knirschen auf dem Kies und etwas in ihr riss auf wie eine riesige, leuchtende Wunde, die schmerzte und lichterloh brannte, ich bin ein Feuer in der Nacht, dachte sie, mein Herz ist nach außen getreten, ich bin mir vollkommen fremd.

»Schatz?«, rief Yann aus der Küche, »alles gut? Ich hab dir Tee gemacht. Magst du noch eine Alka-Seltzer?«

»Gern, ein Stück!«

Sie rannte ins Schlafzimmer, holte sich die dicke Wolljacke vom Kleiderstuhl hinter der Tür und verbarg ihr loderndes Herz, ihre irre machende Unruhe, den andern Geruch, von dem sie sich nicht sicher war, ob er wirklich an ihr hing.

Dann ging sie zu Yann in die Küche und streckte ihm ihre schmutzigen Hände entgegen: »Dein Genie hatte eine Fahrradpanne. Danke für den Tee, saukalt draußen.«

»Du Gute«, sagte Yann, machte ihr Platz am Spülbecken und küsste sie auf die Stirn, knapp neben der Stelle, die Alex eben mit seinem Schal sauber gerieben hatte, »du Beste. Ich geh schon mal ins Bad.«

»Ich brauch noch ein wenig, bis gleich!«

Sie schrubbte ihre Hände, nicht besonders gründlich, begann, die Weingläser abzutrocknen, eines nach dem andern, stellte die Teller in den Schrank, polierte den Herd, begann schon mal mit der Einkaufsliste für die nächste Woche. Sie wartete, ob Yann die Treppe herunterkäme, um sich ein Glas Wasser zu holen oder sie plötzlich von hinten zu umarmen, wie er das so gerne tat, das Knarren der Holzstufen hätte sie gewarnt, aber da war nichts. Yann lag jetzt im Bett. Es würde nicht auffallen, wenn sie sich noch einen Moment am Computer gönnte.

Sie setzte sich an den Küchentisch, auf den Stuhl von Alex, doch der Stuhl fühlte sich nicht an wie sein Mantel, er war hart und von einer undefinierbaren Temperatur, nicht warm und anschmiegsam. Sie klappte ihren Laptop auf und ging auf Facebook. Alex stand in der rechten Seitenleiste. Sie vermisste den grünen Punkt, der ihr gesagt hätte, dass er sich in diesem Augenblick zufälligerweise im gleichen sozialen Universum wie sie aufhielt. Ob er schon zu Hause war? Theoretisch ja, er brauchte mit dem Fahrrad höchstens zwanzig Minuten bis zu seiner WG im alten Rotlichtbezirk. Gewiss war er ein schneller Fahrer. Ob er noch in einer Bar haltgemacht hatte? Und wenn ja, hieß dies, dass er den Abend bei ihr gar nicht so schön gefunden hatte, wie er behauptete? Dass ihn noch etwas in die Nacht hinaustrieb – Durst, das Bedürfnis, mit irgendwem zu reden? Was, wenn er in der Bar einen der andern Jungs aus dem Institut träfe und sagen würde: »Du glaubst nicht, was mir eben passiert ist. Da bin ich bei Yann zum Essen eingeladen, alles nett, du weißt schon, Neobiedermeier im Einfamilienhaus, ich mein, allein das Wort Einfamilienhaus sagt doch alles, Yann und seine Freundin sind gewiss dahin gezogen, um zu brüten, du verstehst? Ich kapiere nicht, wieso

Leute das tun, die ewige Reproduktion des spießbürgerlichen Trauerspiels. Okay, und dann … ich glaub, Yanns Freundin ist in mich verknallt. Ob ich mit ihm darüber reden sollte?«

Und der andere würde sagen: »Gibt es Indizien? So konkret? Oder war es eher das übliche sensitive Zwischen-den-Zeilen-Lesen? Ich hasse es, wenn Frauen so was tun.«

»Na ja«, würde Alex sagen, »einerseits könnte ich sagen: Sie rannte mir nach und küsste mich. Andererseits …«

»Es gibt ein Andererseits? Ist ja interessant.«

»Andererseits könnte ich auch sagen, dass sie auf dem Weg zum Kompost mein Fahrrad reparierte, dabei fast erfror, ich sie …«

»Hm. Soso. Komplexer Fall. An deiner Stelle würde ich nicht mit ihm drüber reden. Yann ist schwer in Ordnung. Schmeiß den Schlüssel zu deiner Zunge in den Fluss des Vergessens. Verstanden?«

»Verstanden.«

Das wäre die eine Möglichkeit.

Die andere, die Gerda weit lieber war, ginge so: Alex saß weder in einer Bar noch zu Hause vor dem Computer. Nein, er hätte sich anders entschieden, er wäre kurz nach der Siedlung wieder nach links abgebogen, zum Fluss gefahren und von dort auf die kleine Insel, auf der nachts keine Laternen brannten und die deshalb bei klandestinen Paaren besonders beliebt war. Er hätte sich auf eine Bank gesetzt, die Beine übereinandergeschlagen, eine Zigarette angesteckt. Die Wärme zwischen seinen Lippen würde ihn unweigerlich an ihre Lippen erinnern. Über den kahlen Bäumen würde er nach dem Mond suchen, vergeblich natürlich, der Himmel war auf unromantische Art bewölkt. Die Frage war allerdings: Wieso konnte er in all der nachdenklichen Zeit auf der Bank nicht nach seinem Smartphone greifen, dort die Facebook-App, oder besser noch den dazugehörigen Messenger öffnen, und ihr signalisieren, dass sie sich in der gleichen Blase befanden? Wieso ließ er sich dort nicht blicken? Ob er die Apps gar nicht installiert hatte? Wegen virtueller Überflutung? Wegen Suchtgefahr? Wegen ihr? Weil ihm ihre winzige, grün gepunktete Gegenwart dort zu viel war? Und wenn ja, wieso genau war sie ihm zu viel? Oder drohte Alex, wie Yann, in gewissen Winkeln seines Lebens bereits jetzt ein alter Mann zu werden? Egal. Sie musste sich gedulden. Sie musste … Geh ins Bett, befahl sie sich, sie konnte nicht dort sitzen, bis der Morgen die Dinge vor dem Fenster zögernd und grau aus ihrer nächtlichen Ununterscheidbarkeit erlösen würde. Bis er sie aus ihrer Überspanntheit erlösen würde. Bei Tag wäre alles anders. Sie kannte das. Bei Tag war sie eine disziplinierte kleine Person, die sich im Griff hatte. Die blonde Sonne an Yanns Seite.

Dann war er plötzlich da, der grüne Punkt neben seinem Namen. Gut eineinhalb Stunden nachdem er aufs Rad gestiegen war. Was hatte sie die ganze Zeit über getan? Ich bin eine Frau, die auf einen Mann wartet, dachte sie. Aber wieso? Weiß ich nicht, sagte sie sich, will ich nicht wissen. Auf der Sprechblase, die direkte Mitteilungen signalisierte, ploppte eine Eins auf. Nicht öffnen, sagte sie sich, erst morgen, zeig ihm, dass du souverän bist, dass du dich zufälligerweise hier aufhältst, nicht seinetwegen. Tus nicht! Und wenn du es doch tun solltest, antworte nicht. Lass ihn in seiner Bedürftigkeit hängen. Natürlich klickte sie auf die Sprechblase. Und sah enttäuscht und erleichtert, dass nicht er geschrieben hatte, sondern Yanns Schwester Yvonne.

»Noch wach?«, fragte Yvonne.

»Ja!«, schrieb Gerda zurück und dachte: Unfall? Todesfall? Yanns Eltern?

»Sorry, will nicht stören, hab angerufen, aber eure Phones schlafen schon.«

»Tun sie! Dein Bruder auch. Ich nicht.«

»Haha. Hier Dategate. Kann ich im Notfall bei euch pennen?«

Sie war erleichtert. Das Übliche. Yvonne und ein weiteres Katastrophen-Date. Nur zwei Jahre jünger als Yann, aber in ihrer Männerwirtschaft auf dem chaotischen Level einer Einundzwanzigjährigen.

»Wie weit ist Date?«

»Wohnung von Date. Date unter Dusche.«

»Date schon nackt gesehen?«

»Neeeeeee. Date hat Bauch & Bart.«

»I see! Bad Date. Schlüssel unter Topf vor Tür. Sofa = Bett. Ich = schlafen. Okay?«

»Bist ein Schatz. Bussi!«

Gerda schloss das Chatfenster. Inzwischen war auch der grüne Punkt von Alex erloschen. Ob er sie beobachtet hatte? Ob er ihr hatte schreiben wollen, sich aber nicht getraute? Ob ihre virtuelle Gegenwart ihn beunruhigt hatte? Beunruhigt im Sinn von »Hilfe, gleich verlier ich mich« oder »Hilfe, ich werde gestalkt«? Ihre letzte Kommunikation bestand aus seiner Frage: »Freu mich exorbitant über eure liebe Einladung. Erinnere ich mich richtig, dass du die Schoko-Kastanien-Torte besonders magst?« Und aus ihrer Antwort: »Richtig erinnert! Auch wir freuen uns!« Alles andere war schon viele Wochen alt, bestand aus ihren Betrachtungen über das Haus und aus gemeinsamen Mutmaßungen über Yann. Es hatte sich nach dem Sommer-Apéro im Institut so ergeben.

»Monsieur!«, hatte sie ihm im August geschrieben. »Ich schwelge im Luxus meiner selbst gewählten Auszeit, während Yann ganz allein der Erwerbsarbeit nachgehen muss. Wie fühlt sich einer eigentlich in der alten Männerrolle als Ernährer? Lässig und sexy? Belastet und im Stich gelassen?«

»Wie er sich fühlt?«, hatte er zurückgefragt. »Elend, unter Druck. Also schon beinahe unterdrückt. Zurückgeworfen auf die patriarchalen Paradigmen der Fünfzigerjahre.«

»Oh! Ist es da etwa schon zu sehr Fifties, dass ich uns abends gerne bunte Cocktails mixe? Das Haus seufzt nämlich selig, wenn es bei alkoholischen und anderen Frivolitäten zuschauen darf. Ich fürchte, unsere Vorgänger lebten zu nüchtern. Ich frag mich, ob die Frauen vor mir Rosen auf Tischdecken stickten und Hühner rupften. Ob ihre Männer im Keller heimlich Tunnel gruben, um eine diskrete Affäre mit der Nachbarin zu unterhalten. Und wer so alles in unserem Schlafzimmer starb.«

»Wieso nur Männer und Frauen?«, hatte er zurückgefragt. »Vielleicht war gerade in eurem Haus das allgemeine Liebetreiben experimenteller? Exzessiver? Wieso nicht ein fescher Buchhalter, ein Friseur …«

»…und eine Tänzerin von der Oper in einer zärtlich-skandalösen Ménage-à-trois? Ich stell mir vor …«

Sie stand auf, streckte sich, holte den zusätzlichen Hausschlüssel aus der Küche, ging vor die Tür. Seltsam, so eine Nacht. Worin lag eigentlich der Sinn von so viel Dunkelheit? Der Schlüssel für Yvonne war ein Ritual, ein Gefallen, der noch nie eingelöst worden war. Denn sobald der Mann wieder vor ihr stand, würde ihr Wunsch nach Flucht in sich zusammenfallen wie ein ausgezogener Pullover. Yvonne war eine klassische Nymphomanin.

»Sag mal, wie oft paarst du dich eigentlich?«, hatte Gerda sie gefragt.

»So oft wie ein überaktiver Schwuler«, hatte Yvonne geantwortet.

»Das heißt? Wöchentlich?«

»Mindestens.«

»Und immer andere?«

»Das ist ja der ganze Spaß.«

Die meisten Männer lernte Yvonne bei der Arbeit oder in Clubs kennen. Sie hatte früh beschlossen, ihr Leben ganz dem Körperlichen zu widmen, aber ihren ersten Berufswunsch, Balletttänzerin, hatten ihr die Eltern erfolgreich und früh genug wieder ausgeredet. Heute war sie Physiotherapeutin. Zum Glück. Denn im Gegensatz zu Gerda war Yvonne nicht mit Grazie gesegnet. Eine Athletin, aber ohne jene Lyrik in den Gliedern, die selbst eine durchschnittliche Ballerina für das Alltagsgeschäft romantischer Handlungsballette brauchte. Jetzt ging sie nur noch in Clubs tanzen und da war sie ein Spektakel, ein kantiger, fast schon kubistischer Körper, an dem das einzig erkennbar Weibliche die Flut von kastanienrotem Haar war. Yvonnes Locken glichen Schlangen, die sich müde vom Sex schlafen legten.

»Wieso wolltest du eigentlich Ballerina werden?«, hatte Gerda noch wissen wollen.

»Weil meine Lehrerin sagte: Auf der Bühne habt ihr weder Stimme noch Text, nur euren Körper. Und für den müssen die Leute bezahlen wollen. Das gefiel mir.«

»Du bist pervers.«

»Logisch.«

Gerda mochte sie und fragte sich, wie es wäre, mit ihr über Alex zu reden. Ob Yvonne sie verstehen oder tadeln würde. Ob sie ihrem Bruder alles erzählen würde. Doch Yvonne würde nicht kommen, egal, wie rund der Bauch des Mannes auch wäre, der eben noch so rücksichtsvoll unter der Dusche gestanden hatte. Sie war viel zu gierig nach Befriedigung. Und danach wäre der neue Tag dann auch so weit, dass sie mit den öffentlichen Verkehrsmitteln nach Hause fahren konnte und nicht mehr bei ihnen zu übernachten brauchte. Schade. Sie hätte zu gern beim Frühstück dem Protokoll einer verruchten Nacht gelauscht.

Im Osten wurde die Nacht bereits vom Grau des anbrechenden Tages zerkratzt, an seinen Rändern sah der Himmel aus wie eine alte Zeichenunterlage, die Gerda noch irgendwo in einer Schublade liegen hatte. Der kurze Wortwechsel mit Yvonne hatte sie beruhigt. Was war schon passiert? Nichts. Sie würde jetzt zu Bett gehen und erst wieder aufwachen, wenn ihr dank selbst verschriebener

Medikamentierung topfitter Mann ein sonntägliches Katerfrühstück zubereitete.

Natürlich war Yvonne nicht gekommen. Jetzt war Montag und Yann auf dem Weg ins Institut. Sie hatten das eisig kalte und frustrierend nasse Wochenende im Haus verbracht, Serien geschaut, gelesen, ein bisschen am Haus gebastelt, in der Küche einen Fleck an der Wand überpinselt, einen Nachmittag lang vor dem Fernseher gekifft und dazu Menschen beim Auswandern zugeschaut. Ein Paar in ihrem Alter wollte auf Gran Canaria von einer Marshmallow-Manufaktur leben.

»Das ist genauso realistisch, wie wenn Mark Zuckerberg sagt, ich mach hier mal ne Facebook-Seite. Oder wie wenn Bill Gates sagt, ich mach irgendwas mit Computern«, sagte die Frau, die Annalena hieß.

»Noch haben sie keinen Cent verdient, halten aber weiterhin an ihrem Traum fest«, konstatierte der Sprecher aus dem Off. »Muss Annalena zurück in ihren alten Beruf als Friseurin? Sieht sich Stefan etwa gezwungen, wieder als Surf-schmuck-Designer zu arbeiten? Die beiden stehen vor der schwersten Entscheidung ihres Lebens.«

»Muss Gerda zurück in ihren alten Beruf als Grafikerin? Sieht sie sich etwa gezwungen, Speisekarten für Altersheim- und Personalkantinen zu gestalten? Oder wird sie im Damenbinden-Verpackungsdesign enden? Die junge Frau steht vor der schwersten Entscheidung ihres Lebens«, grinste Gerda.

Yann lachte und reichte ihr seinen Joint. Sie zog daran,

das feuchte Papier klebte an ihren Lippen, es war wie früher in der Schule.

»Na dann, komm her, du junge Frau.«

Er zog sie an sich, zog sie aus, ganz sacht, ganz ohne Hast, die Menschen im Fernsehen plapperten weiter, und als sie Liebe machten an diesem Sonntagnachmittag im frühen Winter, in ihrem Haus, auf ihrem ersten gemeinsam erworbenen Sofa, war auch dies wie früher in der Schule. Das Gefühl von kaltem Rauch und kalter Spucke. Und – wenn der kurze Ekelmoment endlich überwunden war – von Gliedern so zart und golden, dass man sie nur staunend abtasten konnte. Als das Staunen am größten war, dachte sie: Alex. Und ihr war, als berührten ihre Finger mit den grauen Rändern um die Nägel ein kleines, glitzerndes Glück, das seinen Namen trug.

11

Die Sache mit der Wand hatte ihn irritiert. Plötzlich waren da diese Äderchen gewesen. Wuchsen in der lichtlosesten Ecke in feinen Verzweigungen von der Decke herunter. Er hatte sie erst am Sonntagmorgen entdeckt. Wieso nicht schon früher?

»Weil da nichts ist! Nicht war und nicht ist«, hatte Gerda protestiert.

Aber er hatte sie gesehen. Sie waren sehr zart, durchscheinend, von einem hellen Grünbraun wie frischer Kräutertee. Oder Urin. Ein Gewächs von der Größe einer Handfläche vielleicht. Es passte so gar nicht in ihre frisch gestrichene Küche.

»Logisch passt es nicht. Weil es nicht da ist!«, sagte Gerda. Sie nahm eine Taschenlampe und leuchtete in die Ecke. Yann sah nichts. Das starke Licht legte sich wie weiße Farbe über das Gespinst. Sie löschte die Lampe, die Äderchen kamen zurück. Gut sichtbar.

»Schatz, hast du vielleicht was an den Augen? Sollen wir mal zum Arzt gehen?«, fragte Gerda besorgt. »Siehst du graue Würmchen durch dein Blickfeld huschen, wenn du die Augen zusammenkneifst und wieder öffnest?«

Sie nahm ihn nicht ernst und hatte damit wahrscheinlich recht. Ein Frühstück lang hatte sie ihn beobachtet. Wie einen Psychiatriepatienten, dachte er. Dann stand sie auf und kam mit einer Farbdose und einem Pinsel zurück.

»Vielleicht liegts nicht an deinen, sondern an meinen Augen? Ich mein, ich seh immer noch nichts, aber wenn es dir so wichtig ist, pinsle ich schnell etwas Farbe drüber, kein Problem.«

»Gern!«

Sie hebelte die Dose auf, rührte die Farbe um, nach zwei Minuten war das unheimliche Nervensystem verschwunden und er vergaß es.

Den Rest des Tages verbrachten sie im kleinen Wohnzimmer, blickten in den kahlen, kalten Garten hinaus, schauten Mist und hatten so was wie Sex. Das Gefühl der Befriedigung blieb aus. Okay, vielleicht, weil er nicht gewagt hatte, zu kommen, schließlich lagen sie auf dem Sofa und das war noch neu und auch nicht günstig gewesen. Aber in seinem bekifften Zustand hätte er auch gar nicht die Energie gehabt, zu kommen, er musste gar nicht erst versuchen, die Schuld auf sein Verhältnis zum Sofa zu schieben. Er fühlte sich in einer seltsam klebrigen, esoterisch angehauchten Schwebe, als hätte er zu oft das Musical *Hair* gehört. Und wenn er ehrlich war, nervte ihn Gerdas souveräne sonnige Gegenwart ein wenig. Gerne wäre er stundenlang allein im kalten Zwielicht des späten Nachmittags spazieren gegangen, aber das hätte so wenig zu ihm gepasst wie die rätselhafte Erscheinung zur Küchenwand. Er war ein Pärchenmann. Und Pärchen, dachte er, reimt sich auf Bärchen. Natürlich war er derzeit ein Ernährer, aber irgendwie auch niedlich. Was einer Erniedrigung gleichkam. Er durfte wirklich nicht zu lange über sich selbst nachdenken. Und wieso war er überhaupt so schlecht gelaunt? Wegen der Sache mit dem Sonntagssex?

Auch sonst kam er nicht jedes Mal und hatte im Grunde ein entspanntes Verhältnis dazu. Er hatte sein Glied vom Leistungsdruck der automatischen Erektion befreit. Er durfte, musste aber nicht. So wie eine Frau dazu stehen durfte, keinen Orgasmus zu haben, und ihn nicht faken musste. Jedenfalls nicht für ihn. Nur kamen er und Gerda immer seltener überhaupt zum Sex. Zuerst immer, dann alle paar Tage, dann einmal die Woche – und jetzt? Als sie ins Haus gezogen waren, hatte er sich oft vorgestellt, wie er abends nach Hause käme, und da stünde sie in einer farbverschmierten Latzhose auf einer Leiter, und weil es Sommer war, trüge sie nicht allzu viel darunter. Sie würde sich von der Leiter in seine Arme stürzen und sie würden sich auf dem mit warmem, knisterndem Zeitungspapier abgedeckten Boden lieben. Oder auf dem riesigen Arbeitstisch, den sie im Wohnzimmer aufgestellt hatte. Er wollte schon immer Sex auf einem Tisch haben, wie im Film, der Mann wischte mit seinem starken Arm alles von der Platte, egal ob Geschirr, Blumen, Telefone, Computer oder eine Whiskyflasche, dann setzte er sich die Frau zurecht. Lust war eine Frage von Verwüstung und Arrangement. Doch erstens taugte er nicht so richtig zum Verwüster, zweitens hätte Gerdas Tischkonstruktion nur ganz knapp sie alleine getragen. Kurz fragte er sich, ob sie das mit Absicht tat, ob sie seine Fantasie gewittert hatte, ob das fragile Ding aus zwei Holzböcken und ein paar Brettern, die sie auf dem Dachboden gefunden hatte, ihre Abwehr war. Den Boden hatte sie auch nicht mit Zeitungspapier, sondern mit Plastikfolie ausgelegt, auf der die tropfende Farbe schmierte. Die Latzhose jedoch, die kam hin.

»Okay, hör zu«, hatte seine Schwester in seinen ersten euphorischen Tagen mit Gerda gesagt, »ich geb dir jetzt den Mackertipp: Wenn du während eures ersten Jahres nach jedem Mal Sex eine Kaffeebohne in ein Glas füllst und später nach jedem Mal Sex eine Bohne rausnimmst, wirst du das Glas bis zum Ende eurer Beziehung nicht mehr leer kriegen.«

Yann hatte dies schon von restlos jedem ihm bekannten Mann gehört. Dennoch glaubte er Yvonne nicht. Er war anders. Er und Gerda waren anders.

»Glaub, was du willst«, sagte Yvonne, »das ist die Realität. Auch bekannt als Bed Death. Trifft auf restlos jede Dauerbeziehung zu. Deshalb war ich noch nie länger als ein halbes Jahr mit jemandem zusammen.«

»Gut, aus dir spricht die äußerste Ungeduld.«

»Ich nenne es lieber Lebensfreude. Angenommen, ich sterbe mit fünfundvierzig, soll ich dann sagen: Scheiße, ich hab mein Leben gar nicht gelebt?«

»Nein, natürlich nicht, aber Rumficken ist doch nicht alles!«

»Für mich schon.«

»Hast du nie den Wunsch, nach Hause zu kommen?«

»Tu ich doch. Mein Zuhause ist, wo mein Lieblingsmöbel steht.«

»Deine Minibar?«

Yvonne grinste.

Früher hätte sie den Fernseher als ihr Lieblingsmöbel bezeichnet, es wäre eine kleine Liebeserklärung an ihre gemeinsame Kindheit gewesen. An den samstäglichen TV-Lunch zu zweit, wenn die Eltern durchgehend bis fünfzehn Uhr im Laden standen. Gerda war natürlich ohne Fernsehen aufgewachsen. Ihre Mutter betrachtete es als manipulativen Mist für die Massen, sie las, sie hörte Radio, sie brauchte keine Bilder. Gerda schon, egal, wie banal sie waren. Yann staunte, wie groß ihre Hingabe an hässliche Menschen an den immer gleichen mallorquinischen Stränden war. Oder an etwas ästhetischere, aber nicht minder dumme, junge, weibliche Menschen, die sich um eine Existenzberechtigung im Modelbusiness bewarben und allen Ernstes sagten: »Seit ich fünf bin, habe ich keine einzige Folge von *Germany's Next Topmodel* verpasst. Hier dabei zu

sein ist mein einziger Traum! Das hier sind gerade die glück-
lichsten Tage meines Lebens.«

Er unterhielt sich dabei auch blendend und konnte eine
Prise Voyeurismus nicht abstreiten, aber Gerdas Gier auf
restlos alles, was da passierte, irritierte ihn. Wobei er sich
nicht sicher war, ob sie tatsächlich die Tränen und das Ge-
stolper junger Frauen auf High Heels verfolgte, oder ob ihre
Aufmerksamkeit nur eine Behauptung war, eine Fassade,
hinter der sich ganz anderes abspielte. Doch das waren ledig-
lich winzige soziale Blackouts, die ihm nicht wirklich Sorge
machten, denn, ganz ehrlich, waren heute nicht alle ab und
zu ein bisschen autistisch? Er selbst natürlich nicht, er war
ein Kommunikator, er regelte Dinge zwischen Menschen,
die diesen nicht mal in den Sinn gekommen wären. Ohne
ihn wären Alex, Clément und ihre ganzen bahnbrechenden,
wegweisenden, komplett unverzichtbaren Superstudien am
Arsch. Sie hatten ja keine Ahnung, wie wenig lebensfähig sie
im komplexen Gebilde der Institutionen, Fördergremien,
Tagungsagenden und Verlagsprogramme ohne ihn eigentlich wären. Und was war der Dank? Dass er ein bisschen in
ihrer Aura baden durfte?

Heute zum Beispiel hatten sie ihn im Büro einfach allein gelassen. Clément hatte eine Mail geschrieben: »Leider meine
Grippe, sie ist jetzt richtig ausgebrochen, ich will euch nicht
zumuten eine Ansteckung. Bisous, C.«

Yann vermutete, dass die Grippe auf den Namen eines gewiss sehr ansehnlichen jungen Mannes hörte und dass die
Infektion Freitagnacht auf irgendeiner Party stattgefunden

hatte. Wahrscheinlich würde sie auch morgen noch anhalten, dann wärs genug, Clément war allergisch gegen jede Art von Anhänglichkeit und zu viel Nähe war ihm zuwider. Er war in seiner puren Genusssucht noch radikaler als Yvonne. Der Arbeit kam dies normalerweise zugute, Yann hatte noch nie erlebt, dass er einer seiner Wochenendaffären nachgetrauert hätte. Weshalb ihn die Nachhaltigkeit von Cléments Grippe gerade etwas stutzig machte. Vielleicht war er tatsächlich krank?

Alex hatte ihm vornehm gesimst: »Ich zieh mich heute in die Bibliothek zurück, muss lesen. Das Dinner bei euch war exquisit und bezaubernd, danke, mein Freund. Grüß Madame, sie war wie immer wunderbar. Bis morgen!«

Und da saß er nun. Allein mit dem ganzen Blödsinn, der auch sonst an ihm hängen geblieben wäre, bloß konnte er jetzt mit niemandem darüber reden. Über den Fragebogen einer Studentin etwa, die zu faul war, persönlich vorbeizukommen und die inhaltlichen Schwerpunkte des Instituts, die sie für irgendeine Arbeit mit irgendwas anderem vergleichen wollte, anständig mit jemandem zu besprechen. Stattdessen hatte sie eine Mail geschickt: »Sehr geehrte Damen und Herren, im Rahmen meiner Bachelor-Arbeit habe ich ein paar Fragen, deren Beantwortung circa zehn Minuten Ihrer Zeit in Anspruch nehmen wird. Als Wertschätzung für Ihre Teilnahme überlasse ich Ihnen gerne die Ergebnisse meiner Studie. Leider bin ich zeitlich unter beträchtlichem Druck, retournieren Sie Ihre Antworten deshalb bis spätestens übermorgen. Mit freundlichen Grüßen, Sabine D.«

Das war das eine. Das andere war die Mitarbeiter-Evaluation, die er selbst verschickt hatte und nun auch auswerten musste. Eine Alibi-Übung ohne jede Konsequenz, außer, dass sämtliche Frauen unter »Besondere Wünsche« geschrieben hatten, es sei nun angesichts der stetig sinkenden Temperaturen wirklich höchste Zeit, die Fenster auf der Nordseite neu zu isolieren. Sie hatten natürlich recht. Es zog. So sehr, dass im Sommer keine Klimaanlage nötig war. Er hatte trotzdem keine Lust auf mühsame Diskussionen mit dem Vermieter. Wenn Gerda hier arbeiten würde, dachte er, hätte sie das schon längst erledigt und ihm eine überschaubare, realistische Rechnung für diverse Dichtungsvorrichtungen aus Silikon auf den Tisch gelegt. Wenn Gerda hier arbeiten würde. Wenn Gerda arbeiten würde.

Er spürte Neid auf ihre schönen Tage im schönen Haus in sich aufsteigen, darauf, dass sie es offensichtlich nicht für nötig hielt, sich in absehbarer Zeit wieder ins öde Erwerbsleben zu begeben, sondern knapp davor zu stehen schien, einer ihm bisher unbekannten kreativen Form der Selbstverwirklichung nachgehen zu wollen. Auf seine Kosten, logischerweise. Oder wie stellte sie sich das genau vor? Wollte sie am Ende gar noch ein Atelier dazumieten? Er kannte genug Leute, die sich in ihrem beruflichen Eigensinn komplett verrannt hatten. Akademiker, die sagten: »Außer einer Professur kommt für mich nichts infrage«, und mit fünfzig endlich einen winzigen Lehrauftrag erhielten, weil die Oberassistentin gerade im Mutterschaftsurlaub war. Oder Frauen, die ein paar Semester an der Kunsthochschule studiert hatten, um dann ein Leben lang Öffentlichkeitsarbeit in einer Galerie zu machen, weil der Verkauf ihrer Textil-kunst nicht mal die Materialkosten deckte. Und alle immer mit der Hoffnung auf das richtige, eigentliche Leben, die ihnen befahl, sich mit letzter Kraft an ihren Traum zu klammern und darüber zu verbittern.

Hatte Gerda vor, so ähnlich zu enden? Oder sah er das gerade alles viel zu drastisch? Wahrscheinlich. Schließlich waren sie in der Nacht, in der er zum ersten Mal davon gehört hatte, dass sie an so was wie Kunst dachte, alle sehr betrunken gewesen, und Alex hatte sie quasi dazu genötigt. Was hätte sie da auch sagen sollen? Nein, danke, ich such mir lieber wieder einen langweiligen, aber sicheren Job in einer uninteressanten Agentur? Wäre Alex mit seiner intellektu-ellen Radikalität davon nicht geradezu angewidert gewesen? Jetzt mal ehrlich, sagte er sich, du bist heute echt grumpy, Mann. Hatte ihn die relaxte Dynamik zwischen Alex und Gerda nicht glücklich gemacht? War nicht alles gut? Hallo? War. Nicht. Alles. Gut? Und wenn sie in die Grafik zurück-kehrte, bestand da nicht auch die realistische Gefahr, wie ihre Mutter zu enden? Unzufrieden und unterfordert? Etwa im Dienste eines Möbelhauses mit einem deutlich kleine-ren Budget als Ikea? Eins von denen, die trotz Internet noch immer hässliche Faltprospekte druckten?

Eigentlich hatte er gedacht, dass diese mit viel zu viel Farbe und riesigen Aktionspreisen bedruckten Dinger schon längst ausgestorben seien. Doch dann hatte Gerda im Lauf ihrer Einrichtungsmission kistenweise altes Por-zellan auf eBay bestellt, und da waren ihnen die Prospekte plötzlich als Verpackungsmaterial alter Teller und Tassen entgegengequollen. Sie starrten vor Lobpreisungen eines Geschmacks, der so schlecht war, dass er direkt aus jenem falschen Leben im Fernsehen zu kommen schien. Hier hatte er plötzlich seine Realität. In Gestalt von Bettgestellen aus Kiefernholz mit praktischen Schubladen. In sogenannten Designlampen, die von pensionierten Buchhalterinnen mit einem Hang zu Harlekinbildern entworfen zu sein schienen. In den Harlekinbildern selbst.

»Und so was nennt sich Design«, hatte Gerda gesagt und die zerknüllten Blätter angeekelt glatt gestrichen, »tragisch.« Er hatte sich geschworen, dass sie niemals einen Job annehmen müsste, der derart unter ihrer Würde war.

Was störte ihn denn eigentlich? Zum Beispiel dies, dachte er, dass er nie allein im schönen Haus war. Oder sehr selten. Stundenweise. Dass er abends nicht heimkommen konnte, und da war einfach niemand. Am meisten hatte er das Heimkommen zu Gerda genossen, als sie noch nicht zusammenwohnten. Als sie beide beieinander zu Gast waren. Als sie einander ihren Tag als Geschichte aus einer andern Welt erzählen konnten. Damals hatten sie auch über ihre Träume geredet. Jetzt nicht mehr. Er war sich sicher, dass sie beide weiterhin viel träumten, bei Nacht, bei Tag, voneinander und von andern. So ein Traum war jetzt die letzte Festung von Individualität zwischen ihnen, das letzte Geheimnis, der letzte Rest von Trotz, mit der sie sich der himmelschreienden, ja geradezu konservativen Normalität ihrer Beziehung entgegenstemmten. War er ein Arschloch? Angenommen, sie würde wieder ein paar Tage lang mit einer Freundin verreisen, wie sie das früher oft getan hatte, wären seine Abende anders? Würde er Grillpartys veranstalten, Prostituierte bestellen, vor dem Computer masturbieren, die Nachbarin auf ein Glas Wein einladen? Nein, würde er natürlich nicht. Was also war los mit ihm? Er wusste es auch nicht. Wäre ich eine Frau, dachte er, wäre ich jetzt prämenstruell. Leider war er keine Frau und hatte somit keine Ausrede.

12

»Mutter hatte einen Kreuzbandriss. Mutter! Kreuzbandriss, hab ich gesagt. Ja genau!«

Valerie saß im Zug und hörte wie so oft andern beim Telefonieren zu. Der Kreuzbandriss war dabei eine der nachvollziehbareren Anekdoten. Normalerweise telefonierten vor allem Geschäftsleute, und sie staunte, wie oft in ihren Unterhaltungen das Wort »Dubai« fiel. Als führten heute alle Verkehrswege des Geldes irgendwann nach Dubai. Als müsste jeder regelmäßig nach Dubai zu einer Konferenz oder in Dubai den Flieger wechseln. Sie hatte kein Interesse an Dubai, es bestand in ihrer Vorstellung aus tiefgekühlten Hotels mit halb gefrorenen Menschen ohne Sex, Gewissen oder Kunstverstand.

Im Abteil gegenüber saß das Gegenteil des Dubai-Business-Menschen, und dies gleich in vierfacher Ausführung. Auch bei diesem komischen Quartett war sie sich nicht sicher, wie es um Sex und Kunstverstand bestellt war. Alle trugen einen in Erdtönen gehaltenen Schichtenlook und hatten gemusterte Stofftaschen dabei. Darin fanden sich

Sandwiches, Thermosflaschen, Äpfel und allerlei Broschüren. Die Stofftaschen und ihre Besitzer kamen direkt aus Afrika, wo sie mit anderen guten Menschen viel Gutes bewirkt hatten. Okay, dachte sie, ob Dubai oder Afrika, das Reiseverhalten der Sicher- und Besserverdienenden ist so oder so obszön.

»Was mich am meisten berührt hat, war das Strahlen der Kinder, als wir ihnen die schöne Geschichte unseres Herrn Jesu erzählten«, sagte eine Frau.

»Schade, dass wir sie nicht zu uns einladen können«, sagte eine andere, »sie würden bleiben wollen. Das wäre verantwortungslos. Dabei wäre es so wichtig für unsere Organisation, dass wir direkt am Menschen zeigen könnten, was wir eigentlich tun. So ist das alles ein bisschen weit weg und abstrakt.«

»Da hast du recht«, sagte die Erste, ordnete die auszipfelnden Schichten ihrer Horrorgarderobe neu und biss in einen Apfel, »wir sollten dem Herrn dankbar sein für alles, was wir haben.«

Gut, dachte Valerie, die einen fahren nach Afrika, um auf Safari ihren inneren Jäger zu befreien, die andern, um dem guten Hirten in sich eine Chance zu geben. Fragte sich bloß, wer verlogener war.

»Yvonne hier«, hörte sie eine Stimme in ihrem Rücken. »Na, gut geschlafen? Nicht dass du denkst, ich hätte dich … denkst du nicht? Sweet. Tut mir echt leid, aber um elf kommt meine erste Kundin. Haha … Nein, ich mach Physio, keine erotischen Massagen, nur bei … Au revoir, chéri.«

Zwei Väter, denen der langjährige Alkoholkonsum

schlecht zu Gesicht stand, waren mit ihren Teenie-Söhnen zugestiegen. Die Söhne unterhielten sich über den Inhalt der Hotelminibar, die sie erwartete.

Alles war ganz normal. Abgesehen von Valeries Anwesenheit in diesem Zug an einem Morgen, aus einer andern Stadt nach Hause. F. war schuld. Er war zu lang im Land. Höchste Zeit, dass er wieder zu einem Dreh verschwand, verschiedene Fernsehproduktionen würden in den kommenden Monaten nahtlos ineinander übergehen, zuerst musste er in die Karibik und den Chefarzt einer Klinik unter Palmen spielen, dann ging es nach Laos, zu einem Filmjob als Hoteldirektor. Am meisten freute er sich jedoch auf dieses Kinoprojekt in Berlin, er würde darin einen dementen Schriftsteller spielen, der in diversen Rückfällen in frühe Erinnerungsschichten die Naziverbrechen seiner Familie aufdeckt. F. rechnete sich damit Chancen auf ein paar Preise aus, der Film sollte endlich sein Comeback im ernsthaften Fach werden.

»Verarsch mich nicht, einen gröberen Blödsinn hab ich noch nie gehört«, hatte Valerie gesagt, aber F., sein Regisseur und vor allem der Drehbuchautor, der selbst seit Jahrzehnten versuchte, mit der Nazi-Vergangenheit des Großvaters klarzukommen, meinten das ernst. Leider konnte sich Valerie nur allzu gut vorstellen, dass der Mist zum Erfolg verdammt wäre.

Erst gestern hatte er ihr davon erzählt, auf dem Weg zur Männermesse. Am Morgen hatte er sie angerufen: »Babe, sag jetzt nicht Nein, ich brauch eine Abendbegleitung. Eine coole, keinen neurotischen Tussikram! Komm mit!«

Die Sache war die: Ein mittelmäßiger People-Journalist, der dringend Geld für Alimente brauchte, hatte F.s Autobiografie geschrieben. Und die wurde auf der Männermesse in einer andern Stadt präsentiert. F. würde zwanzig Minuten lang lesen, ein paar Autogramme geben und wollte betreut werden. Valerie sagte zu, sie freute sich auf die Männermesse, es war eine Veranstaltung mit weit mehr Substanz als alles, was für Frauen geboten wurde. Kinder, Glitzer und Diäten waren hier kein Thema. Niemand verkaufte Ratgeber mit Titeln wie *Intervallfasten: Schlank und gesund trotz fünfzig plus; Ich, ein Opfer: Die heimliche Sucht, missbraucht zu werden* oder *Fertig Frust!*. Bücher für Männer hießen *Das Mann-Buch; Fasten mit Fleisch; Der Mann, der einen Baum fällte und alles über Holz lernte.*

Die Organisatoren hatten sie und F. in einer Limousine abholen lassen. »Vally, weißt du, dass du gerade meine beste Freundin bist?«, hatte F. gesagt und seinen Arm um sie gelegt.

»Schatz, du bist unterbeschäftigt, so viel Freizeit steht dir nicht, aber ich teil sie gern mit dir«, hatte sie geantwortet.

Und dann waren sie eingetaucht in das Märchenland des echten Mannes. Ein Reich aus Rauch, Feuer, Zigarren, Fleisch, heiß laufenden Kolben, Holz, Alkohol und Unterhosen ohne Mittelnaht.

»Groß«, sagte F., »davon brauch ich ein Dutzend!«

Valerie musste sich eingestehen, dass sie sich noch nie Gedanken über die gemeine, den Mann peinigende Mittelnaht gemacht hatte und dass ihre Abschaffung durchaus

Sinn ergab. Staunend ließ sie sich ein Motorboot erklären, es war wie aus dem amourösen Finale eines Bond-Films, helle Hartholzplanken, großzügige cremefarbene Lederliegen, alles so schön und schlicht geformt, sie spürte, wie sie sich verliebte. Interessant geschichtete Holzstapel ließen sich als Hausbars benutzen und mächtige Ledersessel in Vintage-Optik sahen aus, als seien sie mit echten Sporen echter Cowboys traktiert worden. Sie überließ F. seinen Fans, setzte sich an eine Gin-Bar und ließ sich von einem jungen Mann mit akkurat gestutztem Bart die hundertvierunddreißig oder dreihundertneunundsiebzig Ingredienzen von Gin erklären. Daraus wurde ein erster perfekter Gin Tonic mit etwas Wachholder, einer Himbeere und einer gedörrten Orangenscheibe. Dann ein zweiter mit Rosmarin und Gurke, ein dritter, ein vierter, der junge Mann war wundervoll, ein geborener Erzähler, der viel gereist war und auf der ganzen Welt seine Gins und Tonics entdeckt hatte. Er kannte keine andere Passion.

Wow, hatte sie gedacht, vielleicht wäre ich als Mann glücklicher? Vielleicht könnte ich mich besser fokussieren und mit Überzeugung sagen: Genau das bin ich, mach ich, will ich, genau dieses eine Auto, dieses Motorboot oder diese nahtlose Unterhose, mehr brauch ich nicht. Ab und zu an einem Strand joggen, ohne Stress was Neues finden und abfeiern und mich selbst über alledem gar nie infrage stellen, weil mir die App für Raucher-Lounges oder das Barmodul aus Holzscheiten Identifikationsrückgrat genug ist. Alles in allem ist dieses Leben doch von einer bestechenden Klarheit. Sie hatte sich zurückgelehnt und getan, was neunzig Prozent ihres Jobs ausmachte, hatte nachgefragt, Interesse markiert, den Mann reden lassen.

Und jetzt war also der Tag danach. Der damit begonnen hatte, dass er sie angestrahlt hatte, nicht auf der Messe, sondern in einem Hotelbett, das nicht sie, sondern er bezahlte, und als sie dies realisierte, musste sie sich erst mal im Bad einschließen. In ihren Zwanzigern hatte sie so was gemacht. Und in den Dreißigern. Und seither? Sie blickte in den Spiegel, sah verschmierte Mascara, winzige schwarze Klumpen in ihren Augen, Reste von Lippenstift, die sich in den Fältchen über ihrer Oberlippe festgesetzt hatten. Das war auf eine französisch verlebte Art alles nicht ganz unattraktiv, doch leider waren ihre Wangen vom Bart des jungen Mannes rot gescheuert und ihre Tränensäcke geschwollen. Sie klatschte sich eiskaltes Wasser ins Gesicht, tupfte sich die Augen sauber, nicht zu sehr, sonst würde sie einem nackten, bleichen Höhlenfisch gleichen. Ihr Ziel war eher so auszusehen wie die reife französische Aktrice Fanny Ardant nach einem One-Night-Stand: selbstsicher, souverän, sexy. Hatte sie letzte Nacht nicht nach Hause fahren wollen? Wo war eigentlich F.? Und was war im Hotelzimmer passiert?

Die deutlichste Prägung der letzten Nacht waren Zähne. Der junge Mann hatte sie mehr mit den Zähnen als mit den Lippen geküsst. Hungrig. Es hatte sie überrascht, es war nicht ihre Absicht gewesen. Oder doch? Hatte sie nicht ein wenig auf diesen Moment gelauert, in dem echte Intimität durch die Coolness schimmert, in dem sich das Gegenüber öffnet und zutraulich wird? War nicht genau dies auch ihre jahrzehntelang erprobte Taktik für das besondere Interview? Hatte sie am Ende gar ihn verführt und nicht umgekehrt? Nein, hatte sie nicht, er hatte seine Zähne in sie geschlagen, sie war seine Beute, davon zeugte nicht nur das Pochen in ihrer Unterlippe, sondern auch ein unmissverständlicher Abdruck auf ihrer rechten Schulter. Und hatte sie nicht viel zu schnell seine harte, ungeduldige Zunge im Mund gespürt? Und woanders? Dort, wo sie selbst nicht mehr hinschauen mochte? Das Hotel war gut, sogar ein in Plastik eingeschweißter Damenrasierer fand sich auf der Ablage neben dem Spiegel. Ob sie sich schnell unter der Dusche die Beine rasieren sollte? Aber wozu? Für mehr Sex? Wieso nicht? Falls der junge Mann überhaupt noch im Bett lag. Nein, keine Rasur, befahl sie sich, nicht schon wieder diese Unsicherheit, Fanny Ardant würde das auch nicht tun, nur eine schnelle kalte Dusche wollte sie sich gönnen.

Danach war sie erfrischt, rosig und erstaunlicherweise noch immer ohne Kater ins Zimmer zurückgegangen. Hatte den Ginkenner kurz gescannt und beschlossen, dass sie mehr wollte. Was sie bekam. Reden mochte sie nicht mit ihm, er hatte am Abend vorher schon genug über sich erzählt. Sie packte ihre Sachen zusammen, verließ das Zimmer, ging am Portier vorbei, besann sich kurz vor dem Ausgang, machte ein Foto vom Foyer, wunderte sich über die beige-türkise Palmblätter-Tapete, machte ein weiteres von der Hotelfassade, die sie verwirrte, weil sie sich für einen Augenblick in Paris wähnte. Die Bilder waren ihre Notizen, sie würde sie bei Bedarf hervorholen, wenn sie irgendwann über die flüchtige Glückseligkeit von One-Night-Stands in Hotels schreiben musste oder ein wenig Bestätigung brauchte.

Dann schlenderte sie zum Bahnhof, holte sich einen doppelten Espresso und textete an F.: »Na? Bist du etwa auch noch in der kleinen Stadt? Mich haben nette Umstände über Nacht hierbehalten.«

»Du Luder! Hab mir schon Sorgen gemacht!«, schrieb F. sofort zurück. »Mein Terminplan zwang mich zum verfrühten Rückzug, bin schon auf dem Weg zum Flughafen.«

»Armes Hascherl.«

»Ärmstes Hascherl der Welt!«

»Ciao!«

Sie ging zum Bahnsteig und sah, dass sich ein für die Jahreszeit ungewöhnlich dichter Nebel über die Stadt senkte. Oder stieg er vom Fluss hoch? Im Zug war es angenehm warm und als er den Bahnhof verließ, war ihr, als ob der Abschied von allem, was sich letzte Nacht und heute Morgen ereignet hatte, nicht gründlicher sein könnte. Die Stadt samt Messehallen, Hotels, Motorbooten und all ihren Männern wurde vom Nebel geschluckt, als hätte es sie nie gegeben. Das nennt man wohl Melancholie, dachte Valerie.

Doch da hob der Chor aus Vätern und Söhnen, Missionarinnen, Mutters Kreuzbandriss und den erotischen Eskapaden einer Physiotherapeutin an, und Valerie ließ sich nur zu gerne ablenken. Sie würde daraus eine kleine Kolumne basteln. Kein Mensch würde ihr glauben, wie konzentriert der Konversationsblödsinn war, der einem auf so einer simplen Zugfahrt zugemutet wurde.

13

Auf dem Küchentisch lag ein rotes Plastiknetz mit Mandarinen. Daneben stand eine Flasche Cola.

»Ist heute der Tag?«, fragte Yann. Gerda nickte, er umarmte sie von hinten, küsste sie aufs Haar, sie schälte eine Mandarine, brach ein paar Spalten von der Frucht, steckte sie ihm in den Mund und dachte an jenen kalten Dezembernachmittag zurück, als sie auf diesen ungewöhnlich blassen blonden Mann gestoßen war und sofort verstanden hatte: Er ist verliebt, in mich. Sie wusste, dass der Mailwechsel, den sie beide miteinander seit Wochen unter dem Deckmantel eines Auftrags miteinander führten, ein Flirt war. Dass sie diesen forciert hatte, aus reiner Lust am Spiel. Als die Mandarinen leuchtend auf den Asphalt kullerten und sie sich beide darüberbeugten, roch sie seinen Atem. Pfefferminze überlagerte einen nervösen Magen. Als sie sich wieder aufrichteten, war die Blässe aus seinem Gesicht gewichen, und sie fühlte, wie sich Farbe und Temperatur ihrer Wangen den seinen anglichen. Einen Moment lang standen sie so da und alles schien mit einem Schlag geklärt. Mann und Frau und Zukunft. Im Grunde hätten sie bereits da zusammenziehen können. Danach gingen sie in die hässliche Bar auf der andern Straßenseite Cola trinken. Mehr geschah an diesem Nachmittag nicht. Aber eine Woche später vor einer Pizzeria. Es war schön, dachte Gerda. Behutsam und schön. Der Anfang von etwas Gutem. Einem Lebensentwurf.

»Wir sollten über Weihnachten sprechen«, unterbrach

Yann ihre Träumerei, »meine Eltern wollen deine Mutter einladen. Gute Idee, oder?«

Weihnachten, klar, es waren nur noch zwei Wochen, und Gerda wollte am liebsten keinen einzigen der vielen Feiertage mit ihrer Mutter alleine verbringen. Allerdings wusste sie noch nicht, wie sie ihr das mitteilen sollte, weshalb die Idee von Yanns Eltern tatsächlich gut war. Theoretisch. Praktisch stellte sie sich vor, wie ihre verkrampfte, unzufriedene und überhebliche Mutter die festliche Gemütlichkeit stören würde, wie sie ihre Verachtung für das Haus mit den falschen Möbeln und Büchern vor sich hertragen würde.

»Lieber leer als dieser Schrott«, hatte sie nach ihrem ersten Besuch bei Yanns Eltern gesagt. »Was soll das denn sein? Gelsenkirchener Spätbarock?«

Sie meinte damit den Esstisch mit den gedrechselten Beinen und die Stühle mit den Massivholzlehnen. Natürlich war es zu viel, natürlich gefiel es auch Gerda nicht, aber sie liebte die übertriebenen Stücke trotzdem, Yanns Vater hatte sie mit Maschinen, die er sonst im Laden verkaufte, selbst getischlert, aus Holz, das von den Obstbäumen seines Vaters stammte. Das Ganze war ein liebevolles Mahnmal der Familienzusammengehörigkeit, ein heiteres Esszimmergeschwür, das sie alle überdauern würde. Sie sagte: »Klar, meinetwegen, aber nur am Fünfundzwanzigsten, oder?«

Sie freute sich auf die Tage bei Yann zu Hause, darauf, am Morgen zusammen mit seinem Vater das Frühstück zuzubereiten, neben dem rührend fürsorglichen Mann am Herd zu stehen, sein Rasierwasser zu riechen, den Butterzopf knusprig aufzubacken, Rührei zu braten, Milch zu kochen, vorsichtig heißes Wasser auf den gemahlenen Kaffee im Melitta-Filter zu gießen. Der Filterkaffee schmeckte nicht schlecht, jedenfalls nicht bei dem exzessiven Verhältnis von Milch zu Kaffee, das sich der Vater als ideale Frühstücksgetränkemischung ausgedacht hatte. Yanns Vater, dachte sie, ist selbst so ein Filtermilchkaffee, gemächlich, gemütlich, ein unauffälliger, bekömmlicher Trost, ein Vater eben, der den perfekten Kontrast zu ihrer Mutter abgegeben hätte. Sie wusste, dass er sie aufrichtig gernhatte, im Gegensatz zu ihrer Mutter respektierte er auch ihren Job, Grafik hatte für ihn wenig mit Kunst, aber viel mit Handwerk zu tun, er sah ihren Gebrauchswert, das ergab für ihn alles Sinn. Ihre Mutter hatte zu ihrem erfolgreichen *Hamlet*-Eichhörnchen bloß gesagt: »Albern. Total irrelevant. Was sagt mir das jetzt inhaltlich?«

Gerda hatte geschwiegen und innerlich ein bisschen geweint. Was sie gern gesagt hätte, war: »Hey, ich ziehe hier gerade sehr viel Aufmerksamkeit auf ein Haus, das inhaltlich wertvolle Arbeit macht. Was man von deiner nicht behaupten kann. Halt einfach die Klappe.«

Wenigstens hatte sie damals noch einen Job. Jetzt würde ihr nur das kleine Weinen bleiben. Weshalb sie ihre Mutter über Weihnachten wirklich nicht sehen wollte. Aber das würde sich nun nicht mehr vermeiden lassen.

Ein Glück, dass Yvonne auch da sein würde, die Frau, die sie alles fragen konnte, etwa: »Mit wem hattest du den besten Sex?«

Yvonne würde mindestens zwei Zigaretten rauchen, bis sie sich ihre Anekdote zurechtgelegt hätte: »Oh«, würde sie sagen, »das war an einem strahlenden Septembertag im Wiener Alsergrund, die Fenster standen offen, ich hörte das Scheppern der Straßenbahn in der Porzellangasse, die ersten Vögel versammelten sich für den Flug nach Süden, ich wusste, ich muss auch bald weiter, nach San Francisco oder Marrakesch. Und da war diese blutjunge Frau, ihr Haar war lang, seidig und duftete mitten im September nach Flieder. Erst da verstand ich die Erotik von Haar, es war wie eine Elegie, alles in mir wurde traurig, und dann ...«

»Seit wann verwendest du das Wort Elegie?«, würde Gerda fragen, es passte nicht zu Yvonne. Allerdings war der ganze Dialog eingebildet und nicht wirklich authentisch, da konnte sich so ein Fehler schon mal einschleichen. Was daran stimmte, war dies: Yvonne war oft in Wien, sie machte dort physiotherapeutische Weiterbildungen, und sie hatte öfter was mit jungen Frauen.

Doch genauso gut könnte sie auf Gerdas Frage antworten: »Oh, ich erinnere mich gut, es war in Hongkong, in einem kleinen Laden mitten in der Altstadt. Ich war die Nacht zuvor schon da gewesen, der Nachtmarkt hatte die Straße von beiden Seiten her mit Lichtern, Früchten und Fischen zugeschüttet. Und da stand dieser große, einer griechischen Statue nachgebildete Engländer, was für eine arrogante Fresse, denk ich noch ...«

»Ein Engländer?«, würde Gerda fragen. »Seit wann gleichen Engländer antiken Skulpturen? Und überhaupt, wann konntest du dir Hongkong leisten?«

»Du hast vollkommen recht!«, würde Yvonne sagen. »Es war natürlich ein Chinese mit Wangenknochen, auf denen du am liebsten reiten möchtest, schwarzes Haar, der Body ein muskulöser Traum wie aus einem Martial-Arts-Movie ... Weshalb ich in Hongkong war? Ich hab doch mal das Opernballett als Physiotherapeutin begleitet, schon vergessen?«

Auch das stimmte, dachte Gerda, verdammt, Yanns Schwester hatte in der kurzen Zeit schon siebzehn Leben mehr gelebt als sie selbst.

»Na ja«, sagte Yann, »meine Eltern schlagen vor, dass deine Mutter mindestens einmal bei ihnen übernachtet. Sie haben halt Mitleid. Aber ich denke auch, der Fünfundzwanzigste reicht. Ich weiß ja, wie das für dich ist.«

»Ach so, ich bin das Problem? Niemand braucht mit meiner Mutter Mitleid zu haben, das weißt du«, entgegnete Gerda und spürte, wie sie bitter wurde.

»Ihr zwei schenkt euch auch gar nichts, oder? Kannst du da nicht einfach drüberstehen? Ich mein, wir haben uns. Deine Mutter hat niemanden.«

»Weil sie das so wollte.«

Sie stand auf, wischte die Mandarinenschalen zusammen und schmiss sie in den Abfall.

»Magst du's dir nicht nochmal überlegen?«, fragte Yann, es war von all seinen Taktiken die fieseste, dieses Beschwichtigen eines uneinsichtigen Kindes, dieses Vertrauen darauf, dass sie mit etwas Besinnung zur Vernunft kommen und in jeden seiner Vorschläge einwilligen würde.

»Nein.«

Er verließ die Küche mit einem Seufzer. Sie hoffte, dass er joggen gehen würde. Sie hatte keine Lust, ihm in der nächsten halben Stunde zu begegnen. Nach ein paar Minuten ging sie in den Flur, rief »Yann?«, rief »Honey?« ins Treppenhaus. Keine Antwort. Gewiss war er schon am Fluss.

Wieso war Yann bei einer derart lebenslustigen und zugleich kompromisslosen Schwester eigentlich so anders geworden? So konventionell familienbewusst? Weil er der Ältere war? Mehr nach dem Vater kam? Aber kam Yvonne wirklich nach der Mutter? Die Temperamente von Yanns Eltern ließen sich nicht wirklich auseinanderdividieren. Sie waren ein glückliches Klumpenwesen aus geteilten Geschichten und Gewohnheiten. Und wieso begannen eigentlich die Namen beider Kinder mit Y? Dem Buchstaben für das Y-Chromosom? Okay, das führte zu weit, es war wohl einfach ein innerfamiliärer Gag, eine Konsequenz der Klumpenbildung, mehr nicht. Zwei Fragen wollte sie Yvonne schon lange gern stellen und vielleicht würde sie es an Weihnachten wagen: »Angenommen, dein Bruder wäre nicht dein Bruder, würdest du auf ihn stehen?« Und: »Wäre ich dein Typ?« Wäre sie sehr beleidigt, wenn Yvonne beide Fragen mit Nein beantworten würde? Es stand zu befürchten.

Sie ging zu ihrem Schreibtisch und nahm die alte Zigarrenschachtel mit der Plastikspritze aus der Schublade. Sie hatte sie vor zehn Tagen auf dem Weg zum Fluss gefunden, Blut klebte im Innern, sie hatte daran gezogen, aber nichts war geschehen, die Kanüle war zu stark verkrustet. Sie musste bei jeder weggeschmissenen Spritze an den Junkie denken, den ihre Mutter geliebt hatte und der vielleicht ihr Vater war. Sie achtete darauf, sich nicht zu stechen, trug sie nach Hause und legte sie in einen Topf mit kochendem Wasser. Schaute zu, wie das Blut irgendeines fremden Menschen das Wasser rötlich färbte. Goss es ab, tupfte die Spritze trocken und versuchte erneut, sie aufzuziehen. Mit einem unregelmäßigen Ruckeln löste sich die letzte Verkrustung aus der feinen Nadel und der Plastikbehälter füllte sich. Eine Tasse mit kaltem Kräutersud stand neben der Spüle, sie zog die grünlichbraune Flüssigkeit in die Spritze, trug einen Stuhl in den dunkelsten Winkel der Küche, stellte sich drauf, klopfte die unregelmäßige Oberfläche der alten Wand ab, suchte nach einer Stelle, die möglichst papieren klang, weil viele Reste alter Tapeten übereinanderklebten. Dann stach sie zu.

Sie hatte keine Ahnung, welches Bild sich ergeben würde, sie rechnete mit einem gewöhnlichen, sich einigermaßen kreisförmig ausbreitenden Fleck. Staunte, wie sich stattdessen etwas seinen Weg suchte, das einem Farn glich. Wie die Wand ein Wesen wurde, dessen feine, ausgetrocknete Äderchen sich langsam füllten. Sie ließ die durchscheinende, kaum wahrnehmbare Zeichnung trocknen. Wow, dachte sie, so was Schönes ist mir im Haus noch nicht gelungen. Es war nur Stunden vor dem Essen mit Alex. Abends, im Dämmerlicht der Küche, war das gespenstische Gespinst unsichtbar. Yann war irritiert, als er es am nächsten Morgen entdeckte. Zumal sie behauptete, dass er sich alles nur einbilden würde.

Jetzt war es höchste Zeit für eine neue Spritze. Sein blödes Gerede über ihre Mutter und Weihnachten gehörte bestraft. Vielleicht im Schlafzimmer? Filterkaffee, dachte sie, Filterkaffee würde sich hervorragend eignen. Und da stand sie in Gedanken wieder in der Küche von Yanns Eltern, neben dem Vater. Sie versuchte sich vorzustellen, wie es wäre, an einem frühen Weihnachtsmorgen mit einem andern Vater eines andern Mannes in einer andern Küche zu stehen, und der Mann hieße nicht Yann, sondern Alex. Was bedeuten würde, dass es Yann und seine Welt in ihrem Leben nicht mehr geben würde, keinen Vater, keine Yvonne, kein Esszimmergeschwür. Dafür eine Verlegervilla mit einem Verlegermillionär, der seinen Sohn nicht wirklich gernhatte und von diesem gemieden wurde. Ein wenig wie bei Gerda und ihrer Mutter, der einzige Unterschied wäre sehr viel Geld. Machte Geld einen Familienzwist noch schlimmer? Noch abgründiger? Wollte sie daran teilhaben? Nein. Wollte sie Alex? Ja. Sie hatte dies für sich so entschieden. Sie brauchte neben dem Lebens- einen Leidenschaftsentwurf, das hatte sie irgendwo gelesen und sich gedacht: Macht Sinn. Gönn ich mir. Wieso nicht? Wenn sie es geschickt anstellte, würde es mit Alex noch mehr zufällige Momente geben, noch mehr Umarmungen und Beinaheküsse. Oder auch nicht. Vielleicht reichte auch schon die reine Idee.

Aber vor allem brauchte sie einen Code. Seit seinem Besuch hatte sie angefangen, seinen Namen unachtsam auf Einkaufszettel oder Buchseiten zu kritzeln. Alex war ein Spleen, sie wusste nicht, für wie lange, vielleicht würde sie schon bald nicht mehr an ihn denken, nicht mehr so wie jetzt, wo sich zu viele der Gedanken anfühlten wie eine Selbstverletzung. Ein Ritzen des offenen Herzens. Es ergab keinen Sinn, dass Yann irgendwann in einem ihrer Bücher blätterte und dort auf den Namen Alex stieß. Es wäre absurd, wenn er eifersüchtig würde. Wenn er ihre Liebe und die Freundschaft zu Alex infrage stellen und gleichzeitig die Frau und den besten Freund aufgeben würde. Wenn sie und Alex zwei Verlassene wären, wobei der Unterschied darin bestünde, dass Alex unschuldig und sie schuldig wäre. Obwohl auch sie nichts getan hätte, außer den Heimlichkeiten ihres Herzens nachzugeben, sich zu suhlen in ihrer Vision einer Doppelexistenz. Natürlich würde sie Alex sofort treffen, vielleicht schlüge er selbst ein Treffen vor, sie würden sich irgendwo gegenüberstehen, am See, sie würde sich so hinstellen, dass die Sonne auf ihr Gesicht fiele, ihre Augen wären so blau wie der Himmel und das Wasser, ihr Haar würde glitzern, alles an ihr wäre hell. »Du siehst blendend aus«, würde er sagen, es wäre auch das einzige Adjektiv, das sie zutreffend beschreiben würde. Sie müsste versuchen, mit ihm in irgendein Abseits der Seepromenade zu geraten, in den kleinen Garten mit den bunten asiatischen Pavillons am besten, es war dort alles sehr surreal und verwirrend, nirgendwo konnte man gründlicher aus der Gegenwart der Stadt fallen.

»Ich wollte das alles nicht, tut mir leid«, würde sie sagen und es plötzlich nicht mehr schaffen, ihm in die Augen zu schauen. Sie müsste dringend die Kois im Weiher fixieren.

»Yann ... ja, Scheiße, ich weiß auch nicht. Er wird sich jetzt wohl nach einem neuen Job umsehen ... Aber sonst, was gibt es denn sonst nicht zu wollen?«, würde Alex sagen.

»Meinst du das wirklich? Ehrlich?«

»Ehrlich.«

Dann endlich: richtige Küsse, Hotelzimmer, Sex, unzählige Happy Ends.

Das Problem wäre bloß, dass alles ganz anders käme. Dass Alex nichts von ihrer Obsession wüsste, dass er neben seiner Freundschaft zu Yann auch keinerlei Bindung zu ihr verspürte, geschweige denn irgendeine Seelen- oder Sexualwahlverwandtschaft. Ihm wäre die ganze Geschichte unsagbar peinlich, er hätte bereits zusammen mit Yann ihre geistige Gesundheit infrage gestellt, sie hätten sich über ein paar Bieren verständigt und befunden, dass die kleine Irre in ihrer beider Leben keinen Platz habe. Für ihre Freundschaft wäre der Bruch mit ihr ein neues Bekenntnis zueinander. Und sie? Stünde alleine und ohne Arbeit auf der Straße, eine Verstoßene. Könnte sich einen Schlafplatz unter der Brücke suchen, müsste auf den Strich, würde dort eines Nachts auf Yann und Alex treffen, die ihren Frust über Frauen wie sie und diese Lilly jetzt durch ein besonders verächtliches Verhalten gegenüber den Nutten ausleben würden. Alex säße am Steuer eines neuen teuren Wagens, Yann würde die Scheibe herunterkurbeln, sie abschätzig mustern und so laut, dass es noch ein paar andere Freier hören würden, sagen: »Beschädigte Ware. Nicht wert, dass man für die was zahlt.«

Es war wirklich an der Zeit, dass sie sich diesen Irrsinn aus dem Kopf schlug.

Aber jetzt, in diesem Moment, in genau diesen Tagen, wollte sie ihre Fantasie von Alex noch etwas auskosten. Nur noch, bis das neue Jahr anbrach. Sie hatte im Haus so wenig zu tun, dass ihr Alltag hier Ferien gleichkam. Die Sache mit Alex wäre ihr imaginärer Ferienflirt, mehr nicht. Sie war eine Pragmatikerin, sie würde ihren Gefühlen, auf die es keine reale Reaktion gab, im richtigen Moment Einhalt gebieten, und Schluss. Sie nahm einen Zettel, schrieb ALEX in Großbuchstaben darauf, schaute, wie oft sie den Stift pro Buchstabe ansetzen musste. Bei A kam sie auf zwei Mal, die beiden langen Striche hingen zusammen, den kleinen in der Mitte musste sie einzeln ziehen. L ergab eine 1, E eine 2, X ebenfalls. Machte zusammen sieben. 7. 8 wäre ihr lieber gewesen, als grafisches Zeichen und Schreibbewegung war die 8 schöner, aber mit der 7 konnte sie arbeiten. Sollte sie zu sehr an Alex denken, könnte sie einfach eine 7 zeichnen. Auch in Yanns Gegenwart. Es gab genügend Möglichkeiten, irgendwo eine Zahl zu hinterlassen. Sichtbar und unsichtbar. Sie konnte unzählige 7 mit der Holzkelle in die Rühreimasse fürs Weihnachtsfrühstück kratzen. Yann war immer so begeistert gewesen von ihrem Sinn fürs Praktische. Nun würde sie diesen diskret gegen ihn wenden.

Sie klappte ihr Notebook auf, öffnete Facebook, da war Alex, nicht richtig, nicht im Moment anwesend, aber sie folgte seiner Spur, verfolgte ihn zurück, um ein paar Stunden. Vier, sagte die Anzeige, wobei das äußerst ungenau war, vier umfasste alles zwischen vier und fünf Stunden, es gab keine feineren Abstufungen. Er war also irgendwann vor vier oder beinahe fünf Stunden hier gewesen. Und sie? War Mandarinen kaufen gegangen. Hatte er ihr geschrieben? Natürlich nicht. Es gab ja keinen Anlass. Trotzdem klickte sie auf ihren Gesprächsverlauf. Der letzte Eintrag war von vorgestern: »Monsieur, eine Kuchenform sehnt sich nach ihrem Besitzer zurück, wie gestalten wir die Übergabe? G.«

»Madame! Ich befürchte, von Sehnsucht kann keine Rede sein, allein, meine werte WG will tatsächlich dringend eine Quiche. Würde liebend gern schnell bei euch vorbeifahren, muss aber leider jeden Abend diese total uninspirierende, komplett überflüssige Veranstaltungsreihe moderieren. Ist es möglich, dass du das Ding einfach dem Yann-Mann mit zur Arbeit gibst? Merci infiniment, A.«

»Du moderierst? Wie schön! Damit sollte die Inspirationskrise der Veranstaltung ja vollumfänglich behoben sein. Ja, ich geb Yann das Ding gleich morgen mit. G.«

»Du bist wie immer viel zu verschwenderisch mit Nettigkeiten. Merci, A.«

Ein Gedicht fiel ihr ein. Sie hatte es früher zusammen mit ihrer Mutter gelesen, und da hatte sie zum ersten Mal begriffen, wieso die Mutter so fasziniert war von fremden Sprachen und ihrem Klang. Das Gedicht handelte von einem Mann, der viel reiste, zuoberst standen die Namen von Städten, sie erinnerte sich an Genua, Brighton, Miami, es folgten Namen von Hotels – Mirador, Belvedere, Four Seasons. In jeder Stadt, an jedem neuen See oder Meer, in jedem Hotel küsste und liebte er eine andere. Seine Konstanten waren Himmel, Sehnsucht, Lebenslüge. Das Gedicht endete so:

Same sky
Same ache
Same lie

»Siehst du?«, hatte ihre Mutter gesagt, »der Autor hätte statt ›ache‹ auch ›pain‹ schreiben können, beides heißt Schmerz. Doch ›pain‹ klingt weich, ›ache‹ dagegen schlägt dir beim Zuhören direkt einen Widerhaken ins Herz.«

Es hatte ihr sofort eingeleuchtet, es war ein guter Moment zwischen ihnen gewesen. War Alex so ein »ache«? Es fühlte sich so an.

»Hey«, rief Yann aus dem Flur.

Sie hatte ihn gar nicht gehört. Schnell schloss sie das offene Fenster im Messenger und klappte den Deckel der Zigarrenschachtel zu. Er nestelte die Schnürsenkel seiner Jogging-Schuhe auf und schlüpfte aus der nass geschwitzten Jacke.

»Ich habs mir überlegt«, sagte sie und versuchte, so unbeschwert wie möglich zu klingen, »du hast recht, Mutter soll so lange kommen, wie es deinen Eltern gefällt. Und spätestens im Januar such ich mir einen Job. Versprochen.«

Der Mittelfinger ihrer rechten Hand malte unablässig 7 auf die Tischplatte.

14

Er hatte nicht zu hoffen gewagt, dass Gerda so schnell zur Einsicht kommen würde, dass sie ihm recht geben und auch noch etwas versprechen würde. So freudig aufgeregt, wie sie klang, hätte sie ihm auch etwas ganz anderes mitteilen können. Aber für ein »Bald sind wir zu dritt« hatten sie vielleicht wirklich zu wenig Sex gehabt in letzter Zeit. Er hatte sich das schon oft ausgemalt. Wie es wäre, wenn im nächsten Herbst ein Kinderwagen im Eingang stehen und ein kleines Mädchen im Garten auf einem Tuch liegen würde. Wie er nachts immer wieder überwältigt vor Zuneigung an ein winziges Bett schleichen und die Atemzüge seiner Tochter zählen würde.

Er wollte unbedingt eine Tochter. Wenn er einen kleinen Jungen sah, dann sah er sich selbst, sah eine sorglose Unversehrbarkeit vor sich, sah aufgeschlagene Knie und ab und an einen kaputten Zahn. Er war ein einfaches Kind gewesen, er mochte und wurde gemocht, ein guter Schüler, Sportler und Freund in einer Welt voller Wahrheiten. Seine erste Freundin war aus der Parallelklasse, spielte Volleyball und sezierte im Biologieunterricht gerne kleine Tiere. Das imponierte ihm. Sonst hatte sie keine besonderen Merkmale. Er auch nicht. Damals war seine allgemeine Beliebtheit Distinktion genug. Er brauchte sich nicht zu hinterfragen. Alles passte: Er, sein Körper, die Eisenwarenhandlung der Eltern, nur der Sohn des Bauunternehmers hatte einen noch maskulineren Hintergrund zu bieten. Seine Verunsicherung begann erst an der Universität. Er war auf die Feingliedrigkeit des Intellektuellen nicht wirklich vorbereitet gewesen. Auf all die Fragen, die sich plötzlich stellten und jeden Gedanken und jede Zelle seiner Identität auseinandernahmen. Ab da lief sein innerer Motor nicht mehr richtig. Mal zu schnell, mal stockend vor Zweifeln. Und immer kamen neue kleine Ängste in ihm hoch, wandelten sich, zogen sich wie ölig schillernde Schlieren über die klare Oberfläche seiner Tage. Trotzdem näherte er sich der Universität, wie er sich Frauen näherte. Offen, anpassungsfähig, fasziniert. Das machte ihn nicht übermäßig, doch zufriedenstellend erfolgreich.

Yvonne hingegen war als Kind komplexer, einsamer, interessanter gewesen, auch für sie mochte es Wahrheiten geben, aber sie behielt sie für sich, jede Preisgabe machte sie zu einem porösen Wesen aus Schmerz.

»Es ist ein Gefühl, als würde ich die Arme ausbreiten und alle würden auf mich schießen«, sagte sie. Als Teenager füllte sie immer neue Tagebücher und einmal zeigte sie ihm eine Pillendose, in der sie Schmerztabletten aus dem Apothekerschrank im Bad abzweigte, eine im Monat, sie hatte damit vor zwei Jahren begonnen, er war entsetzt.

»Nur für den Notfall«, sagte sie, »für alle andern Todesarten bin ich zu wehleidig, ich hab schon probiert, mir die Pulsadern aufzuschneiden, weit bin ich nicht gekommen, schau.«

Sie streckte ihm ihre zarten, fünfzehnjährigen Handgelenke entgegen, erleichtert sah er ein paar Kratzer wie von einer Katzenkralle, mehr nicht.

»Wie?«, fragte er.

»Mit meiner Schere.«

»Dem stumpfen Ding mit den roten Plastikgriffen? Du hast schon gewusst, dass das nicht geht.«

»Vielleicht. Wahrscheinlich.« Er hielt ihre Handgelenke fest, strich mit dem Daumen darüber und hätte am liebsten einen Kuss daraufgedrückt.

Yvonne lachte: »Das kitzelt, lass das!«

Sie hatten miteinander gerungen, wie sie das oft taten, natürlich war er stärker, sie zappelte kreischend in seinen Armen, plötzlich spürte er in seinen Händen etwas Rundes, Weiches und mittendrin eine Irritation. Ihm wurde heiß, er ließ seine Schwester los, flehte: »Tu das nie mehr. Für mich?«

Er war froh, dass sie sich Anfang ihrer Zwanziger zum Härterwerden entschied. Was sie mit andern trieb, war keine sexuelle Selbstverschwendung, vielmehr eine Einverleibung. Er hatte eine Weile gebraucht, bis er das verstanden hatte. Mit Männern und Frauen zu schlafen machte sie stark. Je mehr, desto besser. Das Begehren der anderen war ihre Bestätigung. Trotzdem wünschte er sich dies nicht für seine zukünftige Tochter. Sie wäre eine verletzliche Herausforderung, die er von Herzen gerne annehmen wollte. Er wollte ihr so lange Heimat sein, bis sie für die Wildnis der Welt stark genug wäre.

Seit er Kind war, wucherte eine Geschichte in ihm drin, es war nur eine einzige, aber alle aus seinem Ort kannten sie und erzählten sie einander mit wachsender dramatischer Hingabe weiter, besonders die Großeltern, etwas Schlimmeres hatte sich in ihrer Umgebung nie ereignet. Das Mädchen war aus seinem Ort gewesen, er hatte sie nicht gut gekannt, sie war in eine andere Schule gegangen, in eine höhere

Klasse, war mit dem Rad auf dem Heimweg zum Bauern-hof ihrer Eltern gewesen, ein kurzes Wegstück führte durch den Wald, durch einen hellen, lichten Buchenwald. Er und Yvonne spielten dort oft, es gab einen kleinen Teich mit Frö-schen und Feuersalamandern, erst nach dem Vorfall war er unheimlich geworden. Das Mädchen hatte einen kaputten Reifen und daher wohl die Einladung zur Mitfahrt ange-nommen. Das heißt, genau wusste das niemand, vielleicht war der Reifen auch mit Absicht zerstochen worden, um ihre Flucht zu verhindern. Ihr Vater hatte sie mit seinem Hund gefunden, und der ganze Ort hatte dabei zugesehen, wie ein Mensch zerbrach, daran kaputtging, dass er sein Kind nicht genügend beschützt hatte. Yann würde alles tun für seine Tochter, restlos alles, auch töten, sich rächen. Er musste wieder an das Au-pair denken, von dem ihm Yvonne erzählt hatte, vergewaltigt, die Zunge abgeschnitten und das in einer idyllischen Nachbarschaft im Norden von London, am Ausgang eines Parks, in dem sich an schönen Tagen Tausende vergnügten, eine Tat so grauenhaft, dass seine Vorstellungskraft am liebsten aussetzen wollte. Was sie aber natürlich nie tat. Obwohl, vielleicht hatte Yvonne nicht die Wahrheit gesagt. Vielleicht war die Geschichte ein Märchen. Im Gegensatz zu dem toten Kind unter den Buchen.

Gerda hatte also nicht gesagt: »Ich bin schwanger.«

Fast hatte er damit gerechnet. Doch jetzt war er froh, ihr Ge-ständnis und seine Stunde beim Joggen wären ein seltsamer, ja beinahe unangenehmer Zufall gewesen, fast so, als hätte sie ihn ertappt und würde ihn jetzt vor eine Ausweglosigkeit stellen, ihn mit ihrer Schwangerschaft strafen wollen. Er hatte nämlich höchstens zwanzig Minuten lang wirklich gejoggt. Wenigstens so lange, bis sich deutliche Schweißspuren auf seiner Jacke abzeichneten. Zuerst hatte er das Haus übellaunig verlassen, Gerdas Hass auf ihre Mutter hatte sich wie ein Grauschleier auf seine Stimmung gelegt. Wieso konnten die beiden ihre Emotionen nicht in den Griff kriegen? Gab es nicht so was wie emotionale Effizienz? War es nicht genau das, was seine Familie auszeichnete – dass Gefühle, gerade an Tagen wie Weihnachten, am besten festen Ritualen folgten, denen man sich gefahrlos anvertrauen konnte? Hatten sie sich an Weihnachten schon je gestritten? Nein, natürlich nicht. Gerda und ihre Mutter allerdings auch nicht immer.

Er erinnerte sich, was ihm beide von ihrem armseligsten und zugleich innigsten Weihnachtsfest erzählt hatten: Gerda war sieben, die Mutter hatte sich vollends mit ihrer Familie überworfen, sie hatten kaum Geld, einzig ein paar Goldsterne, die Gerda in der Schule gebastelt hatte, schmückten die kleine Wohnung, sonst war da nichts, kein Baum, keine Kerzen, kein Lametta. Die Mutter hatte ihr Festtagsessen gekocht, aufgebackene Blätterteigpasteten mit Fleischfüllung aus der Dose, die mit einer weiteren Dose Champignons gestreckt wurde, dazu aufgetaute Erbsen aus dem Tiefkühler. Sie hatte Weißwein getrunken und Gerda Apfelsaft, zur Feier des Tages ebenfalls aus einem Weinglas. Draußen schneite es seit dem Nachmittag ununterbrochen, und da die beiden keinen Fernseher besaßen, beschlossen sie, spazieren zu gehen. Gerda trug ihre Moonboots, die ihr eigentlich schon zu klein waren, aber die Mutter hatte einfach eine Schere genommen und ein Stück von der Schaumgummifüllung rausgeschnitten, für einen Winter würden sie noch passen. Sie wohnten damals in der Stadt, in einem Viertel mit vielen Häusern aus den Dreißiger- und Vierzigerjahren, die Wohnungen waren niedrig, die Zimmer klein, wenn sie durch die erleuchteten Fenster schauten, hatten sie die ganzen Räume im Blick. Sie sahen an diesem Abend so viele Weihnachtsbäume wie nie vorher und nachher in Gerdas Leben, einige waren prachtvoll geschmückt, andere lieblos mit blinkenden Lichterketten behängt, sie sahen Familien, die Weihnachtslieder sangen, zerrissenes Geschenkpapier, einen rauchenden Tischgrill.

»Weißt du, wie das ist?«, hatte ihre Mutter gefragt, die beiden konnten die Geschichte synchron erzählen.

»Wie im Märchen vom Mädchen mit den Schwefelhölzern«, hatte Gerda geantwortet, »wo das Mädchen am Weihnachtsabend hungrig auf der Straße steht und nur ein paar Streichhölzer hat, während alle andern feiern.«

»Falsch«, hatte die Mutter gesagt, was Gerda auch gar nicht anders erwartet hatte, »es war die Silvesternacht.«

»Und dann stirbt sie«, sagte Gerda.

»Genau. Wir haben es besser. Wir können nach Hause in unsere warme Wohnung. Ich hab noch ein Dessert vorbereitet. Wie klingt das?«

Zu Hause hatte sie Gerda das ganze Märchen vorgelesen, wie das kleine Mädchen nicht wagt, in der Silvesternacht um Geld zu betteln, wie sie im Schein der Streichhölzer einen Weihnachtsbaum und ihre tote Großmutter zu sehen glaubt und schließlich am Straßenrand erfriert. Gerda hatte ein wenig geweint, wegen des Märchens, aber auch wegen der Großmütter, die das Leben irgendwie nicht für sie vorgesehen hatte, und weil die Tochter weinte, weinte auch die Mutter, sie war zu abgekämpft, hatte zu viele Nachtschichten eingelegt, trotzdem würde sie ihrem Kind auch zu Silvester nichts bieten können. Kurz überlegte sie, sich um des Kindes willen mit den Eltern zu versöhnen, aber dazu war sie zu stolz. Jedenfalls stellte sich Yann das Innenleben von Gerdas Mutter so vor.

Er wollte also bloß eine Runde joggen und fertig. Doch kaum war er am Fluss angelangt, stieß er auf die Nachbarin, sie stand rauchend am Ufer, er grüßte sie.

Ungestört zog sie an ihrer Zigarette, ließ ihren Blick über ihn gleiten, von oben nach unten, schnell versuchte er zu entschlüsseln, was sie sah, blondes Haar, breite Schultern, eine Jogginghose, die über dem Hintern und den Oberschenkeln eine Spur zu knapp saß, weil er trainiert hatte. Peinlich, dachte er, aber vielleicht auch sexy? Mit etwas Glück würde sie an Muskeln denken, mit etwas Pech an zu viel Fett. Er wurde rot und streckte seine Hand aus: »Yann, freut mich. Ich bin dein Nachbar. Seit letztem Sommer.«

»Hallo, Nachbar, ich bin Valerie.«

Er starrte sie an. Und wusste genau, wer sie war. Valerie also. Schon seit Jahren stieß er in der Tageszeitung auf ihren Namen, begleitet von einer winzigen Illustration, die ihr Gesicht darstellen sollte. Sie sah darauf mindestens fünfzehn Jahre jünger aus, der Mund war kleiner und voller, die Haarfarbe unbestimmbar, er hätte auf Dunkelblond getippt, die Frisur komplett anders, die Ähnlichkeit trotzdem nicht zu übersehen.

»Kann es sein, dass ich dich aus den Medien kenne?«, fragte er.

»Vielleicht? Ich bin allerdings nicht berühmt, ich bin nur Journalistin.«

»Das hab ich mir gedacht. Ich bin mit dir aufgewachsen!«

Hatte er sie jetzt beleidigt? Bestimmt.

»Ich denke, das ist als Kompliment gedacht?«

»Verzeihung, ich wollte nicht …«

»Mich als alte Schachtel hinstellen? Kein Problem, ich seh ja, dass du fast noch ein Baby bist.«

Amüsiert kniff sie ihre Augen zusammen, tausend feine Fältchen breiteten sich über ihre Schläfen und bis zur Mitte ihrer Wangen aus, es wirkte, als wären kleine Vögel über ihr Gesicht getrippelt und hätten ihre Spuren hinterlassen. Ihr schwarzes Haar trug sie jetzt in einem akkuraten Pagenschnitt. Sie hatte den Kragen ihres Mantels hochgeschlagen, ein Stück Pelz umrahmte ihr Kinn, trotz des fahlen Dezemberlichts war ihre Haut leicht gebräunt. Ob sie wandern ging? Oder sich unter die Höhensonne legte? Wäre dies in ihrem Alter nicht fatal? Aber wer war er, um so herablassend über eine gestandene, in ihrem Job überaus erfolgreiche Frau zu denken?

»Dann erzähl mir doch mal, wie du mit mir aufgewachsen bist.«

»Ehrlich?«

»Klar, tu was für das Ego einer alten Frau.«

Natürlich erinnerte er sich. Er war dreizehn gewesen und Yvonne elf, ihr gemeinsames Lieblingsgericht war Milchreis mit Zimt, Zucker und Zwetschgenkompott. Ganz besonders liebten sie die matte Haut, die sich auf dem Milchreis bildete, sobald er auf dem Teller lag, sie streuten immer neue, knisternde Schichten aus Zimt und Zucker darüber, denn sobald sie die Haut mit dem Löffel abgeschöpft hatten, bildete sich eine neue. Ihre Mutter war wegen des vielen Zuckers dagegen, sie kämpfte schon genug gegen das leichte Übergewicht des Vaters und hatte selbst rasende Angst vor Alterdiabetes, aber ihre Großmutter kochte hingebungsvoll Milchreis, stand am Herd, rührte in der weißen Masse, erzählte dazu Schauergeschichten von Mädchen, die in Wäldern verschwanden, und erst wenn Yann und Yvonne genügend Angst hatten, stellte sie zum Trost die dampfenden Teller auf den Tisch. Eines Tages fand er in der Zeitung einen kleinen Artikel, eine Kolumne, wie sein Vater sagte, der den Titel trug *Alles, was selig macht*. Es war eine Liebeserklärung an süße Hauptmahlzeiten, wie sie nur die Großmutter der Autorin zubereitete. In einem kleinen Haus am Stadtrand. Milchreis, Griesbrei, Griespudding mit Himbeersirup, Aufläufe aus altem Brot, Haselnüssen, Eiern und Kirschen. Wahrscheinlich war der Text zutiefst sentimental und einigermaßen unbeholfen. »Na, der stammt aber von einer noch sehr jungen Person, sonst würde sie nicht so übertrieben formulieren«, sagte sein Vater, doch für Yann beinhaltete er die ganze Seligkeit seiner schon beinah verflogenen Kindheit. Warme, süße, sättigende Momente. So hatte er Valerie kennengelernt.

»Kannst du dich daran erinnern?«, fragte er. »Du hast in all den Jahren sicher Hunderte von Artikeln geschrieben.«

»Mehr. Irgendwas zwischen vier- und fünftausend.«

»Wow. Hier?«

»Quatsch. Im Büro. Hier hat meine Großmutter gelebt, jetzt ist sie tot. Ich bin da, um den Haushalt aufzulösen.«

»Mein Beileid, sie ist sicher sehr alt geworden.«

»Du meinst, weil ich selbst nicht mehr die Jüngste bin? Kein Grund, schon wieder rot zu werden.«

Er folgte ihren Augen. Sie schaute auf den Fluss, ihr Blick senkte sich darauf, als würden sich braune, goldgesprenkelte Vögel auf dem Wasser niederlassen wollen. Wieso sah er andauernd Vögel, wenn er ihr Gesicht betrachtete? Weil sich sein Ausdruck mit der Geschwindigkeit von Flügelschlägen veränderte. Gerdas Gesicht war oft lange still und undurchdringbar, gefangen in dem Bewusstsein seiner jungen Glätte. Gelegentlich blühte es auf, wurde weich und bezaubernd, vor ein paar Wochen, an dem Abend mit Alex, war sie ihm vorgekommen wie eine Kerzenflamme, lodernd, dachte er, obwohl er das Wort befremdlich fand, es kam sonst nur in Zusammensetzungen wie »lodernde Leidenschaft« vor. In Valeries Gesicht pulsierte etwas, er versuchte es zu fassen, ihre Augen waren schmal und dann wieder riesig, ihre Lippen zusammengekniffen und dann wieder weit wie zwei Wellen. Er betrachtete ihr Profil, die Nase trat knochig hervor, die Haut an ihren Nasenflügeln wies gröbere Poren auf als der Rest ihres Gesichts, sie hatte sich nicht die Mühe gemacht, sie mit Make-up zuzukleistern, wie Yvonne dies mit ihren alten Aknenarben tat. Dafür hatte sie viel Arbeit darauf verwendet, ihre Augen noch größer zu machen, als sie ohnehin waren. War sie schön?

Anna Karenina kam ihm in den Sinn, ausgerechnet, Gerdas Mutter hatte ihm das Buch empfohlen, er hatte sich mit ihr unterhalten und das dringende Bedürfnis verspürt, endlich ein wenig Weltliteratur nachzuholen, der Roman hatte ihn überwältigt, er identifizierte sich mit allen, mit der Frau, ihrem Mann, ihrem jüngeren Geliebten, er hatte sofort verstanden, wie sehr der Verlust von Status, von gesellschaftlichem Wert und materieller Sicherheit die Liebe zersetzen kann, auch er hätte sich an Annas Stelle wahrscheinlich vor einen Zug geworfen, sie war eine Chancenlose, sie hatte am Ende weder Jugend noch Nerven noch Geld.

»Pass auf«, hatte Gerdas Mutter gesagt, »in jedem Film stirbt Anna im Winter bei Schneetreiben.«

Im Buch nicht. Im Buch starb sie an einem Tag im Mai, in den Straßen verkauften Händler klebrig schmelzendes Fruchteis. Der Winter umrahmte Annas Drama mit zusätzlicher Kälte und Größe. Der Mai machte ihren Tod zu einer bitteren Bagatelle. Angenommen, Anna Karenina hätte die Liebe, all ihre Sentimentalitäten und den sozialen Abstieg überstanden, angenommen, sie hätte einen Beruf ergriffen, ihr Leben selbst gelebt und sich später einmal an einem Fluss mit einem jüngeren Mann unterhalten – hätte sie dann nicht ein wenig ausgesehen wie Valerie?

Etwas entglitt ihm, er war solche Gedanken nicht gewohnt, nicht im Alltag. Ihm war, als würde sich die Siedlung hinter ihm lautlos zusammenfalten und unter der Erde verschwinden, bis nur noch eine große Einöde zu sehen war, davor der Fluss im fahlen Licht, die kahlen Bäume am Ufer und diese Frau, deren Silhouette immer härter wurde, bis sie einem erstarrten Schwarm von Raben glich. Was war los mit ihm? Wo blieb sein sonst so verlässliches Koordinatensystem aus Fernsehzitaten, Ironie und akademischem Geplänkel? Er hatte sich das schon gefragt, als er die Zeichnung an der Küchenwand gesehen hatte, von der Gerda behauptete, sie sei eine Einbildung, schon da hatte er dieses Entgleiten gespürt, aber nicht so stark wie jetzt, am Fluss, der immer mehr von seiner Sicherheit mit sich fortriss. Was blieb, war ein Staunen. Eine Erschöpfung, die sich wie die Erlösung von einer jahrzehntelangen Vorsicht und Furchtsamkeit anfühlte, zu der nur er sich gezwungen hatte.

Er blickte um sich, die kleinen Häuser schimmerten rosa und eisgrün durch den späten Nachmittag, die Wege dazwischen verliehen ihnen Stabilität, so wie die Linien seiner alten Schulhefte seine Buchstaben und Zahlen gehalten hatten. Valerie stand da und betrachtete ihn fragend. Vielleicht hatte er ja bloß zu viel gekifft.

»Was denkst du?«, fragte er.

»Was geht dich das an?«, fragte Valerie zurück.

Sie schaute ihn an, sehr direkt, und er merkte, wie er nicht mehr rot wurde. Wie er ihrem Blick standhielt.

»Milchreis also«, sagte er, etwas anderes fiel ihm nicht ein.

»Du hast verblüffend klare Vorlieben«, sagte sie spöttisch. »Weißt du was? Ich hab das Rezept meiner Großmutter beim Aufräumen gefunden. Möchtest du es haben?«

Natürlich wollte er. Das Rezept aus der Kolumne, das sein dreizehnjähriges Ich mit einer wahrscheinlich doppelt so alten Frau verbunden hatte, ohne dass sie davon wusste. Und was trennte sie beide jetzt? Angenommen, er lag mit seiner Schätzung richtig, dann wäre er jetzt ungefähr bei drei Vierteln ihres Alters angekommen. In noch einmal dreizehn oder vierzehn Jahren bei vier Fünfteln. Der Abstand blieb der gleiche und schwand doch dahin. Er war relativ. In Valeries markantem Gesicht fielen seine Kindheit und seine Gegenwart in eins. Ihn schwindelte.

»Sehr gern«, sagte er.

»Gut, ich schmeiß es in deinen Briefkasten. Oder klingle mal deine Frau raus.«

»Freundin«, sagte er, »nicht Frau.«

Noch einmal nickte er ihr zu, drehte sich um und rannte davon. Und irgendwann nach Hause, wo Gerda an ihrem Schreibtisch saß und zur Vernunft gekommen war.

15

War ihr Nachbar ein bisschen doof oder bloß süß? Ein richtiges Schaf von einem Mann. Wie alt er sein mochte? Mitte, Ende dreißig, aber mit der Niedlichkeit eines ewigen Babys. Dass er schon so früh ihr Fan gewesen war, rührte Valerie. Als Yann sie zum ersten Mal gelesen hatte, war sie auf einem Triumphzug gewesen, jung, wild, strahlend, alle Redaktionen der Stadt hatten sich um sie bemüht, und sie hatte geschrieben, Tag und Nacht, obwohl das niemand von ihr verlangte, sie hatte Lust, Schreiben war Sex, Essen war Sex, Sex war Sex, sie machte ihre Regeln selbst, keiner ihrer

Chefs hatte etwas einzuwenden, wenn sie erst um elf in der Redaktion erschien und um vier wieder ging, in die nächste Bar, ins nächste Bett.

Nein sagte sie nur einmal, als einer sie an einem schönen Morgen im Büro anrief und meinte: »Ich hab mir grad die Eier rasiert, ich finde, wir sollten ficken.«

»Ich aber nicht«, gab sie zur Antwort. »Ich steh nicht auf dich. Schönen Tag noch!«

Sie schaute aus dem Fenster, auf das große blaue Zifferblatt der Kirchturmuhr, rasierte Eier, dachte sie und schüttelte belustigt den Kopf. Am Abend nach dem Angebot ging sie tanzen, in einen illegalen Club, und plötzlich war da dieser Knall und etwas Warmes rann ihr übers Gesicht, die andern standen alle still und starrten sie an. Ein Scheinwerfer war zu Boden gedonnert und hatte ihre Stirn gestreift. Jemand nahm sie am Arm, zog sie in die Damentoilette, im Spiegel sah sie sich mit einem Rinnsal von Blut im papierweißen Gesicht. Es war nicht schlimm, eine kleine Platzwunde, eine kurze Gehirnerschütterung, eine winzige Narbe, eine Anekdote, die sie wieder und wieder erzählen konnte. Das war ihre Vergangenheit. Die Gegenwart bestand jetzt immer öfter aus der Gewissheit der eigenen Ersetzbarkeit.

In dieser Stimmung hatte sie am Fluss gestanden, als Yann auf sie traf, ein wenig verletzlich, ein wenig melancholisch, dabei hatte sie noch viel zu tun, später würden die Kinder aus der Redaktion vorbeikommen, sie musste Großmutters altes Geschirr, die Gläser, Lampen und unnützen kleinen Möbel bereitstellen. Sie hatte sich entschieden, mit dem Haus zu brechen, sie würde es verkaufen, spätestens im Frühling, es ergab keinen Sinn mehr ohne die alte Frau, es tat zu weh, auf den winterlich braunen Rasen zu schauen und sich vorzustellen, wie er im Frühling von Primeln überschäumt würde. Es war vorbei. Das Haus erschien ihr klein und dunkel, sie würde versuchen, sich vom Erlös etwas in der Stadt zu kaufen, allzu groß würde nicht möglich sein, zwei Zimmer wahrscheinlich, sie hatte sich noch nicht entschieden, ob sie nach etwas sehr Altem oder etwas Neuem suchen sollte. Alt wäre schöner, aber auch lärmiger, und sie hatte schon in ihrer jetzigen Mietwohnung genug von den Partygängern, Teenie-Dealern und schrill kreischenden jungen Frauen, die ihren Hinterhof als Durchgang zwischen Bar und Bar benutzten. Früher hatte sie selbst mitgekreischt, jetzt war sie alt. Und Yanns Erinnerung hatte sie noch älter gemacht. Zugleich fühlte sie sich geschmeichelt. Sie fragte sich, ob er seiner roboterhaften Freundin von ihr erzählen würde. Und wie sehr sie sich darüber freuen würde, wenn er die Begegnung für sich behielte. Okay, sehr. Schließlich hatte er ja auf der Differenzierung bestanden, auf dem »Freundin, nicht Frau«. Hatte ihr zu verstehen gegeben, dass im Haus nebenan nicht alles so fixiert war, wie es den Anschein machte. War das eine Anmache? Quatsch, sagte sie sich, nur, weil du neulich mit einem knackigen Bartträger geschlafen hast, musst du nicht glauben, dass dich jetzt jeder heiß findet. Für die unvorhergesehene Nacht im Hotel in einer andern Stadt hatte es nur einen Grund gegeben: Alkohol. Oder nicht?

Noch lange hatte sie ihrem joggenden Nachbarn hinterher geschaut, sehr schön definierter Hintern, überhaupt guter

Hüftbereich, sie fragte sich, wie es wohl um seine Bauch-
muskulatur bestellt war und ob der kleine Roboter ihn zu
straff geregelter Leibesertüchtigung antrieb. Und als sie
ihn so davonrennen sah, spürte sie die eigenen schnellen
Schritte wieder, die sie an jenem Abend neben dem Mann
vom Gin-Stand gegangen war und die sie seit Tagen wieder und wieder in ihrem Kopf gemacht hatte, sie musste die
Erinnerung an jene Nacht auskosten, bis sie dünn würde
wie abgewetzter Stoff.

Die Männermesse schloss um zehn Uhr abends, F. war
ohne Abschied verschwunden, sie kannte das, sie war ihm
nicht böse. Der Gin-Kenner sagte: »Komm, ich begleite
dich noch zum Bahnhof.«

Sie dachte sich nichts dabei, oder nicht viel, genoss die
Aufmerksamkeit, die ausnahmsweise nichts mit ihrem Job
zu tun hatte. Sie hatte ihm ihre Karte gegeben, hatte gedacht, gewiss kennt er mich, er muss mich kennen, gleich
will er was.

»Valerie, die Journalistin«, hatte er gesagt, »bist du beruf-
lich hier?«

»Nein, ganz privat. Als Begleiterin.«

»Privat ist immer besser. Als Begleiterin von wem?«

»Kennst du F.?«

»Den Schauspieler? Nicht mehr der Frischeste unter den
großen Fischen. Bist du mit dem verwandt? Verheiratet?«

Sie musste lachen. Er hatte seine Erzählungen begonnen
und dazu seine Drinks gemixt, sie hatte zugehört und getrunken, danach standen sie auf der Straße, er ging los, äußerst zielstrebig, seine Beine schienen Valerie anstrengend

lang, sie kam sich vor wie ein kleines Mädchen, »nicht so schnell«, flehte sie, da drehte er sich zu ihr um, nahm sie an der Hand und zog sie mit sich fort. Es war nicht wirklich wie Fliegen, aber so ähnlich. Irgendwann standen sie still, atemlos, sie bemerkte eine Reihe geparkter Autos, dahinter ein Trottoir, das Leuchtschild eines Hotels.

»Und wo ist der Bahnhof?«

»Nicht weit.«

Wieder nahm er sie bei der Hand, sie quetschten sich zwischen den Autos hindurch, sie sah einen Porsche, sagte im Spaß: »Deiner?«

»Ja.«

»Echt jetzt?«

»Ja!«

»Und wieso steht der hier und nicht vor der Messe?«

»Wirst du jetzt plötzlich doch noch investigativ? Weil ich kein Angeber bin.«

»Klar.«

Im Schein der Hotelleuchte versuchte sie, die Farbe zu entziffern, irgendwas zwischen Schlamm, Gold und Sand, eine echte Männerfarbe, schön, dachte sie, beugte sich über die Kühlerhaube, berührte das Wappen, das kleine Pferd, die Geweihe, richtete sich auf, drehte sich zu ihm um. Sie suchte seine Augen, fand, was sie auch in ihren spürte, es war aufgewühlt, wund und dunkel, ein Wesen, das noch keine Form angenommen hatte, aber bereits einen Willen besaß, der stärker war als alles. Gern hätte sie an dieser Stelle innegehalten, sich mit ihm hingesetzt, die Lage analysiert, sich Wissen angeeignet: Ihre eigene Reaktion auf andere konnte sie beschreiben, die der andern auf sie selbst hätte sie gerne durchschaut, sie mochte es, wenn Männer nicht nur über sich, sondern auch über sie redeten. Doch in dem Moment, als sein Mund sich auf ihren stürzte, als seine Zunge auf ihre losstürmte wie ein ausgehungertes Tier, da spürte sie nichts. Eine Mechanik der Leidenschaft, keine Leidenschaft. Keine Süße, keinen Schmerz. Früher war jeder Kuss ein Prolog gewesen, eine ahnungsvolle Eröffnung. Verblüht, dachte sie, ich bin eine verblühte, verlebte Frau. Trotzdem ging sie mit, aus Neugier und weil sie sich zu einem Abenteuer verpflichtet fühlte. Belustigt sah sie zu, wie er dem Nachtportier zuflüsterte: »Lässt sich das morgen regeln?«

Auf dem Zimmer, im Bett war schließlich geglückt, worauf sie gehofft hatte, eine Zunge in ihrem Mund mochte ihre Zeit brauchen, eine Zunge zwischen ihren Beinen machte sie wehrlos. Und irgendwie war das mit dem Bart auch gar nicht verkehrt. Ob sich für einen Mann das Schamhaar einer Frau auch so prickelnd anfühlte? Und wenn ja, wieso rasierten sich dann heute alle? Stimmt, wegen der Pornofilme. Alles zeigen, alles sehen. Die ganze Anatomie der Intimität. Aber das waren Gedanken, die innerhalb einer Sekunde kamen und wieder verflogen, und ihr Körper war wieder genauso verzaubert wie früher. Jeder einzelne Nerv mündete dort, wo jetzt einer seine ganze junge Kraft und Konzentration darauf verschwendete, zugleich sie und sich so lange zu erregen, bis sie beide erschöpft und glücklich glühend einschliefen. Am nächsten Morgen gabs die Zugabe. Das wars.

Sie wunderte sich über ihr eigenes Vertrauen. Was, wenn der Mann, dessen Name Leo, Louis, Carlos oder Nicolas gewesen sein mochte – sie hatte wie immer keine Chance, sich so was zu merken –, was also, wenn der Mann sie nachts beispielsweise heimlich fotografiert hätte? Sie konnte sich nicht wirklich vorstellen, dass mit einem Nacktfoto von ihr überhaupt Geld zu machen wäre, sie gehörte nicht zu den Menschen, die sich People nennen durften, aber natürlich wäre es verdammt unangenehm, sich in den sozialen Medien wiederzufinden. Sie stellte sich vor, wie die Kinder aus ihrer Redaktion sie dort entdecken würden, wie sie sich in der Küche vor dem Geschirrspüler und der Kaffeemaschine wie auf einem Pausenhof unterhielten, einander die Bilder ihres postkoital rot gefleckten und altersbedingt abge-schlafften Körpers zeigten, Memes daraus basteln und über den internen Redaktionschat verbreiten würden. Niemand hätte mehr Respekt oder gar Angst vor ihr, sie wäre die peinliche hässliche Alte.

Wahrscheinlich war das reine Paranoia. Wahrscheinlich war alles gut, und sie gehörte ganz einfach zu den täglich wechselnden Lieblingskundinnen, mit denen der Mann vom Gin-Stand sich über seine Existenz als Getränkevertre-ter auf Messen hinwegtröstete. Doch er hatte sie verwöhnt, und dafür wollte sie ihn in guter Erinnerung behalten. Gerne hätte sie ihm irgendwas zukommen lassen, schlechter Sex, so fand sie, verpflichtete zu nichts, guter Sex zu höf-licher Sentimentalität. Männer, die Schauspielerinnen und Tänzerinnen Blumen hinter die Bühne schickten, hielten das doch auch so. Aber erstens hatte sie seine Karte nicht, sie müsste recherchieren, zweitens würde er ein nett gemeintes PS zu ihrer Nacht gewiss als bedürftige Anhänglichkeit deuten und so was konnte sie sich nicht leisten. Sie hatte also keine andere Möglichkeit, als zu schweigen. Und endlich das alte Streublümchenporzellan ihrer Großmutter aus den Schränken zu nehmen.

16

Gerda hatte vergessen, dass Yann zu dieser Tagung musste. Er hatte ihr irgendwann davon erzählt, sie hatte sich nicht dafür interessiert, nicht zugehört, plötzlich sah sie ihn seinen Koffer packen, aber weil sie immer öfter vergaß, was er erzählt hatte, versuchte sie, sich nichts anmerken zu lassen. Sie war in die Küche gegangen, hatte liebende Hausfrau gespielt und ihm ein Blech mit Mandelbiskuits gebacken. Er war gerührt.

»Wann genau kommst du wieder?«, fragte sie.

»Der Flug geht am Mittwoch um 13.24 Uhr ab Tegel, danach muss ich schnell ins Büro, es wird Abend. Zwei Mal schlafen schaffen wir, oder?«

Sie schmiegte sich an ihn, dachte, Tegel heißt Berlin und Mittwoch minus zwei Nächte ergibt Montag, das war morgen.

»Und wer kommt sonst mit? Alex? Clément?«

»Weder noch. Nur die Chefin und ich. Unser Spesenbudget wurde gekürzt.«

»Du ohne die Jungs? Gemein.«

Er und die Chefin also. Sie war um die sechzig, frisch verwitwet, eine Große, Strenge mit hochtoupiertem Haar, das sie von jeher blond färbte. Ihre Kleider waren schwarz und aus Paris, und Gerda vermutete, dass sie jetzt noch teurer waren als vor dem Tod ihres Mannes, denn zu ihrem vorteilhaften Gehalt als Institutsleiterin kam nun auch das kleine Vermögen des Verblichenen. Er war schon über achtzig gewesen, als er seine Frau in die große Freiheit entließ, sie hatten einander kennengelernt, als sie seine Studentin war, eine klassische Geschichte, und Gerda fragte sich, ob es nicht gerade jetzt am Institut jemanden gab, der sich um die reiche Witwe bemühen und wiederholen könnte, was sie mit ihrem Mann erlebt hatte. Alex zum Beispiel. Allerdings wartete auf diesen schon genug Geld. Oder Yann? Dummerweise hatte der sich für eine mittellose Gans namens Gerda entschieden, gesellschaftlich gesehen ein Unsinn. Romantik und Aufstieg gingen nur im Märchen zusammen. Vielleicht konnte sie ihn dazu überreden, sich um seine Chefin zu bemühen, während sie, Gerda, seine heimliche Geliebte blieb? Obwohl dies mit Yanns Familie natürlich unvereinbar wäre.

Jetzt kann ich handeln, dachte sie. Ich kann Alex sehen. Nicht nur als Spur aus grünen Punkten und verstrichenen Minuten auf dem Bildschirm, sondern richtig. Aber wie? Geplant oder durch Zufall? Wäre der Zufall planbar? So, dass die Anstrengung dahinter gar nicht erst sichtbar würde? Im Sommer wäre alles einfacher. Im Sommer könnte sie sich in einem hübschen Kleid vor die Bar neben seinem WG-Haus setzen und ein Buch lesen, wenn es sein musste stundenlang, und irgendwann würde er vor ihr stehen und sagen: »Hey, kleine Strohwitwe, magst du nicht mit rauf-kommen? Ich koch gleich was und der Weißwein ist auch schon gekühlt.«

»Wow, danke, ich wollte mich gerade zum Kebab-Stand aufmachen«, würde sie antworten, ihn anstrahlen und dicht hinter ihm die Treppe hochgehen, ihre nackten Arme wür-den sich dabei berühren und die Nähe zwischen ihnen hätte die angenehm trockene Textur eines heißen, aber windigen Sommertags. Ob die Bar im Winter Heizpilze auf dem Trottoir stehen hatte? Und gäbe es außer Alex noch einen andern Grund, sich in seinem Viertel aufzuhalten? Nicht wirklich. Aber eigentlich war es egal, dies war eine Stadt und fast jeder Winkel öffentlich.

Endlich war Montag, und Yann verließ das Haus bereits um sechs Uhr in Richtung Flughafen. Sie ließ den Tag ver-streichen, fühlte sich nervös, erst gegen Abend zog sie ihren hellblauen Wollmantel an, setzte sich die altrosa Mütze auf und betrachtete sich im Spiegel, ein Alien-Reh, der Man-tel ließ ihre Augen schon fast surreal leuchten, die Mütze unterstrich den Glanz ihrer Lippen. Genau so hatte sie vor Jahren Yann kennengelernt, ein Wunder, dass die beiden Stücke noch existierten, das immerhin hatte sie von ihrer Mutter gelernt, diese Sparsamkeit, die kurzfristig oft bitter war, aber langfristig eine Erleichterung. Fehlten nur noch die Mandarinen, doch die würde sie weglassen, die wür-den nicht vor Alex aufs Pflaster kullern, die gehörten Yann. Der jetzt wo war? Im Hotel? Wie war schon wieder dessen Name? Und wo war eigentlich diese Tagung? An einer der drei Berliner Universitäten oder doch im Haus der Kulturen der Welt? Sie hatte ihm wirklich nicht zugehört. Aber was, wenn er damit gerechnet und ihr gar nicht erst erzählt hatte, wo er wohnte, wo die Tagung stattfand? Wenn er gar nicht zu einer Tagung flog, sondern mit seiner Chefin zusammen ein ganz anderes Ziel hatte? Sie googelte »Berlin«, den Namen der Chefin, »Tagung«, »Konferenz«, »Conference«. Das Resultat war so positiv wie die zwei feinen Linien eines Schwangerschaftstests: Bereits am Mittag hatte sie das Input-Referat auf einer Tagung über künstliche Intelligenz an der Humboldt Universität gehalten. Ihr Thema: *The Art of the Artificial: Real Humans and Their Desire for Perfection.* Natürlich auf Englisch.

Aber wozu brauchte sie eigentlich Yann? Wieso nicht den smarteren, charismatischeren Alex? Gerda kannte die Antwort: Alex war zu wertvoll, um ihn als Assistenten zu missbrauchen. Alex musste forschen, musste mit seiner Arbeit klaffende Lücken der Politikwissenschaft schließen. Jedenfalls sah Yann das so. Gerda war sich nicht sicher, was es denn da eigentlich noch alles zu schließen gab. War nicht jede Arbeit auf eine pragmatische Art endlich? Nein, natürlich nicht, sie war nur zu dumm, so etwas zu verstehen. Yann war klüger als sie, aber lang nicht so klug wie Alex. Weshalb Yann Alex im Übermaß bewunderte. Und was war mit seiner Chefin? Und wo stand eigentlich sie selbst in der Hierarchie von Yanns Bewunderung? Wozu brauchte er sie?

Plötzlich fühlte sie sich unsicher, klein, allein. Ein dummes, hellblaues Baby-Reh. Spuren eines Aliens konnte sie im Spiegel keine mehr entdecken. Einfältig, dachte sie, ich bin viel zu einfältig. Sie riss sich die Mütze vom Kopf, schlüpfte aus dem Mantel, ging ins Bad, nahm einen schwarzen Kajal und umrahmte sich die Augen dunkel. Tuschte sich die Wimpern dramatisch nach. Suchte im Schrank nach Yanns ausgeleiertem schwarzen Rollkragenpullover. Er reichte ihr fast bis zu den Knien. Sie zog ihre Jeans aus und schwarze Strümpfe an, keine opaken, sondern transparente, glänzende, suchte nach ihren hohen schwarzen Stiefeln. Besser, dachte sie, viel besser. Ihr Aussehen stimmte jetzt eher mit ihrer Absicht überein. Am liebsten hätte sie sich mit einer Schere ein paar Stufen ins Haar geschnitten, doch sie wusste, von allem, was es zu bereuen gäbe, würde sie dies am meisten bereuen, es wäre so was wie das Eingeständnis einer Krise, eines kleinen Zusammenbruchs. Und dies bei Tag. Nachts war sie es gewohnt. Die Schlaflosigkeit, das trommelnde Herz, die irren Träume.

Letzte Nacht war sie weinend erwacht, Yann hatte nichts gemerkt, er würde nie erfahren, dass ihre Tränen nichts gelindert, sondern im Gegenteil etwas in ihr versengt hatten. Den letzten Rest einer Ruhe, auf die sie sich so lange hatte verlassen können. Und da war er wieder, der leuchtende Riss in ihr. Sie lag in der Dunkelheit und wusste nicht, wie er je wieder heilen sollte, wie sie das Leuchten je wieder eindämmen sollte. Seltsam, dachte sie, wie Träume plötzlich zuschlagen konnten, wie sie einen jagten und mit ihrer totalen Wunscherfüllung erlegten, mit einer augenblickskurzen Illusion von Glück. Und wie komplett dieses Glück sein konnte. Nichts blieb mehr zu wünschen übrig außer dies: Dass der Traum Wirklichkeit werden möge, genau so.

Aus Aufregung über den bevorstehenden Montag hatte sie fast nicht einschlafen können, ihr Herz hämmerte, als wäre ein wütender kleiner Vogel in ihrer Brust eingenäht, der versuchte, sich in die Freiheit zurückzuhacken. Irgendwann glitt sie weg und sah sich in ihrem Bett liegen. Es war eine warme Nacht, die Laken und ihre Haut waren schneeweiß mit einem Stich ins Bläuliche. War ihr Haar länger als sonst? Alex trat an ihr Bett. Sein Gang war aufrechter, sie hatte ihn magerer in Erinnerung.

»Hey«, sagte er, »ich hab über alles nachgedacht. Ich will mit dir zusammen sein.«

Er sagte nicht: »Ich möchte.« Er sagte: »Ich will.« Die Entscheidung war gefallen.

»Sicher?«, fragte sie.

»Ja.«

Sie drehte sich zum Fenster, er legte sich hinter sie, hielt sie fest. Nichts, dachte sie, gar nichts hat sich in meinem Leben jemals so angefühlt. Gab es ein Wort dafür? Ihr fiel keines ein. Vielleicht würde ihr niemals eines einfallen. Vielleicht war dies das Ende von allem. Das Ende aller Sprachen und Empfindungen. Das Ziel. Die Erfüllung. Sie griff nach seinen Händen. Ließ sie wieder los, drehte sich in seinen Armen zu ihm um, versank in seinem Gesicht, das genauso fassungslos, genauso wortlos war wie ihres. Und wachte auf. Und weinte.

Obwohl das Wetter trüb war, setzte sie eine Sonnenbrille auf und ging aus dem Haus. Die Siedlung schien menschenleer. Die fette Gisela und ihre Brut hatten das Airbnb-Haus verlassen, die neuen Gäste waren typische Club-Touristen, die frühmorgens nach Hause kamen und den Tag verschliefen. Gerda hatte versucht, sie auszuspionieren, aber Türen, Fenster und Vorhänge blieben geschlossen. Die Krähe von nebenan hatte neulich alten Kram an junge Leute verschenkt und war seither nicht mehr gesehen worden. Yann hatte mit der Krähe Bekanntschaft geschlossen. Beim Joggen. Und kaum hatte er danach geduscht und sich umgezogen, war er zu ihr rübergerannt, um ein altes Rezept zu holen. Gerda wunderte sich etwas über seinen Ungehorsam, hatte sie die Krähe in den vergangenen Monaten etwa nicht genügend schlechtgeredet? Aber gut, er hatte wirklich nur das Rezept geholt, war nicht länger als drei Minuten weg, und danach kam auch schon die Invasion der Praktikanten und Volontärinnen. Gerda hatte sich einen Moment lang überlegt, sich zwischen den jungen Leuten ins Nachbarhaus zu schleichen, sie kannte ja seinen Grundriss, er war identisch mit ihrem, sie wäre in jedes Zimmer gegangen, es wären Variationen ihrer eigenen Zimmer gewesen, verdoppelt, aber auch verschoben, andere Farben, anderes Licht, wahrscheinlich viel zu viele Möbel, ein fremdes Spiegelbild ihres Alltags, sie wäre nicht wieder gegangen, ohne nach Möglichkeit ein paar winzige Schrammen auf Möbeln oder Risse in der Bettwäsche zu hinterlassen, hätte das Haus markiert. Wozu? Weil ihr danach zumute war, ganz einfach, so, wie ihr jetzt danach zumute war, Alex aufzuspüren.

Sie entschied sich, erst die Straßenbahn zu nehmen und dann quer durch das Rotlichtmilieu zu spazieren. Sie rechnete nicht wirklich damit, Alex anzutreffen, und wenn doch, was wollte sie eigentlich? Die Wolken hingen schwer und dunkel über der Stadt und standen kurz vor der Geburt von etwas, das sich früher oder später in unangenehm kalte Nässe verwandeln würde. Sie sah sich schon mit feuchtem Haar und zerfließender Mascara durch die Straßen gehen, es wäre nicht unbedingt ihr Lieblingslook, sie fühlte sich nicht als verheultes Opfer. Vor dem Aushang des letzten Sexkinos blieb sie stehen, alberne Titel versprachen alberne Filme, *Die drei Musketitten; Escorts in Uniform; Mädchen, die am Wege liegen*, aber der Schriftzug, der sich langsam mit rotem Licht füllte, gefiel ihr, er musste noch aus den Fünfzigerjahren stammen.

Etwas fiel vom Himmel und bildete einen hellen Fleck auf den Gläsern ihrer Sonnenbrille, sie nahm sie ab, feinkörniges Weiß rieselte herab, sicher Industrieschnee, dachte sie, kein echter Schnee, ein Irrtum. Trotzdem blieb sie stehen, hinter sich die Plakate, *Fünf Grazien sind für alles offen; Alles muss rein – all inclusive*, vor sich der kalte Asphalt, von dem sich die winzigen Schneekörner deutlich abhoben.

Ein Auto mit einer Nummer aus der Provinz hielt vor ihr, das Fenster wurde geöffnet, ein Mann fragte: »Verzeihung, wissen Sie, wo ich hier eine schöne Massage bekommen kann? Oder hätten Sie vielleicht gerade Zeit?«

Er war höflich, aus dem Innern seines Autos strömte der Duft eines teuren Aftershaves, Gerda kannte es, Yanns Vater benutzte das gleiche. Der Mann war um die fünfzig, einer mit Geld und Bedürfnissen.

»Tut mir leid, ich bin nicht aus dem Gewerbe«, sagte sie und lächelte ihn an.

Sie kannte das. Vor ein paar Jahren hatte sie mit einer Freundin in einer Parterrewohnung am Rand des Milieus gewohnt, dort, wo es an Wochenenden viele Gratisparkplätze entlang der Straße gab. An desolaten Tagen wie diesen klingelten oft Männer an ihrer Tür und fragten, ob die beiden jungen Frauen mit ihren vielversprechenden Fenstern zur Straße hinaus einen Salon betrieben. Sie öffneten allen, studierten sie, fragten sich, mit welcher Entschuldigung sie sich wohl aus ihren Wohnungen und Häusern geschlichen hatten, die alle mindestens eine Stunde von der Stadt entfernt waren, wie sie ihre Ausgaben vor ihren Frauen rechtfertigten, oder ob sie alle allein, frei und niemandem verpflichtet waren. Und dann schauten sie ihnen in die Augen und sagten: »Tut uns leid, ist eine Privatwohnung.« Freundlichkeit war die größte Demütigung.

Auch der Mann vor ihr im Auto wurde rot, entschuldigte sich, schloss das Fenster, doch bevor es ganz oben war, beugte sie sich vor und klopfte dagegen: »Darf ich Sie was fragen?«

Sie wusste, wie das von außen aussah. Wie ein eindeutiges Verhandlungsgespräch.

»Natürlich«, sagte der Mann und gab sich Mühe, sie wie eine normale Frau zu betrachten und nicht wie eine, die er gerne gekauft hätte.

»Von den Filmen hier, können Sie mir einen davon empfehlen?«

Er lächelte erlöst, das hatte er nicht erwartet: »Na ja, worauf stehen Sie denn?«

»Weiß nicht, ich hab noch keine Kritiken gelesen.«

Er hatte ein nettes Gesicht, es wirkte so gepflegt wie sein Aftershave, wahrscheinlich bewegte er sich viel im Freien, Golf oder so, sie schätzte, dass er ein Unternehmer war, ein integrer Chef mit einem guten Betriebsklima, der anständig mit seinen weiblichen Angestellten umging, weil er alles, was sie hätte stören können, bei seinen Ausflügen in die Stadt auslebte. Wäre so was auch für Yanns Vater denkbar?

»Na ja«, sagte der Mann, »*Mädchen, die am Wege liegen* kann ich empfehlen. Ist eher Kunst. Oder Kult, wie Sie mögen. Schon etwas alt, aber sehenswert.«

»Sie kennen sich aus?«

»Sehen Sie mich an, ich bin selbst schon etwas alt.«

»Und der Rest? Ist der zu neu für Sie?«

»Spontan würde ich mir wohl *Escorts in Uniform* anschauen.«

»Mit mir?«

»Ist das ein Angebot?«

»Nein. Viel Glück noch!«

Das Fenster schloss sich, der Mann fuhr davon, irgendwo war ein Song zu hören über zwei, die sich eines Nachts in einer Bar über einem Brettspiel ineinander verlieben, eine Stimme aus Rauch und Verführung sang: »Sieben zu sieben, unentschieden ists nicht«. Auf der andern Straßenseite stand eine Professionelle, auch sie blond, auch sie in hohen Stiefeln, aus Latex, mit stahlscharfen Absätzen. Gerda machte einen Schritt auf sie zu: »Darf ich Sie was fragen?«

»Verpiss dich«, zischte die Frau und schrammte mit ihrem Absatz über den Asphalt, »sonst schlitz ich dich auf.«

Eine Hand legte sich auf ihre Schulter und zog sie von

der Frau weg. Noch bevor sie ihn sah, wusste sie: Alex. Hunger und Hoffnung packten sie. Gern wäre sie jetzt ohnmächtig geworden. Oder in einem andern Jahrhundert mit ihm in eine vorbeirasende Kutsche gestiegen, und sie hätten sich stundenlang geliebt, ohne Halt und ohne Rast, zum Getrommel der Hufe und dem Surren der Räder. Sie drehte sich um.

»Hey, die ist gefährlich«, sagte er, »schlechtes Crack erwischt.«

Sie versuchte, sich zu fassen. Suchte nach einem Rettungsanker für ihre Gedanken. Fand ihn: »Hast du schon lang eine Brille?«

Ohne sah er besser aus.

»Sorry«, sagte er, »arbeitsbedingt. Meine Augen sind nicht so gut wie die von deinem Mann. Enttäuscht?«

Er musterte sie, und sie wusste nicht, wie sie seinen distanziert verglasten Blick deuten sollte. Fand er sie seltsam? Aufregend? Irgendwie beides? Auf eine unlesbare Art anders als sonst? Vielleicht fiel ihm auch einfach nichts ein. Und wieso musste er schon so früh in ihrer Begegnung von Yann zu reden anfangen?

»Auf Yann müssen wir ja gerade beide verzichten«, fuhr er fort.

»Traurig, ja«, log sie.

»Und was tust du hier, wenn ich fragen darf?«

»Ganz ehrlich? Keine Ahnung.«

»Das ist eine irritierend ehrliche Antwort.«

»Ich hab mal drei Straßen weiter gewohnt, ab und zu überfällt mich die Nostalgie.«

»Kleine Stadt. Ich koch mir gleich was. Hast du Lust, mitzukommen?«

»Wow, du weißt echt, was ich gerne höre.«

Sie strahlte ihn so offen und offensiv an, wie es gerade noch erlaubt war, ohne dass es wie eine allzu direkte Aufforderung zu Dingen wirkte, die Yann grundsätzlich ausschlossen. Die Brille sollte Alex aber wirklich besser ablegen. Als hätte er ihre Gedanken gelesen, griff er danach und steckte sie in seine Manteltasche. Seine Augen waren klein und müde, aber das Gesicht stimmte wieder. Das Gesicht, dem sie sich erst letzte Nacht im Schock des eigenen Sprachverlusts zugewandt hatte. Die Kanten, die Wangenknochen, die Falten, die ihn älter machten. Gern hätte sie ihre kühlen Hände ausgestreckt und auf seine Augen gelegt. Wie Yann wohl mit Falten aussehen würde? Interessanter, als er in Wirklichkeit war?

»Ich koch heute allerdings bloß eine Carbonara«, sagte er, »zu erschöpft für Gourmetkunst.«

»Cool, ich kann helfen«, sagte sie und wunderte sich, wie reibungslos dieser Abend plötzlich ins Laufen kam. Sie, bei Alex zu Hause. Wo sie noch nie gewesen war. Dort, wo diese Lilly gewohnt und ihm das Leben schwer gemacht hatte. Gab es eigentlich noch andere Mitbewohner? Die müssten am besten genauso verschwinden wie die Brille.

»Wie viele essen denn noch mit?«

»Wir sind zu zweit. Und ich brauch keine Hilfe. Du kannst den Wein öffnen.«

Sie gingen nebeneinanderher. Gut, sagte sich Gerda, das hier ist kein Roman, das ist einzig eine Facette von Normalität. Da ist nichts, ich hab eine Realität, die heißt Yann, und eine Fiktion, die heißt Alex, und die Fiktion hat nichts mit dem Mann zu tun, der gleich in aller Freundschaft für mich kochen wird. Die Bar vis-à-vis von Alex' Wohnung hatte keine Heizpilze auf dem Trottoir stehen, zwei Raucher klammerten sich fröstelnd an ihre Zigaretten. Hier hatte sie Alex an einem Sommerabend zwar mal mit Yann zusammen auf ein Bier getroffen, doch im Haus war sie noch nie gewesen. Im Sommer stand sie noch nicht auf Alex, gefallen hatte er ihr, klar, aber viele Leute gefielen ihr, auch Yvonne. Die kleine Besessenheit, die sich hartnäckig durch ihre Träume gefressen hatte, war erst mit ihrer Korrespondenz gekommen, als ob die belanglosen Texte ein heimliches Wurzelwerk der Verbindlichkeit zwischen ihnen gebildet hätten. Und dann hatte sie angefangen, Schwärmereien zwischen ihre wenigen und seltenen Zeilen zu denken. Begehrlichkeiten. Sehnsüchte. Alex konnte davon nichts wissen, sie waren unsichtbar, es gab keine Indizien, er ging in völliger Ahnungslosigkeit neben ihr her. Was schön war.

Sie schwieg. Er auch. Weil er müde war? Weil sie ihn langweilte? Und worüber sollten sie sich eigentlich einen Abend lang unterhalten? Mit Yann kannte sie diese Verlegenheit nicht. Wenn sie nichts mehr über ihren Alltag zu erzählen oder über die Nachbarn zu lästern wussten, konnten sie immer noch zu seiner Familie und ihrer Mutter Zuflucht suchen. Oder den Fernseher einschalten. War das interessant? Nein. Doch nicht unangenehm. Sie schaute Alex von der Seite an. Profile faszinierten sie. Yanns Profil beispielsweise hatte sie von Anfang an gerührt, weil da noch Reste eines glücklichen Kindes zu sehen waren. Seine Lippen waren voll, seine Nase süß wie die eines kleinen Jungen. Ein zutrauliches Profil, hatte sie gleich gedacht und gespürt, wie sie selbst Zutrauen zu ihm fasste. Alex dagegen war ein Mann, eine Landschaft, Melancholie. Mutlosigkeit überfiel sie. Das Gefühl, etwas bereits verloren zu haben, bevor es auch nur für den kürzesten Augenblick ihres gewesen war. Als wäre schon Herbst, bevor überhaupt der Frühling eingesetzt hatte.

Er blieb stehen und schloss die Haustür auf. »Voilà, nach dir, dritter Stock!«

Das Treppenhaus stank nach Erbrochenem.

»Habt ihr Probleme mit der Kanalisation?«, fragte sie.

»Nein, mit ein paar Bewohnern. Hast du schon mal versucht, selbst Tofu herzustellen? Im schlimmsten Fall riecht das so.«

Lachend drehte sie sich auf der Treppe zu ihm um. Sie waren jetzt gleich groß. Schade, dass nicht Sommer ist, dachte sie, sehr schade, Winterkleider erstickten jede Erotik in Wolle und Daunen. Das Treppenhaus erinnerte sie an ihr früheres, drei Straßen weiter. Auch da musste sie sich den Weg zu ihrer Parterrewohnung durch Fahrräder und Kinderwagen bahnen. Auch da waren Treppen und Wände dunkel gestrichen, Braun blätterte über Dunkelrot, und ihre Wohnung war nicht viel mehr als eine Höhle. Aber zuoberst gab es diese Dachterrasse, auf die sie sich im Sommer legte, eingelullt von der Anwesenheit der Stadt, all der Wohnungen, Büros und Geschäfte voller Menschen. Und irgendwann war Alex in die Stadt gezogen, in ihre Nachbarschaft. Oder

schon da gewesen. Sie hätte ihn vor Yann kennenlernen können. Mein Mann, dachte sie, Alex könnte mein Mann sein.

Er drängte sich an ihr vorbei, öffnete eine Tür, die Wohnung dahinter war riesig.

»Wow«, sagte sie überrascht und schaute sich um, es
mussten sicher fünf Zimmer sein, »wie viele wohnen normalerweise hier?«

»Früher? Drei bis vier. Momentan nur zwei. Ich und Sue.«

Gerda fühlte, wie ihre Knie nur dank der hohen Stiefel
nicht wegknickten. Natürlich. Alex wohnte schon länger
mit einer Sue zusammen, und jetzt, wo Lilly mit ihrer Jung-
schauspielerin zusammengezogen war, hatte sich Sue den
bedürftigen, gebrochenen Mann geschnappt und ihn mit
der ganzen Kraft ihrer Lenden, Lippen und der gewiss sehr
großzügigen Region dazwischen getröstet. Aber klar, hätte
sie auch versucht. Leider wäre sie gescheitert. Sue nicht. Sie
hatte den idealen Mann in der idealen Wohnung. All inclusive, dachte sie.

»Sue arbeitet zu Hause«, sagte Alex, »deshalb braucht sie
zwei Zimmer. Und meine Bücher … kannst du dir ja vorstellen.«

»Logisch. Und wo ist Sue heute Abend?«

»Bei ihrem aktuellen Liebesleben in London.«

»I see«, sagte Gerda und nickte vielsagend.

Wie lange Sue wohl in London war? So lange wie Yann
in Berlin? Es wäre eine ungemein geschmeidige Fügung. Etwas in ihr begann sich aufzubäumen, ihr war, als würde jede
Zelle ihres Körpers aufspringen und ihr Blut Alex entgegen-
fließen, sie wollte, dass er sie wieder in seine Arme nahm

und an sich zog, so wie in der Nacht mit dem Fahrrad, aber nicht, weil es ihr schlecht ging, sondern weil er das genauso sehr wollte wie sie. Weil er sie wollte. Weil er ihren Mund zerküssen wollte, bis ihre Lippen bluteten, und dann den ganzen Rest. Ja, ja, ich will, dachte sie. Es war die Antwort auf eine Frage, die nur sie selbst sich stellte.

»Was?«, fragte Alex zurück.

Wirkte er verunsichert? Ja. Gut so.

»Nichts. Darf ich jetzt endlich den Wein öffnen?«

17

Die Akademikerin an sich sollte wirklich mehr Aufmerksamkeit auf ihr Äußeres verwenden, dachte er und war wie immer stolz darauf, mit seiner Chefin unterwegs zu sein. Die übrigen Tagungsteilnehmerinnen waren matte, glanzlose Geschöpfe, die wirkten, als würden sie sich ausschließlich von trockenem Stroh ernähren und ihre Kleider allesamt in der gleichen Bio-Recycling-Boutique kaufen. Seine Chefin dagegen kam im eng taillierten schwarzen Kostüm, ihre nach wie vor makellosen Beine steckten trotz der Jahreszeit nach Art der modisch kompromisslosen Pariserin strumpflos in schwarzen Pumps, ihr einziger Schmuck waren das hellblond gefärbte, komplex toupierte Haar und die Brille mit dem schwarz-gelb gefleckten Rahmen aus Schildpatt. Die Nägel trug sie dezent lackiert, die barsche Wahrheit ihres alternden Gesichts, das denen ihrer Kolleginnen nicht unähnlich sein mochte, hatte sie unter teurer, raffiniert das Licht reflektierender Kosmetik verborgen. Yves Saint Laurent Touche Éclat Le Teint, Nummer B40, er wusste es genau, denn sie hatte es zu Hause vergessen und ihn in die Mall neben ihrem Hotel geschickt.

Da gab es richtige Straßen, mehrere Stockwerke und ein begehbares Glasdach, »Zweihundertsiebzig Geschäfte« stand auf einer Tafel, »unsere App ist Ihre perfekte Shoppingbegleitung«. In welchem dieser zweihundertsiebzig Geschäfte würde er Yves Saint Laurent finden? Beziehungsweise einen kleinen Glasbehälter mit einer beigen Flüssigkeit? Nein, nicht einfach beige, eine ganz bestimmte Nuance von Beige, B40, Wahnsinn, diese Individualisierung einer – wie nannte man das – Abdeckcreme? Er schaute sich um, zehn Parfümerien versprach der Plan, zehn von zweihundertsiebzig also, über vier Etagen verteilt, und dabei hatte er höchstens zwanzig Minuten Zeit, irre. Er hätte gern eine der Frauen gefragt, die an ihm vorbeihasteten, ein ganz anderer Typus als die Akademikerin, alle trugen glatt geföhnte lange Haare, enge Jeans unter zu groß wirkenden weiten Mänteln und diese hässlichen Stiefel, die aussahen wie von Hunden zerkaute Pantoffeln. Es war die etwas teurere Variante des Mallorca-Trashs aus dem Fernsehen, Gerda und er hatten sie oft genug gesehen, besonders Menschen, die nach Miami auswanderten und dort mit Handtaschen oder einem Bootsverleih reich werden wollten, bemühten sich darum. Auch ihr Erkennungszeichen war das Tattoo, aber im Gegensatz zu den Hartz-IV-Tätowierten trugen sie ihre Totenköpfe, Rosen und durchbohrten Herzen nicht nur auf der Haut, sondern auch auf ihren

T-Shirts von Philipp Plein für tausendeinhundert Euro. Und wieso wusste er das jetzt schon wieder? Wieso krallte sich nichts so hartnäckig in der Erinnerung fest wie unnützes Wissen?

Hinter einem Informationsschalter stand ein echter Mensch, ein junger Mann, der einer Schar aufgeregter Teenies erklärte, wo genau ein YouTube-Star am Nachmittag seine Autogrammstunde abhalten würde. Langsam geriet Yann ins Schwitzen, aber er wagte nicht, seinen Mantel auszuziehen, er hatte Angst, dass ihm im Moment des Ausziehens eine seiner typischen Ungeschicklichkeiten passieren könnte, etwas könnte verrutschen, Schweißflecken könnten sichtbar werden, irgendwas könnte zu Boden fallen, ein abgesprengter Knopf, er könnte mit einem Ellenbogen eine der plastifiziert wirkenden Trash-Frauen treffen. Endlich stand er vor dem jungen Mann, fragte: »Können Sie mir sagen, wo ich hier Yves Saint Laurent-Kosmetik finde?«

»Bei Douglas. Geradeaus, vierter Eingang auf der linken Seite.«

Er fühlte sich ungeheuer souverän, als er der Dame am pudrig glitzernden Verkaufsstand die korrekte Produktangabe diktierte, und während sie in einer Schublade mit Dutzenden von Beige-Tönen nach B40 suchte, betrachtete er Lippenstifte und Lidschatten. Sie glichen alle gewaltsam verfärbter Haut. Wundfarben, dachte er. Wie machten Frauen das bloß, dass sie sich künstliche Versehrungen ins Gesicht malten und man diese danach als schön wahrnahm? Was für eine perverse Gesetzmäßigkeit steckte dahinter? Und begründete sich der Widerwille der durchschnittlichen

Akademikerin, sich damit auseinanderzusetzen, etwa in genau dieser Perversion?

Er versuchte, sich an das Bad zu Hause zu erinnern, an die kleine Schale, die auf dem Kästchen unter dem Waschbecken stand, und in der Gerdas Kosmetiksachen lagen, ein paar Stifte, Mascara, winzige Tiegel mit hellen Farben, die aussahen wie Mondschein, nicht wie etwas Wundes. Er spürte, wie sich seine Hände nach der Weichheit von Gerdas Wangen sehnten, seit drei Jahren war er verblüfft, wie zart sie sich anfühlten, es gab keinen Vergleich, selbst ein Rosenblatt schien ihm hart dagegen. Die Schönheit, die daraus entsprang, war unangestrengt, gelegentlich trug sie mit den Fingern oder einem Pinsel einen Schimmer von irgendwas auf, einen Hauch, so geschickt gesetzt, dass sie damit ein wenig mehr leuchtete als zuvor. Seine Chefin dagegen arbeitete erkennbar mit ihrem Gesicht, behandelte es als Skulptur, es war perfekt modelliert, kühl, distanziert und ähnlich künstlich wie die Wesen, über die sie auf der Tagung sprach. Wer sich ihr zu nähern versuchte, sah sich anhaltender Verwirrung ausgesetzt, sie gab ihr Innerstes genauso wenig preis wie ihr wahres Gesicht, was sie über sich erzählte, war nie mehr als eine Annäherung an eine Wahrheit, die es vielleicht gar nicht gab. Natürlich machte sie die Männer damit rasend. Yann nicht. Ihre Kommunikationstechnik war ihm zu exaltiert, neben Stolz, Bewunderung und Respekt hatte er keinerlei Gefühle für sie, was er als Grundlage ihres Arbeitsverhältnisses überaus angenehm fand. Weshalb er auch keine Verpflichtung verspürte, mit ihr am Abend essen zu gehen. Er freute sich darauf, allein zu sein, vielleicht im Hotelzimmer, vielleicht in Kreuzberg oder Neukölln. Er hatte Lust, ein paar Stunden lang durch halb bekannte Straßen zu gehen, sich in Bars zu setzen, in denen er schon mit Gerda gewesen war, jetzt eben ohne sie, was ihm Gelegenheit geben würde, fremde Menschen zu beobachten, vielleicht würde sich sogar eins jener unverfänglichen Zufallsgespräche ergeben, wie man sie nur führen konnte, wenn man sich vollkommen frei und gleichzeitig wohlfühlte. Wenn er Glück hatte, lief irgendwo ein Fußballspiel, nichts gab einem einzelnen Mann so sehr ein Recht auf Gesellschaft wie ein Fußballspiel in einer Bar.

Doch dann stand das Mädchen vor ihm. Wobei Mädchen sehr unpräzis war, sie war bloß merklich jünger als er, vielleicht Anfang zwanzig, sie hatte auch einen Namen, Laura oder so, aber sie war nun mal das Tekkie-Mädchen vom Dienst. Sie waren sich im Lauf des Tages öfter begegnet, beim Verkabeln seiner Chefin, in einer Pause vor der Uni, »Frische hat Vorfahrt«, stand auf dem Lieferwagen eines Cateringunternehmens, das gerade das Buffet für die Tagung anlieferte, sie hatten darüber gelacht. Das Mädchen trug Jeans, Sneakers, eine Bomberjacke mit chinesischem Drachen, hatte ein rundes, junges Gesicht, das gerne herb sein wollte, war selbstbewusst und auf faszinierende Art geschlechtslos. Als wolle sie sich noch nicht ganz entscheiden, als würde sie das Erwachsenwerden mit aller Macht hinauszögern. Vielleicht war sie auch kein eindeutiges Mädchen, dachte er, vielleicht wollte sie Männlichkeit und Weiblichkeit transzendieren, auf jeden Fall stand sie vor ihm, blickte ihm direkt in die Augen und fragte: »Lust mitzukommen? Wir nehmen gleich ein Taxi und fahren in die Weserstraße.«

»Wir?«, fragte er.

»Leute halt«, sagte sie, »aber vielleicht bist du fürs Ausgehen zu alt?«

Als er ihren Blick erwiderte, schienen ihre Augen wie die schillernde Oberfläche einer Seifenblase ständig die Farbe zu wechseln. Grün, blau, violett.

»Welche Augenfarbe steht eigentlich in deinem Pass?«, entfuhr es ihm.

»Geile Frage. Bisschen unvermittelt, nicht? Blaugrau. Kommst du jetzt mit?«

»Warum nicht?«

Die goldbraunen Augen vom Fluss fielen ihm ein, Valeries Augen, in denen jeder kühle Farbton fehlte, er hatte sie sofort wiedersehen müssen, war zu Hause unter die Dusche gestürzt, hatte danach bei ihr geklingelt, hatte mit dem Gefühl vor der Tür gestanden, etwas Grundsätzliches müsse sich in seinem Leben ändern, jetzt sofort. Doch dann hatte sie geöffnet, hatte nicht mehr in ihrem Mantel und mit ihrem vom Pelzkragen eingefassten Gesicht vor ihm gestanden, sondern in einem schwarzen Strickkleid, ungehalten starrte sie ihn an, er störte sie, sollte besser gehen, aus dem Spiegel ihrer Augen verschwinden, sie sah nichts in ihm, das war ihm jetzt klar, noch nie hatte sich sein ganzes Leben derart banal angefühlt.

»Ich, ähm, pardon, ich dachte … das Rezept?«, war das Einzige, was ihm einfiel.

»Ach so, klar«, sagte sie, »Moment.«

Sie kam mit einem vergilbten Blatt Papier zurück, auf dem alt, zierlich und blau etwas geschrieben stand, sagte: »Kannst du das schnell fotografieren? Ich ahnte ja nicht, dass du es damit so eilig hast.«

»Natürlich, dank dir.«

Während er ein Foto machte, lag ihre Hand schon ungeduldig auf dem abgegriffenen Türknauf. Was hielt sie wohl von ihm? Unterstellte sie ihm etwa die leise Möglichkeit einer Absicht? Und wenn ja, fühlte sie sich geschmeichelt? Oder fand sie ihn gerade unangenehm peinlich? Aufdringlich gar? Vermutlich schon. Wahrscheinlich lebte Valerie genauso in einer Beziehung wie er. Aber mit wem? Mann? Frau? War sie verheiratet oder eine Geliebte?

Leider hatte er sie seit der Rezeptübergabe nicht mehr gesehen, sie war in ihre Stadtwohnung zurückgekehrt, aber da er jetzt ihren Namen kannte, hatte er Valeries Adresse rausgesucht. Auf Google hatte er ihr Haus in der Straßenansicht und in 3-D gefunden, er kannte die Ecke, sie gehörte zu den zwei, drei Gentrifizierungshöllen der Stadt, jeden Monat eröffnete eine neue Bar, ein neues Lokal mit hawaiianischem Active-Lifestyle-Food, ein neues Nose-to-Tail-Bistro, auch Gerda und er hatten im Sommer Schlange gestanden vor einer Gelateria. Warteschlangen waren jetzt so was wie die neuen Clubs, wer dort gesehen wurde, wer sich dort begegnete, wusste, dass er Teil von etwas kollektiv Bedeutendem war. Hier also wohnte Valerie. Clément hatte ihn letzte Woche in eine Bar in Valeries Nachbarschaft mitgeschleppt, sie war zu voll mit zu jungen, lauten Menschen und Drinks gab es nur in Einmachgläsern. Unauffällig hatte er von der

Straßenbahnhaltestelle aus Valeries Haus gescannt, ein Eckhaus, grau mit alten, grünen Fensterläden, Baujahr 1890, jedenfalls konnte er diese Zahl knapp über dem Türsturz entziffern. Pro Geschoss musste es zwei Wohnungen geben, er hatte auf die Schnelle keine Chance, auch nur zu erahnen, welche ihre sein könnte. Wäre er allein gewesen, hätte er die Klingelschilder studiert, aber mit Clément zusammen war dies natürlich undenkbar.

Egal, dachte er, ich hab in Valeries Leben nichts zu suchen, die Minuten am Fluss waren sonderbar gewesen und in seiner Erinnerung trotz des grauen Vorabendhimmels taubenblau hinterlegt, ein sicheres Zeichen, dass er sie bald vergessen würde. Er hatte in einem Buch aus den Neunzigern gelesen, dass Taubenblau damals die vorherrschende Farbe in Hotelzimmern gewesen sei, eine stumpfe, halb tote Farbe, wie gemacht dazu, all die beiläufigen zwischenmenschlichen Transaktionen, die sich darin vollziehen mochten, zu vereinfachen. All die momentan aufflackernden Begierden, kurzfristig eingelöst von dieser Farbe, die leicht, gewissenlos und vergesslich machte, eine Farbe zwischen Nebel und Versprechen. Er war sich nicht sicher gewesen, ob er der Autorin folgen konnte, aber die Impression krallte sich in ihm fest.

Sein Berliner Hotelzimmer war wie alle neuen Business-Hotelzimmer eine fast fugenlos wirkende Landschaft aus Sand, Beige und Schokolade, ein wenig, als würde man mitten in der Wüste Kaffee trinken, letztlich ähnlich substanzlos wie Taubenblau, aber deutlich wärmer. Er stellte sich seine Chefin in einem dieser Zimmer vor, sie wohnte zwei Stockwerke über ihm, mit ihrem Haar und ihrem Yves Saint Laurent-Gesicht wäre sie darin schön wie ein patiniertes Gemälde. Er war sich sicher, dass sie ihre Nächte nicht alleine verbrachte, es wäre nicht ihr Stil, er tippte auf einen Callboy oder auf den italienischen Philosophieprofessor aus Bologna, mit dem er sie schon beim Frühstück gesehen hatte.

Und er? Was wollte er? Was brauchte er? Gerda? Valerie? Doch seine Chefin? Überhaupt: Wieso beschäftigten ihn plötzlich andere Frauen? Seit dem Abend am Fluss hatte sich etwas in ihm gelöst, Ahnungen von Freiheit machten sich breit, die Mauern von Gewissen und Gewissheit begannen zu bröckeln, und über allem lag eine prickelnde Neugier, der er gerne nachgehen wollte. Wann hatte er sich zum letzten Mal so hoffnungsvoll und offen gefühlt? Als Kind? Er sollte sich dringend mit Yvonne unterhalten, sie kannte sich mit so was aus.

Jetzt aber stand das undefinierbare Mädchen vor ihm, und er hatte ihr versprochen, mitzugehen. Wenn er ehrlich war, hätte er sich allerdings am liebsten im Hotelzimmer vor den Fernseher gelegt. Mit etwas Glück würde Gerda zu Hause gerade das Gleiche tun, sie könnten synchron in zwei Städten eine Sendung schauen und einander alberne Dinge simsen, vielleicht würde er dazu noch einen kleinen Whisky aus der Zimmerbar trinken und früh einschlafen.

»Das Taxi wartet«, sagte das Mädchen, und er wagte nicht, ihr zu widersprechen.

Sie setzten sich nebeneinander auf die Rückbank, er fragte: »Wo sind die andern?«

»Kommen später.«

Sie fuhren durch das Vorweihnachtsberlin, die Stadt ersoff wie jede andere im Dekowahn.

»Fuck!«, entfuhr es ihm.

Sie schaute ihn von der Seite an: »Hast du Tourette?«

Er wurde rot: »Nein. Aber noch keine Weihnachtsgeschenke.«

»Für Frau und Kinder und so?«

»Für Mutter, Schwester, Freundin. Und Vater.«

Typisch, dass ihm der Vater bei so was zuletzt in den Sinn kam.

»Tja dann, helf ich dir. Morgen Nachmittag? Schnell mal in die Mall?«

Er war gerührt. Ein praktischer kleiner Engel, der ihm im Dschungel der zweihundertsiebzig Geschäfte beistehen würde.

»Danke! Heut Abend geht auf mich.«

Das Taxi hielt, die Bar war rot und mit Dingen aus Plastik und Kunstfasern gefüllt, er stellte sich an den Tresen, holte zwei doppelte Whisky für sich und das Mädchen. Sie hatte sich bereits einen Tisch im hinteren Teil der Bar gesucht, dort, wo geraucht wurde. Damit hatte er nicht gerechnet, seine Chefin hasste jede Art von Geruch, außer er kam von Chanel.

Ihre Drachenjacke hatte sie ausgezogen, der Ausschnitt ihres T-Shirts war etwas zu weit und zeigte die Träger ihres BHs und zwei zarte, vollkommen unschuldige Schlüsselbeine. Also doch ein Mädchen, dachte er. Sie prosteten sich zu, er sah, wie sich am Nebentisch drei Männer küssten, nicht zwei, sondern drei, und nicht einfach zur Begrüßung, sondern sehr ausführlich, sie küssten statt zu reden. So also war das in Cléments Kreisen, dachte er, so zwanglos und auch im Alltäglichsten dem Orgiastischen zuneigend, interessant, aber wahrscheinlich war dies einfach die DNA von Berlin und nichts Besonderes. Wie es sich wohl anfühlen würde, einen Männermund zu küssen? Hart, fremd, erschütternd vertraut? Ob Alex schon mal einen Mann geküsst hatte? Im Sommer hatte es diesen verwirrenden Moment gegeben: Alex und er waren nach der Arbeit mit den Rädern zu einem Forellenhof außerhalb der Stadt gefahren, hatten zwischen sattgrünen Weiden in der Abendsonne Fisch und Butterkartoffeln gegessen und waren über eine Hügelkuppe zum See aufgebrochen. Sie waren ins Wasser gesprungen und hatten danach in Badehosen am Ufer gelegen und gekifft. Er hatte Alex betrachtet, eine schmale Linie aus schwarzem Haar zog sich von seiner Brust über seinen Nabel und weiter. Im Halbdunkel raschelten silberne Birken, und Yann rang mit der Frage: »Wieso magst du mich eigentlich?«

Stattdessen fragte er: »Was machst du eigentlich mal mit deinen Millionen? Die Welt retten?«

»Das wäre der Plan«, hatte Alex geantwortet.

Er sah, wie das Mädchen eine Kellnerin musterte, eine auffällige junge Frau, eisblondes, millimeterkurzes Haar, exzentrische Augen, die denen einer altägyptischen Königin glichen.

»Gefällt die dir?«, fragte er.

»Ist meine Ex«, sagte sie so trocken, als hätte sie statt des Whiskys ein Glas voll Staub getrunken, »die gefällt mir schon lang nicht mehr.«

»Oh.«

Mehr fiel ihm nicht ein. Wäre Gerda jetzt hier, würde sie Fragen stellen, würde alles über Beginn, Dauer und Drama der Beziehung wissen wollen, und die Unterhaltung wäre auf Stunden hinaus gesichert. Er konnte über so was nicht reden. Jedenfalls nicht mit einer fremden Frau.

»Fragst du dich eigentlich ...«, begann das Mädchen.

»Was frag ich mich?«

»Na ja«, fuhr sie fort, »fragst du dich eigentlich, was ich von dir will?«

Machte sie ihn etwa an?

»Bis jetzt nicht, nein. Ich dachte, wir warten auf die andern.«

»Es kommen keine andern.«

»Das überrascht mich nun doch etwas.«

Es überraschte ihn tatsächlich mehr, als er zugeben wollte.

»Echt?«

»Ich glaub den Leuten, was sie sagen.«

»Das ist süß von dir. Und naiv.«

»Da bist du nicht die Erste, die das sagt. Aber bis vor wenigen Sekunden bin ich noch davon ausgegangen, dass du lesbisch bist.«

Die Lage war auf groteske Art amüsant. Als wäre er mitten in einer Soap gelandet.

»So einfach denkst du also? Bloß, weil meine Ex hinter

dem Tresen steht? Du weißt schon, dass die Möglichkeiten endlos sind.«

»Klar«, sagte er, »meine Schwester ist bi. Mindestens. Glaub ich jedenfalls.«

»Siehst du?«

Nein. Er hatte keine Ahnung, was genau er sehen sollte.

»Sie würde dir gefallen, sie ist scharf. Eine Rothaarige mit exzessiver Ballettvergangenheit. Und sie ist ruchlos.«

Echt? Hatte er Yvonne soeben scharf genannt? Dachte er so über sie? Nein, natürlich nicht, er hatte kein objektives Verhältnis zu ihr. In der Schule hatte er genügend Freunde gehabt, die ihm klarmachten, dass Yvonne nicht nur scharf, sondern sehr scharf war. Wieso versuchte er jetzt, sie auf so billige Art anzupreisen? Etwa, um von sich abzulenken? War ihm die Situation doch unangenehm? Nicht wirklich. Er mochte das Mädchen. Sie war auf erfrischende Art fordernd.

»Ruchlos, soso«, sagte sie, »ganz im Gegensatz zu dir, nehm ich an?«

»Im Gegensatz zu mir. Ich fühl mich langweilig und ver- heiratet.«

»Bist du aber nicht.«

»Was, langweilig?«

»Nein, verheiratet. Bist du feige?«

»Leider.«

»Angenommen, ich machte dir jetzt ein unmoralisches Angebot. Wäre deine Antwort Nein?«

Er wusste es nicht. Noch nicht. Im Moment war sie noch Nein. Nach zwei weiteren doppelten Whisky vielleicht nicht mehr. Er beschloss zu schweigen.

»Übrigens steh ich nicht auf Rothaarige«, sagte sie nach einer Pause.

»Wieso nicht?«

»Alle stehen auf Rothaarige. Das ist eine Plattitüde.«

»Okay?«

»Du glaubst mir nicht?«

»Schlimmer! Ich trau dir nicht.«

Die Whiskygläser waren leer. Er stand auf und ging zum Tresen. Die Kellnerin starrte ihn böse an. »Geht aufs Haus«, zischte sie, es klang wie ein Fluch.

Er setzte sich wieder neben das Mädchen, dichter als zuvor, ihr Tisch wurde von beiden Seiten bedrängt. Gern wäre er mit seiner Hand durch ihr kurzes Haar gefahren. Es glänzte und lag wie der Pelz eines scheuen, unzähmbaren Tieres an ihrem Kopf.

»Du und deine Ex, wie lange seid ihr schon getrennt?«

»Ist das wichtig?«

»Ich denke schon.«

»Einen Monat?«

»Und wieso hast du ausgerechnet mich dazu auserkoren, sie eifersüchtig zu machen?«

»Hab ich nicht!«

»Doch.«

Schweigen. Trinken. Ihre Finger trommelten irgendwas auf den Tisch, ein Schwarm hektischer Flecken flog über ihren Hals und ließ sich auf den Schlüsselbeinen nieder, sie holte tief Luft: »Du bist nett, du bist hübsch, du bist gut rasiert. Ich kann das nicht, mit Bartstoppeln und so. Und meine Ex steht auf deine Chefin. Das rechnet sich.«

Er musste lachen und verschluckte sich, musste husten, sie schlug ihm mit der Hand auf den Rücken. Was für eine kleine leichte Hand, dachte er, sie passte gar nicht zum zähen Trotz, den die junge Frau sonst auszustrahlen versuchte. »Ich bin aber nicht meine Chefin«, sagte er, »so sorry.«

»Nein, aber du gehörst zu ihr, du bist der Trophy Boy.«

Wieder schwiegen sie. Er war froh, dass dieser Abend in dieser Bar im Grunde nichts mit ihm zu tun hatte. Dass sich ihre Aufmerksamkeit nicht auf seine Person, schon gar nicht auf seine Persönlichkeit richtete, dass sie keine Gefühle an ihn heftete. Er wurde instrumentalisiert, war Mittel zum Zweck. Das gefiel ihm, noch nie hatte ihn jemand Trophy Boy genannt. Diese Episode musste er dringend Yvonne erzählen. Und Gerda? Nein, lieber nicht Gerda. Der Trophy Boy gehörte ins Reich der taubenblau hinterlegten Zufälle, er brauchte daraus keinen Unfall zu machen. Wieso blickte er dem, was kommen musste, eigentlich so gelöst entgegen? War es der Whisky? Oder die Bar mit der DNA Berlins? Waren es die Nachwirkungen der Begegnung mit Valerie? Er horchte in sich hinein und suchte nach einem Echo seiner üblichen Verzagtheit. Nach der Angst vor dem Kater danach, dem physischen wie dem psychischen. Aber da war nichts, einfach nichts. War er noch er selbst?

»Bist du mir böse?«, fragte sie leise.

»Wie könnte ich? Das ist doch alles sehr charmant.«

»Und jetzt?«

Er überlegte, ob er wirklich sagen sollte, was er sagen wollte. Dann tat er es einfach: »Jetzt wechseln wir entweder das Thema. Oder aber wir machen deine Ex so richtig eifersüchtig.«

»Im Ernst?«

»Warum nicht?«

»Cool. Und du hast danach kein schlechtes Gewissen?«

»Ich glaube nicht.«

Er fragte sich, ob er sich das wirklich glaubte.

»Und wir müssen das morgen auch nicht thematisieren?«

»Nein.«

»Gut.«

»Na dann? Noch eine Runde?«

Er holte Nachschub, setzte sich neben sie, noch näher als zuvor, ihre Ellenbogen berührten sich, dann ihre Oberarme, er schaute sie an, wollte wissen, welche Farbe ihre Augen gerade hatten, aber sie starrte auf die Tischplatte, ihre Hand klammerte sich ans Whiskyglas. Bestimmt war sie rot, es war im Licht der Bar nicht auszumachen. Süß, dachte er, sehr süß und crazy. Er hatte ihr etwas versprochen und sich damit selbst verblüfft. Jetzt wollte er seine Sache gut machen. Komischerweise hatte er keinerlei Zweifel, dass ihm dies auch gelingen würde. Genau so hätte das erste Date mit Gerda damals laufen sollen, nicht mit Übelkeit und Cola, sondern genau so smooth, mit Whisky und einem flirrenden Spieltrieb.

War er etwa dabei, Gerda zu betrügen? War er nicht. Nein, wirklich nicht. Obwohl er nicht mehr betrunken in einer Bar rumgeknutscht hatte, seit er mit ihr zusammen war. War er denn betrunken? Hatte er sich Mut angetrunken? Was auch immer in der Bar geschehen mochte, er schwor sich, sie alleine zu verlassen. Er war nicht Clément. Er war Yann. Master of Monogamy. Oder so ähnlich. Doch hier war Berlin, hier war nicht zu Hause, und er hatte einen sensiblen Job zu erledigen, eine Performance abzuliefern, denn darum ging es doch schließlich, um ein Spiel, ein Vortäuschen, einen wohltätigen Akt, eine Liebenswürdigkeit. Oder nicht? Wem war hier nicht zu trauen, dem Mädchen oder ihm? Also, angenommen, nur mal angenommen, aus dem Spiel würde mehr? Noch wusste er nicht, wie sein Körper auf die bevorstehende Berührung reagieren würde. Vielleicht gar nicht, vielleicht mit einem unkontrollierbaren Reflex. Und sie? Würde ihre Reaktion seiner entsprechen? Würden sie einander so sehr ergänzen, dass kein Ausweg mehr möglich wäre? Und sollte sich daraus mehr als die Bar ergeben, sollte sich daraus eine gemeinsame Nacht ergeben, wie wäre das Erwachen? Mit welchen Gefühlen würde er am Morgen ihr Gesicht auf dem Kissen neben sich betrachten? Das Gesicht meiner kleinen Spielerin, dachte er. Würde er mit ihr frühstücken wollen? Würden sie gar zusammen wieder zur Tagung gehen? Gemeinsam die Uni betreten? Dem Fahrer von »Frische hat Vorfahrt« begegnen? Würde er ihnen etwas ansehen? Und wäre dies ein Betrug gewesen? Ja. Natürlich. Jedoch nur ein winziger. Schließlich war Gerda seine große Liebe und das Mädchen nichts als ein kleines Abenteuer. Wie oft würde er danach an sie denken? Egal, es gab jetzt kein Zurück. Er war schon zu sehr eingenommen von den irisierenden Augen und den unschuldigen Schlüsselbeinen.

»Kleines?«, sagte er, sie schaute zu ihm hoch, violett, dachte er, ihre Augen sind so violett wie der Himmel bei einem besonders spektakulären Sonnenuntergang. Er hob ihr Gesicht sacht seinem entgegen, ihr Trotz hatte sich aufgelöst, eine weiche Verunsicherung hatte sich über ihre Züge gelegt, sie sah nun noch jünger aus, ihr kleiner Mund wirkte so still viel voller, als wenn sie redete.

»Alles gut?«, fragte er. Sie nickte, und als ihre Lippen sich trafen, wusste er, dass er mit allem, was ihm an diesem Abend zur Verfügung stand, in ihren violetten Sonnenuntergang hineingehen wollte.

18

Valerie hasste dieses Großraumbüro, diese elende Batteriehaltung, durchzuckt von den Stromschlägen der Schmach, den ganzen Tag über den eigenen Verfall vorgeführt zu bekommen. Wo bitte ging es hier zum Gnadenbrot der Frühpensionierung? Oder wenigstens zum alten Feudalismus eines Einzelbüros? Nirgendwo natürlich, dies war die Sackgasse, in der ihre Karriere enden würde. Vor ihr lagen die Presseunterlagen von einem dieser neuen Heimatbiomärkte, die auf jedem freien Platz der Stadt aus dem Boden schossen. Alte Markthallen waren nur noch in Berlin angesagt. In Valeries Stadt hatten sie sich schon längst geleert, es gab dort Arbeitsplätze und Sitzungszimmer zu mieten, natürlich alles einsehbar, man setzte sich in die Fenster, hinter denen zuvor Waren beworben wurden. Krass, dachte sie, es bestand kein großer Unterschied zwischen denen, die in alten Schaufenstern an ihren Laptops Geistesarbeit performten, und den Prostituierten, die im Amsterdamer Rotlichtviertel hinter ihren Scheiben saßen.

Wann war es so wichtig geworden, den Arbeit verrichtenden Menschen auszustellen? Wieso konnte es nicht einfach um die Arbeit an sich gehen? War ihr Großraumbüro nicht auch Teil dieses Prozesses aus Überwachen und Begehren? Gut, ein Einzelbüro, das wusste Valerie genau, wäre auch nicht die Lösung, es würde sie am Ende nicht glücklicher machen, sie würde damit aus allen Zusammenhängen fallen, es wäre einzig ein fettes Zeichen von Status, eine Belohnung, ein Alleinstellungsmerkmal. Mehr aber auch nicht. Sie würde dort ihre Texte etwas schneller schreiben, sich nicht über flackernde Bildschirmschoner und die einander überlagernden Gerüche von Billig-Take-away ärgern, die zur Mittagszeit durch die Redaktion waberten. Und sonst? Sie wäre allein. Und sie würde die Kinder vermissen. Sie waren lieb. In einer ganz andern Lebensphase als Valerie, aber lieb.

Sie hatte den Abend mit ihnen im Haus der Großmutter genossen, sie hatten Bier und Pizza mitgebracht und waren mit restlos allem, was Valerie ihnen hingestellt hatte, wieder gegangen. Zum Dank würden sie im Januar mit ihr ein paar Fahrten zur Entsorgungsanlage machen. Valerie liebte die Entsorgungsanlage. Sie lag etwas außerhalb der Stadt, man fuhr dreispurig in eine weite Betonhalle und wuchtete seinen Kram in nimmermüde Müllschlucker. Familien entsorgten dort an einem Samstagmorgen intakte Balkonmöblierungen und Sofas, die zu groß oder zu klein für ein neues Wohnzimmer waren. Väter schleppten zersprungene

Waschbecken und Kinder die Seitenleisten alter Betten, denen sie entwachsen waren. Es waren die Innereien eines Zuhauses, die Dinge, die ein Leben eine gewisse Zeit lang ausgemacht hatten, die hier innerhalb von Sekunden ein nüchternes Ende fanden.

Einmal war sie dort einer Frau begegnet, die einen Spiegel zum Müllschlucker trug, sie hielt ihn fest an sich gepresst, und Valerie fragte sich, wie oft sie sich im Spiegel betrachtet hatte, wie viel er von ihr wusste, alles, war anzunehmen, das ganze Kaleidoskop ihrer Erscheinungen, wahrscheinlich über viele Jahre, gar Jahrzehnte. Er musste sie so oft gespiegelt haben, dass er selbst zu einem Teil ihres Selbstbilds geworden war, ja dass er dieses überhaupt erst ermöglicht und geformt hatte.

Valerie besaß selbst so einen Spiegel, er hing in ihrem Schlafzimmer, er hatte schon in ihrem Mädchenzimmer gehangen – sie hatte sich darin staunend in ihrem ersten BH betrachtet –, danach in WGs und Wohnungen, sogar im Haus, das sie sich ein paar Jahre mit einem Mann geteilt hatte. Er war, das fand sie auch heute noch, ein guter Mann gewesen, so gut, dass ein Sadismus in ihr erwacht war, den sie vor und nach ihm nicht gekannt hatte. Sie wollte wissen, wie weit sie gehen konnte, bis das Gute, Verlässliche, Langweilige abblätterte und darunter etwas anderes zum Vorschein kam, etwas Böseres, Ungeduldigeres, Interessanteres. Sie hatte das überaus glänzend geschafft, doch was dabei zum Vorschein gekommen war, hatte sich konsequenterweise gegen sie gerichtet. Dass der Spiegel damals nicht auch zu Bruch gegangen war, schien ihr ein Wunder, sie hatte zum ersten Mal in ihrem Leben ein Bedürfnis nach Gewalt gespürt, hatte wie in einem schlechten Film Bücher, Teller und einen Briefbeschwerer nach dem Mann geschmissen. Nach ihrem überstürzten Auszug aus dem Haus und dem Einzug in ihre jetzige Wohnung hatte sie mit letzter Kraft den Spiegel an die Wand neben ihrem neuen Bett gehängt und sich darin betrachtet: Sie war jetzt eine jener Frauen, die es schafften, eine Beziehung zu vernichten, ganz ohne Fremdeinwirkung, ohne Betrug, es gab niemanden, den sie dafür mitverantwortlich machen konnte. Das einzig Verlässliche, das ihr blieb, war ihr Job. Das war vor acht Jahren gewesen. Seither war sie allein und würde es, abgesehen von immer seltener werdenden Abenteuern wie der Nacht mit dem Mann vom Gin-Stand, gewiss bleiben. Irgendwann würde auch sie ihren Spiegel dem Müllschlucker übergeben.

In den Unterlagen des neuen Heimatbiomarktes fanden sich die üblichen Erzählungen von glücklichen Menschen und Tieren.

»Bauer Lanz und seine drei Powerfrauen kümmern sich jeden Tag bis zu vierzehn Stunden liebevoll um ihre Tiere. Ihr Futter kommt von unseren farbenprächtig blühenden Magerwiesen«, stand da.

Oder: »Handgeröstet und handgebrüht gehen Hand in Hand! Entdecke unsere mit Liebe und Leidenschaft gefertigten Kaffee-Spezialitäten!«

»Noch vor Sonnenaufgang fahren unsere unerschrockenen Männer auf den See, um unsere anspruchsvollen Kunden mit fangfrischem Fisch vom Feinsten zu beglücken.«

»Unsere Weine veredelt nur die Natur. Seit 2016.«

Valerie wollte keine Märchen, sie wollte wissen, wie etwas schmeckte, wozu es passte, einfachste Hilfestellungen also, mit denen eine Supermarktkette seit Jahrzehnten ihre Weine kennzeichnete. Diese neuen Blumenkinder mit ihrer Selbstverwirklichung im Zeichen der Demeter-Knospe brauchten dringend mehr Nüchternheit.

Wann F. wohl wieder in der Stadt war? Sie hatte plötzliche Sehnsucht danach, mit ihm zu trinken und zu reden und auf all die Jahre und ihre Hinterlassenschaften zurückzublicken. Auf ihre alten Lieblingsbars, von denen es nur noch eine gab, auf F.s Schauspielkolleginnen von früher, von denen nur noch eine schön war, auf seine Kollegen, die sich bei jedem Engagement neu verliebten und es für nötig hielten, noch eine Familie zu gründen und mindestens einmal in ihrer Karriere Hitler zu spielen. Es wären tröstliche Gespräche, dachte sie, mit dem Unterschied, dass F. von hübschen jüngeren Gespielinnen regelrecht verfolgt wurde, während sie seit Längerem eine einzige Nacht mit einem passablen Typen vorzuweisen hatte.

Als sie ihre Mails öffnete, meldete der Posteingang über zwölftausend, sie wollte ihn schon seit Wochen ausmisten. Sie begann mit den Newslettern diverser TV-Sender, hoffte, die Flut innerhalb der nächsten zwanzig Minuten auf achttausend zu reduzieren, schaute schon gar nicht mehr auf die Absender, sondern las nur noch die ersten Worte der Anrede.

»Manchmal geh ich alleine aus und schaue übers Wasser«,

begann eine. Seltsam, was den Marketingabteilungen alles einfällt, dachte sie und klickte drauf, »und ich denk an all die Dinge, die du tust, und in meinem Kopf mal ich ein Bild … Valerie …«, ging es weiter.

Welcher Irre schrieb denn so was? Oder war es F. im Vollsuff? Sie schaute auf den Absender, House of Gin stand da, ihr schwante Peinliches, war es denn tatsächlich möglich? Sie wagte kaum weiterzulesen.

»… sage nicht ich, singt Amy Winehouse«, stand da, gut, eine Relativierung des poetischen Überschwangs, das konnte man gelten lassen. Sie erinnerte sich jetzt auch wieder an *Valerie*, den Song von Amy Winehouse, aber wieso hatte er die Zeilen übersetzt? Englisch hätte sie nicht derart aus dem Konzept gebracht, das hätte eine gewisse Distanz gewahrt.

»Trotzdem«, schrieb der junge Mann von neulich, der auch einen Namen hatte, nämlich Teo, »hab ich an dich gedacht seit jener Nacht«. Oh Gott, versuchte er einen Reim? Das musste ganz schnell ein Ende haben, »das heißt, nicht ich hab an dich gedacht, okay, ich auch, aber besonders mein Porsche«, neiiiin, waren sie im Kindergarten?, »er fragt, an welchem See du gerne mal mit uns dinieren möchtest, zur Auswahl stellt er Bodensee, Lago Maggiore, Genfer See.«

Vor Fremdscham begann sie heftig zu schwitzen. Wusste er, wie schlimm sie diesen kindischen Animismus fand? Geradeso gut könnte er sie ins Kino einladen und dann in einen Trickfilm mit sprechendem Spielzeug schleppen. Nirgendwo fühlte sie sich körperlich unwohler als in Trickfilmen. Die wurden für Kinder gemacht! Ganz ruhig, befahl sie sich, der Junge meint es doch nur gut. Wie viele deiner One-Night-Stands haben sich wieder gemeldet und sich dazu noch die Mühe gemacht, sich was fürs zweite Date zu überlegen? Genau, ungefähr null. Und ja, sein Porsche war ästhetisch eine Wohltat. Außerdem ein heißes Auto für einen Ausflug à deux.

Heiter plauderte die Teo-Mail weiter: »Um ehrlich zu sein: Ich bin gegen den Bodensee. Zu wenig Charme.«

Wenn er gleich schreibt »im Gegensatz zu dir« oder etwas in der Art, muss ich seinen Mailkontakt sperren, dachte sie. Was stand da? »Er passt nicht zu dir. Zu nüchtern.«

Wollte er ihr damit unterstellen, dass sie eine Säuferin war? War nicht er es gewesen, der sie an seinem Stand mit seinen vorzüglichen Wacholderschnäpsen abgefüllt hatte? Frechheit! Gleich würde sie ihn sperren.

»Weißt du«, fuhr er fort, »wenn ich Regisseur wäre, wozu mir leider jedes Talent fehlt, ich würde dich in der Rolle einer französisch-russischen Doppelagentin besetzen.«

Nun, das war doch irgendwie nett. Sie konnte nicht behaupten, dass sie sich vollkommen missverstanden fühlte.

»Weshalb ich dich am ehesten am Genfer See sehe.«

Ich mich auch, dachte sie, wenn ich sehr viel mehr Geld hätte. Überhaupt, wie stellte er sich das vor? Sie bräuchten sicher drei Stunden bis zum See, danach würden sie zusammen essen, und dann? Kam man wirklich nicht mehr nach Hause. Wollte er die Nacht aus dem Hotel mit der Palmentapete im Foyer wiederholen? So nett kommen wir nie wieder zusammen, dachte sie, unmöglich, wieso konnten sie sich nicht einfach hier treffen, in einer Bar, in der sie sich zu Hause fühlte, wo sie wusste, dass ihr die Beleuchtung schmeichelte, und wo ihr bisschen Fame so weit reichte, dass die Kellner sie bedienten, als würde sie ihnen tatsächlich etwas bedeuten. Sprachen am Genfer See nicht alle Französisch und benahmen sich auch so? Arrogant und wertend? Würde sie sich dort nicht noch viel unsicherer fühlen als zu Hause? Sie hatte sich in ihrem Leben schon viel zu oft im Spiegel betrachtet, um nicht exakt zu wissen, wie sich ihre Problemzonen manifestierten. Die Antwort war einfach: zunehmend und überall. Sie begannen am Haaransatz, der ständig nachgefärbt werden musste, und zogen sich bis zu ihren Knöcheln, die sich ganz von selbst verfärbt hatten. Sie musste auch dringend wieder diese neue Gesichtsmassage anwenden, die sich die Gattin von Prinz Harry angedeihen ließ. Man griff sich dabei mit beiden Daumen in den Mund hinein, um die Wangenhaut von innen und von außen gleichzeitig zu massieren. Das Resultat war ein angenehmes Prickeln und die Illusion, dass durch die angeregte Durchblutung ein gewisser postkoital wirkender Glow zustande kam.

»Was ich dir bieten kann«, schrieb Teo, »sind eine Fahrt, ein Essen, eine Nacht et moi, toujours moi …«

Kitsch, dachte sie, purer, süßlicher Kitsch, obwohl …

»Kein Back-up auf diesem Computer seit 731 Tagen«, flimmerte es bedrohlich von rechts oben über ihren Bildschirm.

Ja, schon gut, wieso sollte sie auch ein Back-up ihres Büro-Computers machen? Und wo war eigentlich das Back-up ihres Lebens? Im Spiegel neben ihrem Bett? Irgendwelche Tagebücher besaß sie schon lange nicht mehr. Die hatte sie geschrieben, als sie sich noch staunend im ersten BH betrachtet hatte. Als sie sich selbst auch nicht schön gefunden hatte, aber zumindest keine objektiven Mängel an ihrem jungen Körper feststellen konnte. Es war eher eine Sache der Ausstrahlung gewesen, die sie damals an sich vermisst hatte, sie schaute sich in die Augen und fand ihr Außen im Gegensatz zu ihrem melodramatisch pubertären Innenleben enttäuschend uninteressant.

Der Tag kam, an dem auch ihr Außen zum Drama wurde. Sie war siebzehn und erkältet, hustete seit vielen Wochen, ging zum Arzt, den sie schon seit ihrer Kindheit kannte. »Mach dich oben frei«, sagte er, sie begriff wie immer nicht, wieso sie sich hinter einer Wand ausziehen musste, wenn sie danach doch nackt vor ihm saß. Wieso das Ausziehen ihres Pullovers und ihres BHs mit mehr Scham behaftet war als ihre Blöße. Er hörte sie ab, es war eine schwere Bronchitis. Doch echte Besorgnis lag erst in seiner Stimme, als er sagte: »Darf ich mal schauen? Ich glaub, deine Brüste sind ungleich groß.«

Er tastete sie ab, nicht lang, aber lang genug, sie spürte seinen Atem, seine schlanken, weichen Finger, es war ihr unangenehm, es hatte nichts mit der Bronchitis zu tun.

»Das müssen wir beobachten«, sagte er ernst, sie nickte stumm.

Ich hab eine schlimme Lunge und hässliche Brüste, dachte sie auf dem Nachhauseweg, das eine ist heilbar – aber das andere? Es war ein Tag wie ein kleiner Tod, noch nie hatte ein Mann ihre Brüste berührt, die sie doch eigentlich gernhatte, noch nie, bis eben, und schon lag ein Makel auf ihnen, schon waren sie ein Fehler. Sie wagte nicht, darüber mit ihrer Mutter zu reden, die gesagt hätte: »Kind, das haben fast alle in deinem Alter, das wächst sich aus«, sie schwieg und sah im Spiegel nur noch den Unterschied, die Abweichung, ausgerechnet dort, wo höchste Symmetrie gefragt war.

Hätte ihr damals einer wie Teo geschrieben: »Ich biete dir eine Nacht et moi, toujours moi«, sie wäre mit ihm gegangen und hätte sich nicht mehr nach ihrem alten Leben umgedreht, es wäre geradezu biblisch gewesen.

Und jetzt? Wann hatte sie sich zum letzten Mal schön gefunden? Nach der Nacht mit Teo natürlich. Wie albern war eigentlich sein Name? Konnte er nicht wenigstens Theo heißen, mit H? Typischer Hipsterscheiß. Oder war es eine Abkürzung von Matteo? Und wieso sträubte sie sich mit aller Macht dagegen, sich über seine Mail zu freuen? Wäre sie in einem Film, könnte ihr Tag gerade keine bessere Wendung nehmen. Ein liebenswürdiger, unvoreingenommener jüngerer Mann, mit dem sie bereits eine mehr als gute Zeit verbracht hatte, ein Mann, der sich einen Porsche Carrera und diverse Nächte in etwas besseren Hotels einfach so leisten konnte, so ein Mann wollte Zeit mit ihr verbringen. Und nicht einfach irgendeine Zeit, sondern viel Zeit zu zweit, in einem Auto, einem Restaurant, einem Bett. Er traute ihr und sich zu, dass sie sich miteinander nicht langweilen würden. Wieso also zögerte sie? Wieso redete sie seine Zeilen klein? War ihr das jetzt schon wieder zu viel Nähe?

Die Nähe barg Gefahren. Sie war das Einfallstor der Selbstzersetzung. Valerie kannte das: Eine Affäre begann im Zeichen guter gegenseitiger Souveränität, man lernte sich kennen, öffnete sich, aus Zutrauen wurde Sehnsucht, daraus wurde unweigerlich eine emotionale Abhängigkeit, Zweifel machten sich breit, sie schaute sich an, sie hörte sich zu, prüfte jeden Zentimeter ihres Körpers und jedes Wort auf ihre Tauglichkeit im Kampf um das Begehren des andern, verunsicherte sich zusehends – und trennte sich. Es waren nicht die Männer, die ihr das antaten, es war sie selbst, die sich zerstörte, weshalb sie sich eigentlich schon entschlossen hatte, das Ganze zu entschärfen, die Sache mit der Befriedigung professionellen Fachkräften anzuvertrauen und ansonsten Freundschaften zu pflegen, innige, gern auch frivole Freundschaften wie mit F., aber eben nur Freundschaften. Und One-Night-Stands, die gingen immer. Da konnte man auch mal mit unrasierten Beinen ficken. Aber jetzt? Das Spontane würde fehlen, tagelang müsste sie sich auf einen Trip an den Genfer See vorbereiten, würde Tausende von Makeln an sich entdecken, immer mehr Fehler und Asymmetrien. Sie hätte Angst, dass er diese auch sehen würde, die Cellulite, die allzu sichtbaren Adern, die Muttermale und ersten Altersflecken, ihren Hals, der in der Erregung schon lang nicht mehr einem sacht gebogenen, flaumigen Schwanenhals glich, sondern einem Bündel aus Stromkabeln, die Nase, die genau betrachtet nur auf einer Seite schmal war und sich auf der andern leicht nach außen wölbte. Sie wäre sofort entzaubert.

»Sag Ja! Nicht wenig aufgeregt, Teo«, endete die Mail.

Das war echt niedlich. Was sollte sie bloß tun? Nicht so viel nachdenken, befahl sie sich, nicht alles so ernst nehmen.

Genießen, was sich einem aus freien Stücken auf den Teller des Lebens legte.

»House of Gin, sagt dir das was?«, schrieb sie in den Redaktionschat und adressierte die Frage an den Gastrokritiker.

»Klar«, schrieb der zurück, »guter Laden, guter Typ, kennt sich aus, fett im Geschäft.«

»Welcher Typ?«

»Teo K. The Boss. Hat gerade einen Hammerdeal mit der Kempinski-Kette abgeschlossen. Wieso fragst du?«

Sie überlegte, was sie antworten sollte. Nichts? Etwas Anspielungsreiches? Letzteres würde sich sofort in der Redaktion verbreiten.

»Okay, danke«, tippte sie in den Chat.

Noch einmal überflog sie Teos Mail. Hatte sie Lust? Ja. Hatte sie Angst? Auch, doch es bestand kein vernünftiger Grund dazu. Er warb um sie, er wollte sie, nicht umgekehrt. Ein Versagen wäre seins.

»Ich sag Ja«, begann sie, »sag gerne Ja zu Porsche und See und Nacht und dir. Ist das ein Weihnachtsgeschenk? Danke! Zeit hab ich trotzdem erst im Januar. Freu mich, Valerie.«

Das musste reichen. Kein »Küss deinen Porsche von mir« oder ähnlichen Quatsch. Sie klickte auf Senden. Ihr »im Januar« konnte er natürlich nach Belieben interpretieren: Dass sie entweder tatsächlich erst im Januar Zeit hatte oder mit dem Nennen des nächsten Monats, der zudem im nächsten Jahr lag, schon mal einen tüchtigen Keil der Distanz zwischen ihn und sich trieb.

»Oh!«, schrieb Teo umgehend zurück. »Die Freude ist

ganz meine. Allerdings hab ich heimlich auf das nächste Wochenende gehofft. Januar ... am Zweiten? T.«

»Passt prima!«

Passt prima? Im Ernst? Wie wärs mit Gefühl?

»Fantastisch. Ich freu mich zwei Wochen lang und hol dich ab am Zweiten. Um fünfzehn Uhr. Wo?«

Er war ein Mann der konkreten Obsessionen. Ein bisschen creepy fand sie es schon, dass er mit der genauen Planung nicht bis zum siebenundzwanzigsten oder dreißigsten Dezember warten konnte. Aber er war auch ein Mann der konkreten Geschäfte, wahrscheinlich war er einfach froh, wenn ein Termin mal wirklich feststand.

Sie tat ihm den Gefallen und mailte ihm ihre Adresse. Und eine Frage. Wenn er schon so vorpreschte, durfte sie das auch.

»Etwas würde ich gern von dir wissen«, schrieb sie, »ich beobachte es gerade öfter: Was ist das mit den jungen Männern wie dir und den reifen Frauen wie mir?«

»Gleich im Plural? Hab ich Konkurrenz? Natürlich hab ich Konkurrenz!«, antwortete Teo.

»Vielleicht?«, schrieb sie und dachte an den Nachbarn mit dem gut trainierten Hintern. »Aber was hat es damit auf sich? Ist es Trend? Ist es Zufall? Wie du weißt, bin ich Journalistin ...«

»Kein Zufall! Willst du die kurze oder die lange Erklärung? Für die lange hab ich erst auf der Fahrt Zeit.«

»Dann kurz!«

»Gut! Der Nesttrieb junger Frauen? Ihre furiose Zukunftsangst? Die Unsicherheit? Macht uns Männer müde.

Eine wie du hingegen ist wie das Meer: spannend und entspannt. Vom vielen Leben schön. Zufrieden?«

Wow, dachte sie, so konnte man die Frau über fünfzig also auch betrachten. F. würde dem selbstverständlich vehement widersprechen. Erst letztes Jahr hatte er für einen Miniskandal gesorgt, als er mit folgendem Satz von diversen feministischen Blogs zitiert wurde: »Frauen über siebenundzwanzig? Für mich eine Perversion.« Im Original-Interview mit einem Männermagazin hatte er auch noch gesagt: »Aber natürlich finde ich Perversionen unwiderstehlich.« Was es nicht wirklich besser, aber wenigstens etwas lustiger machte. F. war ein Trottel. Teo dagegen …

»Ja, sehr«, schrieb sie als Antwort auf seine Frage, »du unverschämter, blutjunger Charmeur.«

Zurück kam ein errötender Smiley. Jetzt wurde es wieder kindisch. Sie sollten sich besser sehen als zu schreiben. Das neue Jahr würde weit aufregender beginnen als all die letzten mit ihren matten Anfängen. Du bist bezaubernd, dachte sie und hätte ihm das gern geschrieben. Aber konnte sie dies einem Mann im Frühstadium einer Affäre schreiben? Und hatte sie wirklich eine Affäre? Wahrscheinlich. Wahnsinn.

19

Sie hatten Wein getrunken. Sie hatte ihm die Wahrheit gesagt. Dass sie arbeitslos war und im Grunde keine Lust hatte, sich einen neuen Job zu suchen, es aber dennoch tun würde, gleich als Erstes im neuen Jahr, weil sie Yann gegenüber ein schlechtes Gewissen hatte. Und weil ein Job ihrer geistigen Gesundheit zuträglicher war als die schon fast vorstädtische Einsamkeit der Hausfrau. Die wirklich wahre Wahrheit lautete natürlich, dass sie ihrer Obsession für Alex ganz dringend durch Arbeit entgehen musste. Und dass ihr das Haus keine Arbeit mehr bot.

»Wieso habt ihr beide eigentlich diese Ausrede vom unbezahlten Urlaub in die Welt gesetzt?«, fragte Alex. »Sie klang recht glaubwürdig.«

»Es war mir peinlich.«

»Spinnst du? Nur Superstreber wie Yann sind nie arbeitslos. Meinst du, ich sei immer beschäftigt gewesen?«

»Du bist ein Rich Kid, auf mich wartet nix.«

War er jetzt beleidigt? Nun, die Dinge waren, wie sie waren. Da konnte er seiner Wohngemeinschaft noch so sehr den Anstrich des Ewigstudentischen geben. Die Küche glich einer bunt glühenden Höhle, der Esstisch war von Filmplakaten eingehüllt, sie hingen übereinander an Wand und Decke, viele waren Filmen mit schönen Frauen gewidmet, der Blanchett, der jungen Kidman, der überirdischen Maggie Cheung, der frühen Deneuve und Romy Schneider. Die Glühbirne über dem Tisch steckte in einer roten Chinalaterne aus dem Asiamarkt, es war die typische Küche eines verspielten, filmverrückten Mädchens ohne Geld. Etwa ein Erbe jener Lilly, die Alex mal geliebt hatte? Geliebt … Wütend leerte sie ihr Glas. Egal. Lilly war weg, sie war hier.

»Tja, auch Rich Kids können kein Geld essen«, sagte er, »ich verhungere gleich. Was dagegen, wenn ich mich ans Kochen mache?«

Sie schenkte sich Wein nach, stand auf, streckte sich, ihre Füße steckten nicht mehr in Stiefeln, sondern in dicken, gestrickten Männersocken. So ganz ohne Absätze fühlte sie sich winzig neben ihm. Er war wie immer, groß, schlank und dunkel, war beinah wie in ihren Träumen, war der einzige Mann, den sie in ihre Träume ließ, nie hatte sie von Yann geträumt.

»Darf ich mir unterdessen die Wohnung anschauen?«, fragte sie.

»Nur zu!«

Sie fand sein Zimmer, sein Bett hatte er mit dieser blau-weißgestreiften Ikea-Bettwäsche bezogen – wann immer sie in ihrem alten Haus in die Waschküche gegangen war, hatte da mindestens eine Garnitur davon gehangen, auch ihre Mitbewohnerin hatte sich eine geleistet, »sieht für mich irgendwie nach Sommer im schwedischen Strandhaus aus«, hatte sie gesagt. Für wen nicht? Neben dem Bett lagen Bücher, an einer Kleiderstange hingen Jeans und Hemden in allen Schattierungen von Schwarz, sie griff nach einem Hemd, es roch nicht nach ihm, nur frisch gewaschen, es fühlte sich gleichgültig an zwischen ihren Fingern. In seinem Arbeitszimmer stand ein hellgrauer, höhenverstellbarer Tisch mit Kunstharzplatte vor weißen Bücherregalen und war mit Büchern übersät, dazwischen sein PC. Hier also, dachte sie, hier verwandelt er sich in den grünen Punkt, von hier hat er mir schon geschrieben, in diesen Raum hinein hab ich ihm geantwortet.

Sie hatte sich sein Arbeitszimmer anders vorgestellt. Natürlich mit einem Tisch und Büchern, mit Blick auf die gegenüberliegende Häuserzeile und die alten Kastanien vor dem Haus, die im Frühling wieder so schön blühen würden, dass jedes Herz brechen musste über ihre Hingabe und Verschwendungssucht. Sie hatte sich das Innere dieses Zimmers ähnlich vorgestellt wie die Bäume in Blüte, es hätte ihrer eigenen Verausgabung beim Schreiben der kleinen Botschaften an ihn viel mehr entsprochen. Das hier war sachlich, souverän, erschütternd unpersönlich. Mit Leidenschaft war hier nicht zu rechnen, auch nicht zwischen den Zeilen. Kannte sie ihn eigentlich? Wusste sie, ob er sich freute, wenn sie ihm schrieb? Was er gefühlt hatte, als sie versuchte, ihn zu küssen?

Wie Lilly sich wohl in seinen beiden Zimmern bewegt haben mochte? Oder hatte er damals nur eins besessen und sein Schlafzimmer war früher Lillys Zimmer gewesen? Wie nahe waren sie sich gekommen? Wie oft hatten sie sich zufällig berührt oder einander nackt gesehen? Hatte sie geduscht, während er sich die Zähne putzte? Wie schmerzhaft hatte er von ihr geträumt, während sie vielleicht genau dort schlief, wo jetzt sein Bett stand? War die blöde Ikea-Wäsche etwa noch von ihr? Hatte sie darin mit Frauen geschlafen, während er über den Flur verzweifelt in seinem Bett masturbierte oder sich betrank? Obwohl: In einer WG zu masturbieren war echt nicht leicht, sie hatte es oft genug versucht und dabei immer an die Küche voller Schmutzgeschirr oder den Tresen der Wohnzimmer-Party denken müssen, der auf seinen Abbau wartete.

»Wie machst du das?«, hatte sie eine Mitbewohnerin gefragt.

»Na, dir muss ich das doch nicht beibringen, du bist doch handwerklich begabt! Du schraubst ein bisschen an dir rum und zack, fertig«, war die Antwort gewesen.

Gerda schraubte an sich rum – da war kein Zack. Einzig eine tüchtige Irritation im Schritt. Wahrscheinlich war sie einfach zu verklemmt. Sie hatte auch als Einzige nie mit einem Mitbewohner geschlafen. Dabei waren WGs segensreiche, ja geradezu karitative Einrichtungen: Geschlechtsreife junge Menschen hörten sich gegenseitig beim Sex mit andern zu, freuten sich beim Kaffee am Morgen danach gemeinsam darüber und griffen in Notsituationen auch ungeniert zu einer internen Lösung. Alles andere war in WGs kompliziert: die Putzpläne, das Auto, die Frage, wem die Wohnungskatze eigentlich wirklich gehörte, die Entscheidung, ob man die Wäsche effizient mit Persil oder umweltschonend mit Frosch waschen sollte. Und dann kam der Tag, an dem man sich zu alt fühlte und keine Lust mehr hatte auf all die lustigen Kaffeetassen und das Biogemüse-Abonnement der andern. Alex hatte offenbar noch nicht genug. Ob er und Lilly auch eine interne Lösung gewesen waren?

Sie fühlte, wie der Raum um sie immer größer wurde, bis sie sich darin verlor. Jetzt komm ich noch einmal und dann nimmermehr, dachte sie, es war ein Satz aus einem Märchen, er machte sie zuverlässig traurig, wäre sie Schauspielerin, wäre dies der Satz, mit dem sie sich zum Weinen bringen könnte. Doch im Unterschied zum Märchen würde sie nicht noch einmal wiederkehren, sie stand bereits vor dem Nimmermehr. Das Einzige, was sie nicht vor Niedergeschlagen-

heit in Tränen ausbrechen ließ, war die ernüchternde Durch-
schnittlichkeit seiner Zimmer.

»In zwanzig Sekunden gibts Essen.«

Sie drehte sich um, verwirrt, eben noch hatte sie sich von
ihm weggedacht, jetzt stand er einfach so da. Dicht hinter
ihr.

»Großartig«, riss sie sich zusammen, »dabei hab ich noch
gar nicht alles gesehen!«

»Zeig ich dir nachher. Sues Reich braucht etwas ... na ja,
ich bin gespannt, was du dazu meinst.«

In der Küche stand eine Bratpfanne mit gerösteten Speck-
würfeln auf dem Herd, er schüttete die Spaghetti ab, gab sie
zum Speck, streute Parmesan darüber, goss eine Mischung
aus Ei und Olivenöl dazu, hob alles untereinander und dann
auf die Teller. Sie schaute ihm dabei zu, auf seinem Hinterkopf entdeckte sie einen Wirbel, er teilte sein Haar und
legte eine winzige Stelle heller Kopfhaut frei. In ein paar Jahren würde davon mehr zu sehen sein und immer mehr, sie
starrte auf diese helle Stelle, wollte ihre Hand darauflegen
und sie beschützen, eine unmäßige, nicht zu bändigende
Zärtlichkeit stieg in ihr hoch und ertränkte jeden Versuch,
sich von ihm, von ihren unnützen Gefühlen zu entfernen.
Ich bin verloren, dachte sie.

Das Tischgespräch verlief zunächst schleppend.

»Hast du was von Yann gehört?«, fragte Alex.

»Nein, du? Die Carbonara schmeckt fantastisch!«

»Merci.«

Sie gab sich alle Mühe, ihm so arglos wie irgendwie
möglich gegenüberzusitzen, aber in Gedanken war sie bei

seinem Hinterkopf. Wenigstens war ihr Appetit unauffällig gesund.

»Deine Mitbewohnerin«, begann sie, »was arbeitet sie?«

»Hier und dort, mal am Döner-Grill, mal in einem Kleiderladen ...«

»Ich dachte, sie macht Heimarbeit?«

»Auch. Ich zeigs dir gleich.«

»Aha? Und was? Betreibt sie eine Kleintierzucht?«

»Na ja, Tiere ... eher große. Und eher Züchtigung als Zucht.«

»Rätselhaft ... Ist sie etwa dem horizontalen Gewerbe zugeneigt?«

»Genau.«

Gerda prustete ein weiß-gelbes Stückchen Carbonara über den Tisch: »Im Ernst? Oh mein Gott!« Sie hielt sich die Hand vor den Mund und versuchte, den Rest halbwegs anmutig runterzuschlucken. »Das muss ich sehen!«

Alex stand auf, sie folgte ihm, er öffnete die letzte Tür im Flur, drückte auf den Lichtschalter und da war es: Ein rundes Bett mit einem schwarz und pink gefleckten Bezug, rosa Tüllvorhänge, fuchsiarot gestrichene Wände, ein flauschiger pinker Teppich, ein Stapel violetter Handtücher, ein oranger Plastikstuhl. Und all das dutzendfach zurückgeworfen von unzähligen runden Spiegeln an Wänden und Decke.

»Ein Puff!«, sagte Gerda. »Ein richtiger Puff! Wow!«

Erwartet hatte sie auch hier etwas anderes, tendenziell in Schwarz, mit Stangen und Hängevorrichtungen, dezent glänzenden Foltergeräten aus gebürstetem Chromstahl, die ganze Raffinesse wollüstiger Qual, Bondage, de Sade oder wenigstens *Fifty Shades*. Ausgelöst durch das Wort »Züchtigung«, das Alex wohl nur als Wortspiel verwendet hatte. Denn das hier sah aus, als hätte Barbie in ihrem rosa Haus ein Bordell eingerichtet. Aber es war gut, es machte sie klar im Kopf, sie konnte darüber lachen und später desillusioniert und erleichtert nach Hause gehen. Sie hatte schon gehofft, dass sie und Alex im schwarzen Zimmer ein anregendes, aufregendes Gespräch führen würden, in dem er sie fragen würde: »Magst du das? Den Schmerz?«

Sie gäbe sich geheimnisvoll: »Ich weiß nicht, ich hab noch nie mit solchen Geräten … Als ich sehr jung war, hab ich mich eine Weile geritzt, der Moment, in dem die Klinge in meine Haut schnitt, war süß und wunderbar.« Sie hatte sich nie geritzt.

»Du?«, würde er sagen und besorgt nach ihren Handgelenken greifen, um nach Narben zu suchen.

»Nicht da. Woanders. Es ist kaum mehr zu sehen«, würde sie entgegnen, »doch zurück zu deiner Frage: Vorstellen kann ich mir das.«

Konnte sie nicht. Sie war viel zu wehleidig. Nicht einmal Ohrlöcher hatte sie sich stechen lassen. Doch es würde auch nicht darum gehen, einander mit albernen Genitalklammern zu peinigen, sondern darum, sich angesichts der puren Möglichkeit in die Arme zu fallen.

»Macht dich das an?«, fragte sie jetzt.

Er schüttelte den Kopf: »Du würdest dich wundern, wie viele Männer hier den Verstand verlieren.«

»Und dich stört es nicht, dass sich deine Mitbewohnerin prostituiert?«

»Na ja, es war wie alles im Leben gewöhnungsbedürftig. Aber sie ist eine erwachsene Frau und ich bin nicht für sie verantwortlich.«

»Das kannst du so abstrakt betrachten? Ich dachte, du bist Feminist?«

»Was soll ich denn tun? Sie sagt, das sei ihre Strategie der Unterminierung des Patriarchats, die ökonomische Vernichtung des sexuell abhängigen Mannes. Sie verachtet ihre Kunden, verdient haufenweise Geld damit und …«

»Und was?«

»… und ich bin da und passe auf, dass ihr nichts passiert.«

»Du bist ihr Zuhälter?«

»Quatsch! Ich bin bloß da.«

»Dann bist du also doch für sie verantwortlich? Grotesk. Der zukünftige Professor spielt Bodyguard für seine Mitbewohnerin, die sich aus Gesellschaftskritik an Männer verkauft. Das übersteigt meine Vorstellungskraft.«

»Findest du das jetzt verwerflich?«

Nein, tat sie nicht, sie konnte das pinke Puschel-Bordell einer selbstbehaupteten Anarcho-Nutte schlicht nicht ernst nehmen. Aber vielleicht könnte sie einen Kurs machen bei Sue? Masturbieren etwa war noch immer keine ihrer Kernkompetenzen. Ein einziges Mal hatte sie es geschafft, kurz nach dem Einzug ins Haus. Es war ein merkwürdiger Sommer, auffallend heiß und schwül, durchlöchert von dramatischen Wolkenfeldern, Winden und heftigen tropischen Regengüssen. Immer wieder riss sie sich die vom Schweiß oder Regen nassen Kleider vom Leib, betrachtete sich dabei im Spiegel, von der vielen Arbeit am Haus und im Garten war sie unter ihrer Zierlichkeit athletisch geworden, ich bin wie Lara Croft, dachte sie. An einem stillen, vor Feuchtigkeit schweren Nachmittag griff sie sich zwischen die Beine, ihre Finger waren rau, als würden sie gar nicht ihr gehören, fast hatte sie Angst, sich mit diesen Fingern zu verletzten, doch dann fühlten sie sich an wie Zungen und wurden immer fiebriger, staunend ließ sie sich aufs Bett fallen und all ihre neu definierten Muskeln lösten sich in einem irren, minutenlangen Zittern.

»Weiß Yann über Sue Bescheid?«, fragte sie.

»Yann? Ist viel zu prüde für so was.«

»Und ich nicht?«

»Nein, du nicht. Du hast Talent zum Exzess.«

Was war das denn? Ein unerwarteter Schritt in Richtung Fortschritt? Ein Eingeständnis von Intimität?

»Ich glaub, du liegst falsch. Exzess? Weißt du, was mein erster echter Exzess, meine bisher größte Selbstverwirklichung ist? Das Haus!« Gar nicht wahr, dachte sie, mein Exzess bist du.

»Na und?«

»Ich bin seit Monaten Hausfrau!«

»Dein Haus ist ein Juwel. Es hat Charme, Stil, Seele. Im Übermaß. Wie du.«

Sie wurde rot. So was darfst du nicht sagen, dachte sie, das geht mir viel zu nah. Ob er das wusste? Ob er das wollte?

»Ernsthaft: Ich kenn niemanden, der mit so wenig so viel schafft. Du hast meine vollste Bewunderung. Wenn du Geld zur Verfügung hättest ...«

»Hab ich aber nicht. Hatte ich nie.«

»Eben. Das ist es ja. Du brauchst das gar nicht. Du kommst von der andern Seite. Du kannst dich aus dir selbst heraus verausgaben. Du bist kein Fake.«

Haha, dachte sie, guter Witz. Genau dies war doch ihre Tragödie, dass sie sich viel zu gut aus sich selbst heraus verausgaben konnte.

»Ich dagegen bin bloß ein privilegiertes Arschloch, das Boheme spielt«, fuhr Alex fort, »ich bin sogar am Institut von meinem Vater abhängig. Ich bin ein wandelndes Klischee. Und bekanntlich ist nichts spießiger als ein Klischee.«

Sie schaute sich noch einmal im Zimmer um. Über den violetten Handtüchern hing das Bild einer nackten Frau, sie sah aus wie ein Curvy Model in einem Fetisch-Magazin, Blumenranken und Vögel waren auf ihren prallen Körper tätowiert, neben den Augen trug sie winzige Sterne, die Wimpern waren künstlich und in den Augenwinkeln mit kleinen Federn geschmückt. Ihr herzförmiges Gesicht wirkte uneinnehmbar und glich auffallend einer der Schauspielerinnen aus der Küche. Das also war Sue. Ein Romy-Schneider-Imitat des Pseudo-Rotlichts. Tough shit. Definitiv nicht prüde. Gerda fühlte sich dagegen in allem, was mit Sexualität und Lebenserfahrung zu tun hatte, komplett unfertig. Eine Klosterschülerin im Kaulquappenstadium. Zudem begann diese Unterhaltung sie massiv zu nerven.

»Romantisierst du jetzt meine Herkunft oder was?«, sagte sie, »gefällt dir Sues Puff-Nummer deshalb so gut? Weil du sie für den authentischen Weg einer benachteiligten

Frau hältst? Und was ist mit Yann? Wo platzierst du den? Arschloch oder Opfer?«, fragte sie weiter, bevor er antworten konnte.

Wieso war sie plötzlich so aggressiv? Weil sie zermürbt war von den schlaflosen Nächten, den Träumen, dem Starren auf den grünen Punk, dem Labyrinth, in dem sie sich seit Wochen bewegte und aus dem exakt ein einziger Ausgang führte, über dem geschrieben stand: »Vergiss es!«

»Weder noch«, sagte Alex, »zwischen Yann und seiner Familie gibt es keine Differenz. Da ist alles gut. Die Uni, das Institut, das ist doch alles nicht existenziell für ihn, das ist bloß ein Job. Wogegen auch nichts einzuwenden ist. Aber vielleicht wäre er im Unternehmen seiner Eltern genauso glücklich?«

»Schwachsinn!«

Das stimmte nicht ganz, sie hatte tatsächlich auch schon über die fehlenden Narben im Beziehungsgewebe von Yann und seinen Eltern nachgedacht. Darüber, wie glatt das alles war.

»Entschuldige, ich rede wirklich Schwachsinn, das geht mich alles nichts an«, sagte er betrübt.

»Kein Problem. Der Pink Dungeon hat mich etwas aus der Fassung gebracht. Ich muss langsam heim.«

»Noch einen Absacker? Was Kleines?«

»Gern.«

Sie schlossen die Tür und gingen zurück in die Küche, er stellte Quitten- und Himbeerbrand vor sie hin, sie entschied sich für Quitte.

Draußen fiel jetzt richtiger Schnee. »Wenn der Winter

vorbei ist, will ich einen kleinen Quittenbaum in unserem Garten pflanzen«, sagte sie.

»Wenn der Winter vorbei ist, will ich ein neues Buch schreiben«, sagte er, »wie unpoetisch das klingt.«

Die Quitte setzte sich angenehm in ihrem Mund fest und begleitete jeden ihrer Atemzüge. Wieso stand sie nicht einfach auf und küsste ihn? Getrunken hatten sie inzwischen beide genug, Alkohol war immer eine Rechtfertigung. Weil es nicht geht, sagte sie sich, weil Alex Yanns Freund und Yanns Mitarbeiter ist, Yanns Mann gewissermaßen, weil Alex viel zu reflektiert und vorsichtig ist. »Hey, ich halte das für keine gute Idee«, würde er sagen, sie wäre beschämt, es würde eine verkrampfte, schmerzhafte Zeit der Entfremdung beginnen, auch zwischen Yann und Alex, Yann würde sich wundern und darunter leiden. So aber würden sie Freunde bleiben, vielleicht im Sommer zu dritt ans Meer fahren, gewiss hätte sie sich bis dahin von ihrer Sehnsucht geheilt, ganz allein, so wie sie sich auch ganz allein in die Sehnsucht hineingetrieben hatte. Sie lächelte.

»Wieso schaust du so traurig?«, fragte Alex, »ist was?«

»Ich schau doch nicht traurig!«

»Doch. Sehr.«

»Dann weiß ich auch nicht.«

Sie stand auf, er auch, sie zog seine Socken aus und ihre Stiefel wieder an, dazu den hellblauen Mantel, keine Mütze. Er musterte sie. Wieso war sein Blick so mitfühlend? Weil er es weiß, dachte sie.

»Es schneit, hast du nichts dabei?«

»Ich bin nicht aus Zucker.«

Schnell umarmte sie ihn, ging zur Tür, drehte sich noch einmal um, verließ ihn. »For this is the end«, sang sie leise im Treppenhaus, »I've drowned and dreamt this moment ...«

»Vermiss dich wie verrückt, komm bald heim«, schrieb sie an Yann. Was er wohl machte? Sie tippte auf die Facebook-App, Alex war schon da. Und fehlte ihr. Trotz allem. Immer wieder. Immer.

Die Stadt war schwarz und weiß und kalt. Sie beschloss, zu Fuß nach Hause zu gehen. Verdammt, dachte sie, wäre ich geschickter, wäre ich schamloser, dann würde ich diese Nacht mit Alex im runden Bett unter den tausend Spiegeln verbringen. Schneeflocken schmolzen in ihren Wimpern und flossen als schwarze Tränen über ihr Gesicht. Sie fragte sich in die eisige Nacht hinein, wie es wäre, mit Alex als Affäre, wo sie sich treffen könnten, natürlich bei ihm, aber sie wollte lieber einen Ort, den es danach in ihrem Leben nicht mehr geben würde. Sie wollte sich nicht vorstellen müssen, dass Yann eines Tages im Zimmer von Alex stand, ein Buch zur Hand nahm, sich damit auf das Bett setzte, in dem sie sich geliebt hatten, und aus dem Fenster schaute, durch den ihr letzter Blick beim Verlassen des Zimmers gefallen war.

Hotels waren teuer, sie hatte kein Geld, Alex müsste sie aushalten, und wo in der Stadt gab es noch ein Etablissement, wo man stundenweise ein Zimmer mieten konnte? Yvonne hatte ihr von einem erzählt, die Zimmer seien sehr klein, hatte sie gesagt, mit einem gelben Wachstuch auf dem wackligen Tisch, einem Papierkorb aus hellblauem, geflochtenem Plastik, der Linoleumboden habe seine Farbe vor

Jahrzehnten verloren und die Gemeinschaftsdusche liege am Ende des Flurs und sähe aus wie in einer Turnhalle. Doch der Lärm der Stadt bei offenem Fenster, die Vorstellung, dass zu all den Stimmen Körper und Begierden gehörten, sei betörend. Gerda stellte sich das schön vor, den hellblauen Papierkorb und das billige gelbe Wachstuch, vielleicht waren auch noch Blumen draufgedruckt, verblasste Rosen, und der Duft blühender Linden würde zum Fenster hereinströmen. Und eines Nachmittags im Juni oder Juli, wenn sie kaum die Augen aufschlagen könnte vor Benommenheit und Glück, würde er sagen: »Ich hab nachgedacht. Ich will mit dir zusammen sein.«

Der Weg nach Hause war weit, sie spürte ihre Füße nicht mehr, die Strümpfe waren zu dünn, wahrscheinlich würde sie eine Blasenentzündung davontragen. Zwei Mal hielten Männer in Autos neben ihr, doch als sie ihr von den Schneeflocken verweintes Gesicht sahen, fuhren sie wortlos weiter. Yann schrieb nicht zurück. Als sie am nächsten Morgen erwachte, fühlte sie sich krank. Sie wankte in die Küche, setzte sich auf einen Stuhl und sah sich um, als wäre sie in einem fremden, ihr böse gesinnten Raum angekommen. Dann schlug sie ihre Stirn gegen die Wand mit dem übermalten Gespenstergeflecht. Sie ging in den Keller, holte Hammer und Stechbeitel, trieb den Beitel durch die ganzen alten Tapetenschichten, stemmte sie auf und riss sie fetzenweise von der Wand. Es war, als ob sie sich die Haut von den Fingern pulen würde. Oder vom Gesicht. Es war gut.

20

Yann hatte versucht, seine Verzückung in Berlin zurückzu-
lassen, aber so ganz gelang es ihm noch nicht. Mein Mädchen, dachte er, mein Mädchen. Das war natürlich absurd,
zumal das Mädchen nie im Sinn gehabt hatte, seins zu
werden, trotzdem liebte er es, die beiden Worte tonlos vor
sich herzuflüstern. Er hatte erst sein Hotelzimmer damit
vollgeflüstert und später die Flugzeugtoilette, er fühlte sich
beschwingt und verspürte eine ihm unbekannte, alberne
Lust, zum Friseur zu gehen, neue Schuhe zu kaufen, doch
vor allem wünschte er sich die Nacht in der Bar zurück.

Sie hatten also geknutscht. Nicht heftig, sondern zart
und versonnen, eine behutsame Zeitlupe hatte sich auf sie
gesenkt, nach Minuten, die ihm vorkamen wie Stunden,
setzte sich das Mädchen mit einem verlegenen Räuspern
wieder auf und eine Handbreit von ihm weg. Er wollte ver-
gehen, wollte zum Teerbelag unter ihren Füßen werden, er
wollte an einem heißen Sommertag so weich werden, dass
er den Abdruck von jedem ihrer Schritte einfangen konnte.

»Mehr?«, fragte er.

Sie schaute sich um, ihre Ex wischte zwei Meter vor ihr
demonstrativ die Tische sauber: »Gern.«

Sie schlang ihre leichten Arme um seinen Hals, er fasste
sie um die Taille – sie war nicht so schlank, wie er gedacht
hatte –, fuhr mit der Hand unter ihr loses T-Shirt und tastete nach der Rundung über ihrer Jeans. Sie zog ihn noch näher zu sich, seine Hände schoben sich unter ihren Hintern,
sie verstand und setzte sich auf seinen Schoß. Ob das die

beste oder schlechteste aller Ideen war, vermochte er nicht zu sagen, auf jeden Fall war es die einzige, die er in jenem Moment hatte. Seine Reaktion war hart und deutlich.

»Ist dir das zu viel?«, flüsterte er verlegen in ihr Ohr.

»Nein.« Sie legte eine heiße Wange an seine.

Und so ging es weiter, sie waren unbeschwert, redeten, das Mädchen war eine jener seltenen Pflanzen, die tatsächlich in Berlin zur Welt gekommen waren, ihre Eltern hatten nach der Wende halb Friedrichshain besetzt und danach ein Ganztagsfrühstückslokal am Boxhagener Platz eröffnet, zufälligerweise genau dort, wo jetzt die Reisebusse aus Süddeutschland und der Schweiz hielten.

»Voll der Berliner Gastro-Trash«, sagte sie, »siebzehn verschiedene Brotaufstriche auf Feta-Basis, die den ganzen Tag lang vor sich hin gammeln, meine Eltern haben echt keine Ambitionen.« Sie war vierundzwanzig und studierte Game-Design und Germanistik.

»Was wird das mal?«, fragte er.

»Vielleicht geh ich ins Valley und entwickle ein *Game of Grimms* oder so.«

Die Gläser vor ihnen leerten sich wieder und wieder, kurz nach halb zwei rief jemand die letzte Runde aus.

»Zeit zu gehen«, sagte sie.

»Wo musst du hin?«

»Nur zwei Straßen weiter.«

»Dann begleite ich dich, bis ich ein Taxi erwische?«

»Klar.«

Er hätte zu gerne gehört: »Komm doch mit zu mir«, aber er wusste, dass sein Job hier endete. This is not a love story, sagte er sich, this is just a short story. Immer, wenn er besoffen war, dachte er englisch, es ging dann plötzlich ganz einfach. Im Schein der Straßenlaternen betrachtete er ihre Augen – war sie ein Chamäleon, das nicht seine Haut-, sondern seine Augenfarbe wechselte? A dreamy-eyed monster?

Ein Taxi näherte sich, sie winkte es herbei, sagte: »Bis morgen, schlaf gut!«, und drehte sich nicht mehr nach ihm um.

Das Taxi fuhr an einem Restaurant vorbei, er kannte es aus dem Fernsehen, ein Edelvietnamese, der mal versucht hatte, einem deutschen Fleisch-und-Kartoffel-Koch die Finesse und Frische der vietnamesischen Küche beizubringen. Konnte er das Mädchen nicht einladen? Zum Abschied? Was aß sie eigentlich gern? War sie Vegetarierin? Wäre das nicht interessant? Er fand gerade alles an ihr interessant. Hätte sie gesagt: »Lass uns zusammen eine Suppe kochen«, so hätte er das weit aufregender gefunden als einen Sprung im Wingsuit aus einem Flugzeug.

Er machte kein Licht in seinem Hotelzimmer, alles war zu sauber und zu beige, das Glitzern des Potsdamer Platzes reichte ihm. Wie wohl das Zimmer einer angehenden Game-Designerin aussah? Nerdy wahrscheinlich, mit martialischen Plastikfiguren, eigentlich ein Jungszimmer, bloß ohne Fußball-Devotionalien. Ihre Jacke mit dem chinesischen Drachen hätte sie jetzt über einen Stuhl geworfen, ihr T-Shirt mit dem ausgeleierten Ausschnitt läge auf einem Haufen schmutziger Wäsche. Ihr BH war grau, so viel hatte er gesehen, sicher hatte sie ihn schon zigfach gewaschen, sicher war er aus Baumwolle und von H&M. Ihr Slip wahrscheinlich auch. Ihre Schlüsselbeine waren schneeweiß und rochen nach Limette und Vanille, ihr kurzes Haar nach Rauch. Wie es wohl morgen riechen würde? Morgen begann in exakt viereinviertel Stunden. Hatte er seine Tabletten mit dabei? Er würde sie alle einwerfen, aber zuvor kalt duschen. Und nicht mehr über die Hüfte des Mädchens nachdenken, die sich so rund und weich in seine Hand geschmiegt hatte und so überzeugend in ihren Hintern überging und ... Er schaltete die Taschenlampe seines Handys an, das genügte, Gerda vermisste ihn. Er schrieb nichts zurück.

Zum Frühstück gönnte er sich zwei doppelte Espressi und zwei Eier, die er je sieben Minuten lang im kochenden Wasser hängen ließ. Das Frühstücksbuffet war angenehm international, er aß Pecorino mit Prosciutto crudo und trank dazu ein Mineralwasser mit Kohlensäure. Zusätzlich entschied er sich für einen Tomaten-Sellerie-Tabasco-Saft. Sein Kopf schmerzte nicht, aber der Nebel, durch den sich jeder seiner Gedanken pflügen musste, war beträchtlich. Er starrte auf sein Handy. Yvonne schrieb: »Sugar! Unter null Ideen für Daddys Weihnachtsgeschenk! Rasiercreme schon gekauft? Sonst übernehm ich die gerne! Okay, ich übernehm die! Thanks! Vergessen: Wie heißt das Zeug? Französisch, oder?«

Weihnachten! Wollte er heute nicht mit dem Mädchen Weihnachtsgeschenke besorgen? War das nicht mal der Plan gewesen? Aber war dieser nach letzter Nacht noch angemessen? Und wie hieß das Zeug? Louis Vuitton? Peugeot? Gabalier? Er musste Gerda fragen.

»Guten Morgen, liebste Frau meines Lebens!«, tippte er. »Irrer Stress hier, die Chefin nervt mit Sonderwünschen (Kosmetikbeschaffung!), gestern grottiger Empfang mit Wein zum Weinen, Teilen vom Schwein und Matsch von der wässrigen Kartoffel. Alles tut weh: Magen, Kopf, ästhetisches Empfinden. Berlin ist brutal. Apropos Kosmetik, wie heißt dieses Rasierdings meines Vaters? Crème? Lotion? Und vor allem: welche Marke? Yvonne und ich habens beide vergessen. Bad children. Freu mich auf morgen, dich, zu Hause. Liebdich!«

Ging doch, einfach draufloslabern und dann wars auch schon erledigt.

Er betrachtete sich noch einmal im harschen Licht seines Hotelbads. Die Zeit, da ihn viel Alkohol hatte rosig aussehen lassen, war vorbei, sein Gesicht war fahl, umso auffälliger glühte ein Pickel auf seiner Nase. Hatte er nichts zum Abdecken dabei? Nein, er war ja keine Frau. Seine Augen waren von roten Äderchen durchzogen, die Lider noch zu müde, um mehr als schmale Schlitze freizugeben. Rasieren wär jetzt angesagt, dachte er, aber seine rechte Hand zitterte. Er beschloss, zu Fuß zur Uni zu gehen, vielleicht half die halbe Stunde in der Kälte.

Vor dem Brandenburger Tor stand Berlins größter Weihnachtsbaum, ein Koloss aus Thüringen, siebzehn Meter hoch, neunundzwanzig Jahre alt, er hatte das irgendwo gelesen, ein deutscher Baum für deutsche Weihnachtsgefühle. Er hatte zu viel Espresso getrunken, seine Blase stand kurz vor dem Kollaps, er musste dringend aufs Klo oder direkt ins Thüringer Geäst pissen. Rechts von ihm war das Adlon, besser das Adlon als der Baum, er ging so selbstverständlich wie möglich am Portier vorbei und durchs Foyer, das Plätschern eines Brunnens, der mit kleinen Elefanten dekoriert war, machte alles nur noch schlimmer, endlich sah er das erlösende Zeichen. Als er wieder zum Ausgang ging, hörte er eine aus vielen Fernsehfilmen bekannte Stimme, er schaute sich um, da war er, in seiner ganzen unmäßigen Pracht: F., ein Mann mit der Präsenz eines Pariser Bordells im neunzehnten Jahrhundert. Yann verehrte ihn heimlich, einer wie F. verkörperte einen validen, wenn auch nostalgischen Männlichkeitsentwurf. Er hatte Lust, den Meistermimen und Lebemann um ein gemeinsames Selfie zu bitten und es Gerda zu schicken, aber die Pisspause hatte ihn in Verzug gebracht, er musste weiter.

Das Mädchen stand vor dem Eingang und rauchte. Ihre Augen waren blank, ihr Gesicht frisch, sie zeigte keine Spur von Verlegenheit.

»Na? Mission accomplished? Schon was von der Ex gehört?«, fragte er so aufgeräumt wie möglich, obwohl ihn kein Mensch weniger interessierte als die blöde stahläugige Kellnerin. Sie grinste.

»Das heißt Ja?«

»Heißt es. Du warst groß. Danke!«

»Stets zu Diensten, Mademoiselle.«

»Nenn mich nicht Fräulein!«

»Nein?«

Sein Kopf war noch zu matschig, um mit ihr zu flirten, aber er bemühte sich, seine Stimme heiter und auf frivole Art unternehmungslustig klingen zu lassen. Inhaltlich musste er sich erst noch warm laufen. Was würde F. an seiner Stelle tun? Gut, F. müsste sich nicht anstrengen, F. war schließlich F., das genügte. Er war bloß Yann, der Steigbügelhalter eines kurzfristig entzweiten Paares. Trotzdem mochte er sie auch an diesem Morgen.

»Ich weiß auch, wie du dich revanchieren kannst.«

»Du brauchst noch immer deinen Personal Shopper? Neunzehn Uhr vor der Mall?«

»Passt! Ein Date in der Mall. Wie amerikanische Teenager.«

Sie schaute ihn an, als hätte er den schlechtesten Witz des Jahres gemacht.

Der Rest des Tages verflog viel zu schnell, er hatte auf ein paar gemeinsame Pausen vor der Tür gehofft, es gab keine einzige, irgendwann schrieb Gerda: »Das Vater-Duft-Ding nennt sich Aftershave und ist von Guerlain! Sorry, hier Notfall, du hattest recht, mit der Küchenwand stimmt was nicht. Bis morgen, lieb dich!«

Notfall klang komisch, vor allem aber las er »du hattest recht«, das klang super.

Um sieben stand er vor der Mall, sie nicht. Er wartete zehn Minuten, er hatte keine Nummer von ihr, das wars, dann halt allein, dachte er und ging rein. Da stand sie vor dem Informationsschalter und plauderte mit dem jungen Mann, der ihm am Montag den Weg zur Parfümerie gewiesen hatte.

»Ihr kennt euch?«, fragte er überflüssigerweise.

»Mein Mitbewohner«, sagte sie, »komm! Ich hab nicht viel Zeit.«

Sie ging voraus zu einem versteckten Treppenhaus, führte ihn hoch und zu ein paar kleinen Läden mit jungem Berliner Kunsthandwerk, skandinavischem Designergeschirr und Kleinigkeiten für den gepflegten Herrn. Er war begeistert.

»Woher kennst du das alles?«

Sie sah nicht aus, als könnte sie sich ausgedehnte Shoppingtouren leisten.

»Manchmal arbeite ich hier. Nachts. Gebäudereinigung.«

Wenn ich nicht in der Bar bin, bin ich in der Gebäudereinigung, dachte er und fand sich selber blöd. Überhaupt wusste er nicht, was er mit ihr reden sollte. Alles, was ihm in den Sinn kam, schien ihm zu viel, zu wenig oder falsch. Nach siebenundfünfzig Minuten standen sie wieder auf der Straße.

»Da drüben ist mein Hotel«, sagte er und spürte, wie sein Herz in einen Sumpf aus Sentimentalität abzugleiten drohte. Vor dem Eingang blieben sie stehen, eine Uhr schlug Viertel nach acht, wir hätten jetzt noch eine ganze, einzige, letzte Nacht, dachte er und fragte beiläufig: »Was machst du heute noch?«

»Ich bin verabredet.«

»Und morgen früh? Zeit für einen Kaffee?«

»Ich muss arbeiten.«

»Sehen wir uns wieder?«

Am Rande des Sumpfs blühte schon leise die Verzweiflung.

»Wirst du jetzt romantisch?«, fragte sie zurück. »Bitte nicht.«

Er schwieg. Sie schaute auf ihre Schuhe, die vom Schnee nass geworden waren, und kramte in ihrer Tasche: »Hier, ein Geschenk.« Sie drückte ihm etwas Kleines, Hartes, in schwarzes Papier Gewickeltes in die Hand: »Noch nicht aufmachen. Ist mir sonst peinlich.«

»Im Flugzeug?«

»Im Flugzeug.«

Sie sprach nicht weiter. Er auch nicht. Sie lehnte sich an ihn und er hielt sie ein letztes Mal fest. Sie schauten einander nicht an dabei. Der elektrische Weihnachtsschmuck des Hotels spiegelte sich träge und selbstzufrieden in salzigen Pfützen.

»Ich wünsch dir ein schönes Leben«, sagte sie, »man sieht sich wohl eher nicht mehr.«

Im Flugzeug nahm er ihr Päckchen aus der Tasche. Es barg eine blaugraue Glasmurmel, die mit einem schillernden Film aus Grün, Violett und Silber überzogen war. »Falls du mal wieder meine Augenfarbe wissen möchtest«, hatte sie auf die weiße Innenseite des Papiers geschrieben.

Das also blieb ihm von ihr. Eine kleine Geschichte, in einer kleinen Kugel verewigt.

Als er nach der Landung die wenigen Schritte zum Bus über das Rollfeld ging, wunderte er sich, dass nicht schon mindestens März war. Mit einem Mal war ihm warm ums Herz. Er freute sich auf Weihnachten, sein Häuschen, Gerda, das nächste Jahr, Valeries Milchreisrezept, Alex. Vielleicht würde er ihn ja gleich noch im Büro sehen, er hoffte sehr darauf, es wäre die letzte Gelegenheit vor den Feiertagen.

Er platzte fast – etwa vor Glück? Am liebsten hätte er Alex alles erzählt. Aber das ging nicht, das wäre zu gefährlich, er konnte nicht gut sagen: »Mein Freund, ich habe Gerda gerade ein bisschen betrogen und fühl mich wundervoll.«

Bevor er mit jemandem darüber sprach, musste er sich innerlich wieder runterkühlen, anders ging das nicht. Oder am besten gar nicht darüber sprechen. Die kleine Kugel musste ihm Verbündete genug sein. Er fragte sich, wie lang das Mädchen sie wohl in der Hand gehalten hatte, wie viel von ihrer Wärme noch im Glas gespeichert war.

Das Institut war menschenleer, kein Alex, kein Clément, dafür lagen auf seinem Schreibtisch eine Zellophantüte mit Weihnachtsgebäck und eine Karte. »Yann, du Stütze unserer kleinen Welt, wie war Berlin?«, hatte Alex geschrieben. »Ich hatte unterdessen das Vergnügen, deine Liebste zu bewirten, gewiss hat sie dir schon davon erzählt, leider ein Reinfall, der alte Mann hier war zu kaputt für ein perfektes Dinner, und meine WG machte wie immer einen dubiosen Eindruck. Zur Wiedergutmachung was Kleines aus der Backstube. Man sieht sich im neuen Jahr im alten Leben. Grüß Gerda, sei umarmt, dein Alex.«

Aha? Wieso wusste er davon nichts? Er sah Alex und Gerda nebeneinander in der Küche stehen, beide schmal und schwarz gekleidet, er erinnerte sich, wie unbefangen Alex ihr Fähigkeiten zutraute, die er selbst gar nie gesehen hatte. Die beiden schienen sich auch ohne sein Zutun ganz selbstverständlich nah zu sein. Ob sie auch schon so weit gegangen waren wie er und das Mädchen? Unmöglich, sagte er sich, unvorstellbar. Dennoch schlich eine Schwere

in seine Zufriedenheit, Eifersucht und ein leises Schuldge-
fühl, er verdrängte sie schnell und beschloss, dass es dafür
noch zu früh sei. Noch war alles gut. Und wünschte er sich
nicht schon lange, dass sich Gerda mehr mit seiner Welt ver-
netzte? Mit Alex? Mit Yvonne? Manchmal verlor er sich in
der Vorstellung, dass sie zu viert zusammenwachsen würden, dass in einer noch recht fernen Zukunft aus Yvonne
und Alex ein Paar würde und dass die beiden die wichtigs-
ten Bezugspersonen seiner kleinen Tochter würden, die
sich so hartnäckig vor sein inneres Auge stellte. Vielleicht
hätten sie eine gemeinsame Ferienwohnung, irgendwo am
Lago Maggiore oder in Marseille, vielleicht hätten Alex und
Yvonne auch ein Kind, oder wenigstens einen Hund, Alex
und Gerda würden immer für alle kochen, er und Yvonne
kümmerten sich um die Kinder oder Hunde, gelegentlich
würden sie Alex bewundern, auf einer Buchvernissage oder
bei einem Vortrag, sie wären seine schöne Entourage, man
würde die Männer um die Frauen beneiden und die Frauen
um die Männer, sie wären heiter, wild und klug zugleich, ein
Quartett aus Liebenden und Geschwistern. Und in besonders unbekümmerten Momenten stünden ihnen vielerlei
Paarungsmöglichkeiten offen.

Wie zwei Trabanten aus lauter Rätseln waren da jetzt
auch noch Valerie und das Mädchen. Die ältere und die
sehr junge Frau. Waren zu ihm vorgedrungen, ohne dass
er ihnen Widerstand bot. Wozu auch? War seine Liebe zu
Gerda dadurch kleiner geworden, hatte er sie verletzt? War
seine Sensibilität gegenüber Frauen nicht eher gewachsen?
Hatte er Gerda jetzt nicht sogar mehr zu bieten? Yann et les

femmes, dachte er, Französisch, auch das war neu. Wie seine beiden Bekanntschaften. Seine beiden Momente ungewohnter Offenheit. Mehr war nicht. Mehr würde auch nicht aus ihnen werden, er dachte nicht daran, etwas zu forcieren, er war schließlich nicht Yvonne, er suchte kein Drama, nicht einmal eine Geschichte. Valerie würde ihn weiterhin mit ihren Texten begleiten, er würde jetzt ihr richtiges Gesicht hinter der veralteten Vignette in der Zeitung sehen, würde an schwarze Vögel vor einer Flusslandschaft denken und zwischen ihren routiniert hingeworfenen Sätzen in Räume blicken, die ihr selbst vielleicht gar nicht bewusst waren. Er fragte sich, wie bald aus der älteren eine alte Frau würde, und ob das Gesicht, das er jetzt kannte, in wenigen Jahren genauso überholt wäre wie die Vignette. Wie schnell sah ein Mensch eigentlich älter aus? Wie schnell veränderten er und Gerda sich? Überhaupt: Was dachten die Leute eigentlich über sie? Fand man sie schön? Und gut füreinander? Oder das Gegenteil? Würden auch sie irgendwann zu einem jener Paare werden, die in einer säuerlich riechenden Unzufriedenheit konserviert zu sein schienen? Er fragte sich, wie sehr er sich wirklich auf Gerda freute. Er scheute den Gedanken, sie zu berühren, mit ihr zu schlafen. Er wollte dem Mädchen gern noch ein paar Tage lang treu bleiben. Sie hatte seinen Mund leer geküsst. Wie es ihr wohl ging?

Er stellte sich vor, wie es irgendwann diesen Moment auf einer Tagung gäbe, sie würden einer bemerkenswerten jungen Frau begegnen, die noch unter dreißig im Valley zur Game-Design-Millionärin geworden war, sie hätte schulterlange dunkle Locken, ein Kamerateam würde ihr folgen, es wäre fast unmöglich, an sie heranzukommen, aber er würde sich ihr einfach in den Weg stellen und sagen: »Wir kennen uns doch.«

Sie würde ihren Kopf leicht zur Seite neigen, unter ihrer kantig geschnittenen Designerbluse würde sich ein ihm bekanntes, wie aus Porzellan geformtes Schlüsselbein abzeichnen, ihre Augen würden die Farbe wechseln und sie würde sagen: »Ich glaube … nicht?«, und dazu würde ihr kleiner voller Mund in ein Strahlen ausbrechen, das ihm zeigte, wie gern sie sich an ihn erinnerte.

»Was war denn das?«, würde Yvonne ihn fragen. »War da mal was?«

»Ich glaube nicht.«

»Also ja?«

»Wieso willst du das unbedingt wissen?«

»Weil sie heiß ist. H.O.T. Kannst du uns einander nicht vorstellen?«

»Nein. Und denk an Alex!«

»Ich kann nicht immer nur an Alex denken. Und du schweig – ich hab genug gesehen.«

Die kleine Glaskugel läge unterdessen, wo sie immer lag, in einer Schublade seines Schreibtischs im Institut. Dort, wo er seit Jahren ungestört an das Mädchen aus Berlin denken konnte.

Jetzt nahm er sie ein letztes Mal zur Hand, betrachtete sie mit einem überraschend heftigen Stechen in der Brust, legte sie in die flache, oberste Schublade zum Schreibzeug und den Briefklammern, schob die Schublade zu, schloss den Schreibtisch ab und ging nach Hause. Wo ihn Gerda erwartete. Mit einer kaputten Stirn und einer kaputten Wand.

21

Weihnachten hatte sich umgehen lassen. Valerie hätte nicht gewusst, wie sie ein Weihnachtsfest ohne ihre Großmutter ertragen sollte, es wäre das erste in ihrem Leben gewesen. Glücklicherweise war ein Kollege vom Newsdesk krank geworden und sie übernahm ein paar Schichten. Sie musste sich also nicht alibihalber von einem entfernten Cousin einladen lassen, der wie immer gefragt hätte: »Journalismus, ist das nicht furchtbar unsicher? Angenommen, du würdest morgen entlassen, was könntest du in deinem Alter denn noch werden? Lehrerin?« Sie hatte ausnahmsweise auch keine Zeit, die betagte Verwandtschaft in ihren diversen Heimen zu besuchen, musste nicht in Cafeterien mit Weihnachtsdekoration von der Ausstrahlung einer haarlosen Katze sitzen und Erdnüsse schälen.

Sie war beinahe allein im Büro, die wenigen, die arbeiteten, brachten Gebäck, Schokolade und Alkohol mit, wenn es Abend wurde, standen sie zusammen in der Küche, tranken ein Glas, es war ruhig, jemand zündete eine Kerze an. Natürlich war sie ironisch gemeint, aber es war eben doch eine Kerze zur Weihnachtszeit, alle wurden rührselig, aus einem Glas wurden viele, jemand summte *Leise rieselt der Schnee*, auch das ironisch. Trotzdem spürte Valerie, wie etwas in ihr aufstieg, etwas Weiches, Weihnachtslieder hatte sie bis zuletzt mit der Großmutter gesungen, die alte Frau mit einem zittrigen Sopran, die Enkelin mit ihrer ungeübten Altstimme, das Ros entsprang, Maria ging durch ihren Dornwald, und die Nacht war still und heilig. Wenn sie so sangen, fragte sich Valerie, wie weit ihre Großmutter sich dabei in Gedanken zurückfallen ließ, ob sie sich in einer Vergangenheit wiederfand, die vor der Zeit im Häuschen lag, irgendwo in ihrer Jugend oder Kindheit, von der Valerie nicht viel mehr wusste, als dass sie arm gewesen war. Sie kannte nur wenige Fotos, die Großmutter war auf dem Dorf aufgewachsen, es gab auf den Bildern keine geteerten Straßen, viel Regen, Dreck, Arbeit und Trübsinn. Und ab und an einen blühenden Fliederbusch im Frühling und einen geschmückten Baum im Winter.

Jetzt war die Großmutter tot, über ihrem Grab würde kein Flieder blühen, sondern nur eine Forsythie, und Valerie wollte nie wieder Weihnachtslieder singen. Sie nahm sich vor, den Jahreswechsel im Häuschen zu verbringen, noch einmal dort zu schlafen, sie hatte noch genau eine Tasse, ein Glas und einen Teller in der Küche stehen lassen, dazu die kleine alte Filterkaffee-Maschine aus vergilbtem Plastik. Sie wollte noch einmal am Fluss spazieren gehen, noch einmal in dem Bett schlafen, in dem sie schon ein Leben lang gern gelegen hatte, noch einmal aus jedem Fenster schauen, sich vielleicht ein paar Notizen machen, den Garten fotografieren und das alte Bad mit den blassgrünen Kacheln, von denen viele einen Sprung hatten. Und dann wollte sie gehen. Ins neue Jahr mit ihrem neuen Liebhaber.

Den achtundzwanzigsten und neunundzwanzigsten Dezember verbrachte sie nicht in der Redaktion, sondern in den Bergen. Das Fernsehen hatte gefragt, ob sie nicht in einer People-Sendung als Expertin für die emotionalen und gesellschaftlichen Höhepunkte des vergangenen Jahres einspringen könnte.

»Die junge Influencerin, die wir gebucht hatten, musste plötzlich zu einem Shooting auf die Malediven«, sagte die zuständige Redakteurin, »aber unter uns: Ich wollte eh von Anfang an Sie. Es wird der Knaller! Ein Gipfeltreffen der Unterhaltungsexperten in diesem preisgekrönten Hammerhotel in den Bergen. Unser prominentester Experte ist F., wir sind superhappy, dass er Zeit hat. Und Sie?«

»Klingt nett, aber ich muss zuerst ein paar Termine sortieren, ich ruf zurück«, sagte Valerie, legte auf und textete an F.: »Was dagegen, wenn wir zusammen TV im Alpenpalast machen? Instagram-Blondie fällt aus, ich wär die Neue.«

F. enttäuschte sie nicht. Eigentlich enttäuschte er sie nie, dachte sie. »Vally-Baby! Du, ich, unsere Spuren im Schnee – scharf!«, textete er zurück.

Valerie rief die Fernsehredakteurin an und sagte zu. Besser konnte sie die Tage bis zum zweiten Januar nicht verbringen. Und vielleicht sah Teo sie im TV und fand das irgendwie heiß. Egal, was Männer behaupteten, sie kannte keinen, der nicht auf Status stand. Der Mann mit dem Porsche war da gewiss keine Ausnahme.

Doch dann saß sie im Zug ins weltweit begehrte Winterdomizil der Superreichen und realisierte: Fernsehen war ein Fehler. Sie machte ihn alle paar Jahre, schwor sich, es nie wieder zu tun, und war am Ende doch immer verführbar von der Vorstellung, aufgewertet zu werden durch die schiere Menge derer, die ihr zuschauten. Es gab kein größeres Spiegelkabinett. Das Ganze scheiterte daran, dass sie schreiben, aber nicht reden konnte. Das heißt, eigentlich konnte sie ganz gut reden, jedenfalls über sich selbst, aber alles außerhalb ihrer selbst war kompliziert und brauchte Zeit.

Scheiße, dachte sie, als sie die ersten Turmspitzen der Luxushotels zwischen den Tannenwipfeln auftauchen sah. Sie würde den Dreh mit der üblichen Enttäuschung verlassen. Sie war nicht fähig, den Glanz aus sich zu machen, den sie sich erträumte. Aus Wasser wurde kein Wein und aus Valerie kein Star. Und dann würden wieder die Nachrichten kommen. Sie kamen nach jedem Fernsehauftritt. Nachrichten von Männern, die sie gesehen hatten und ihr schrieben:

»Liebe Valerie, ich lese Dich schon lange. Ich bin ganz ehrlich: nicht immer gern! Mutig, Dein Fernsehauftritt. Du hättest durchaus Potenzial zu mehr. Als Kommunikations-Coach könnte ich Dir wertvolle Tipps geben, am liebsten bei einem Glas Wein.«

Oder: »Hi Valerie! Ich bin mir sicher, dass Du nach Deinem Auftritt gestern einen Aufsteller gebrauchen kannst. Dazu stell ich mich gern zur Verfügung, denn ich finde Dich eine tolle Frau und Du kannst das besser. Spontan hätte ich morgen Abend Zeit. Ich glaube, wir hätten uns viel zu sagen. Dein Fan.«

Oder: »Jetzt kenn ich Dein Gesicht und Deine Hände. Ist der Rest von Dir auch so hässlich?«

Oder: »Halt endlich deine Fresse, du verf***** Nutte, sonst stopf ich sie dir mit meinem Schwanz.«

Sie kamen zu Dutzenden, als Mails, über Facebook und Twitter, das war das Glashaus der öffentlichen Wahrnehmung. Nun denn, sie würde sich mit Teo trösten. Falls dieser die Sendung nicht sah. Sollte er sie nämlich sehen, würde sie ganz plötzlich eine charmante, aber deutliche Absage für ihren Kurztrip erreichen. »Valerie, ma belle, leider macht meine Familie mit einem unerwarteten Krankheitsfall unseren wunderbaren Plan zunichte. Ich bin zerstört. Und du? Nimmst du dir jetzt einen meiner Konkurrenten? Verzweifelt, dein T.«

Schicksal. Egal. Wenigstens konnte sie sich auf F. freuen. Selbst wenn sie sich nach dem Dreh wie erbrochenes Hackfleisch fühlen sollte, würde er ihr ein paar Sterne vom Himmel lügen und sie damit zum Lachen bringen.

»Babe«, hatte er ihr vor einer Stunde gesimst, »bist du bald da? Meine Begleitung ist im Bett eine Bombe, sonst, na ja, irgendwie auch. Bin auf der Flucht.«

»Du brauchst ein Versteck? Klar. Ankunft um halb zwei. Hol mich ab.«

»Danke, du Rettung!«

Der Zug nahm eine letzte elegante Kurve und fuhr in den Bahnhof ein. Auf der einen Seite sah Valerie den Ort am Hang mit seinen Villen, deren Hallenbäder, Garagen, Weinkeller, Fitnessräume und Kinos mehrere Stockwerke tief unter die Erde reichten. Auf der andern schaute sie auf ein weites, sanftes Tal, einen zugefrorenen See und frisch gefallenen Schnee, der alles Harte, Hässliche überdeckte und ausblendete. Es war eine überbelichtete, unwirkliche Welt, in der das einzig Obszöne F. war, dessen mächtiger Leib in einen voluminösen Daunenmantel mit Pelzbesatz gehüllt war.

Er riss sie in seine Arme: »Babe! Was tun wir? Eine Schlittenfahrt um den See? Cocktails auf deinem Hotelzimmer? Massage? Ich dich? Du mich? Oder lieber Spaß mit gut gebauten Fachkräften?«

»Wie wärs mit spazieren, Champagner bei mir, Fernsehen, was Kleines essen?«

Eigentlich hatte sie sich auf einen einsamen Nachmittag gefreut. Auf ein goldenes Loch aus nichts und Schnee. Auf entspanntes Masturbieren im Hotelbett. Vielleicht noch etwas Wellness. Ein paar Züge im Pool. Leise, angenehme Dinge. Besinnlich eben, wie es sich um diese Jahreszeit gehörte. F. war ein lustiges Nilpferd, das keine Ruhe geben würde.

»Warum nicht? Aber kein Fernsehen. Das ganze Nachmittagsprogramm ist voll mit mir«, sagte er.

»Dann lesen wir was Schönes.«

»Spinnst du? Ich hab schon den ganzen Morgen Drehbücher gelesen!«

Zusammen gingen sie zum Hotel, Valerie checkte ein, die Lobby war ein Irrsinn aus lederbezogenen Tropenholzmöbeln und Lampen aus wuchtigen, seltenen Bergkristallen. An den Wänden hingen aufwendige Reproduktionen uralter alpiner Scherenschnittkunst, winzige Kühe und Steinböcke kletterten über Herzen und andere Hindernisse. Das ganze Entree samt Bar glich bereits einem vornehm verglimmenden Kaminfeuer aus Dunkel, Rot und Gold, am nächsten Tag würden hier mehrere Räume für den Dreh gesperrt sein, fellmäntelige Russinnen würden sich empören und Valerie wäre VIP für einen Tag. Ob Teo mit dieser Hotelbar auch einen Vertrag hatte? Ob die glitzernden Flaschen mit raren Ginsorten von ihm kamen? Sie hatte Lust auf einen Drink, aber zuerst musste sie ihr Zimmer beziehen und sich um F. kümmern. Sie fuhren mit dem Aufzug drei Stockwerke hoch. »Wo ist sie eigentlich? Deine Bombe?«, fragte sie, schließlich wohnte F. mit ihr auch irgendwo in diesem Kasten.

»Die macht gerade Beauty-Anwendungen im Spa. Auf meine Kosten.«

»Du lernst es nicht mehr, oder?«

»Was?«

»Mit mehr als deinem Schwanz zu denken?«

»Wozu?«

Es gab keine Schlüsselkarten, sondern schwere, handgeschmiedete Schlüssel, im Zimmer standen zahllose Dinge aus Leder, Holz und dickem hellgrauem Filz wie bedächtig grasende Tiere, Valerie entdeckte mehrere Kaschmirdecken und ein dekoratives Ungetüm aus klarem Glas von einem bekannten Designer aus Mailand. Die Pflegeprodukte im Bad waren von Versace, staunend öffnete sie eine Tube mit kostbar duftender Creme. Die schiere Wucht des Geldes hatte etwas Besänftigendes, das war nicht nur *top of the world*, wie die lokale Werbung selbstbewusst verkündete, das war *top of reality*. Das Innehalten jeder Wirklichkeit in einem teuren Traum aus Stil und Stille. Mehr ging nicht.

Von F. hörte sie keinen Ton. Als sie aus dem Bad wieder in ihr viel zu großes Zimmer trat, sah sie, dass der Berg von einem Freund auf ihrem Bett eingeschlafen war. Sie legte sich mit einer Kaschmirdecke aufs Sofa und schaute nach draußen, die Landschaft schien hier genauso mit sich zufrieden wie die Menschen, *come up, slow down*, noch so ein alpiner Werbespruch, aber da war was dran. Sie betrachtete F., im Schlaf hatte sein Gesicht jede Spannung verloren, alles an ihm war plötzlich älter und zugleich kindlicher, sie war gerührt, dass er sich ihr so zeigte, es war ein Beweis von Freundschaft und Vertrauen, sie fragte sich, wie viel Kraft ihn sein den ganzen Tag über anmaßend präsentes Gesicht kosten musste und wie sehr er sein F.-Sein eigentlich genoss. Hatte er je mit ihr über Ängste, Probleme und Schmerz gesprochen? Oder hatte er es versucht, aber sie hatte ihm nicht zugehört, weil sie in ihm nie nur einen Freund, sondern immer auch den Star sah? Sobald er wieder wach war, musste sie mit ihm reden, das war sie ihm schuldig. Ob sie bis dahin versuchen sollte, Teo zu schreiben? Irgendwas Hübsches, Impressionistisches? Hatte sie ein Gespür für Schnee, der auf irgendwelche Bäume fiel? Hatte sie nicht. Zu gern hätte sie den Fernseher eingeschaltet und nach einer Rosamunde-Pilcher-Schmonzette mit F. gesucht, hätte seine beiden Gesichter miteinander verglichen, das eines britischen Rosenzüchters am Rand des Ruins und das des altkindlichen Schläfers auf ihrem Bett.

Sie nahm ihr iPhone zur Hand und war versucht, an Teo zu schreiben: »Der Ort, wo ich bin, ist der exklusivste seiner Art. Der Mann in meinem Bett der bekannteste seiner Generation. Nur der Schnee weiß alles. Bisous, V.«, da vibrierte das Ding ganz von allein. Sie tippte auf »Anruf annehmen«.

»Valerie!«, die Aufnahmeleiterin schnappte nach Luft wie eine Ertrinkende. »Bist du gut gereist? Wir haben ein Problem, F. ist verschwunden, seine Freundin ist total hysterisch, wir ...«

»Keine Bange«, sagte sie, »er ist bei mir und wacht gerade auf.«

»Aha? Nun. Gut? Könntet ihr bitte in einer halben Stunde zur Vorbesprechung kommen?«

»Können wir. Bis gleich.«

Alles war ganz einfach. Die Bombe entschärfte sich selbst durch umgehende Abreise, F. war entzückt. Die Vorbesprechung mit dem Fernsehteam war bestechend effizient, ein Fußballer und seine Eisprinzessin würden als Liebespaar des Jahres gefeiert, das Model, das Kriegsversehrten neue Body Positivity beibrachte, als Charity Personality, der schönste Kuss gehörte einem alten Rennfahrer und seiner fünften Frau, die ergreifendste Träne hatte eine gelähmte Tänzerin geweint, die mit ihrer Rollstuhlchoreografie eine Castingshow gewonnen hatte. Einzig der Publikumsliebling würde erst ganz spontan während der Sendung verkündet werden, »ein echter Gänsehautmoment«, versprach die Aufnahmeleiterin, »wir haben ja alle keine Ahnung, ist es etwa möglich, dass es unser Star vor Ort wird, unser fescher F.? Angenommen, er wird es, wie will er seinen Fans danken?«

F. verneigte sich in ihre Richtung, räusperte sich, seine Augen glänzten, gelernt war gelernt: »Meine sehr, sehr

Lieben«, begann er, »unglaublich, mir fehlen die Worte, ich sag nur: Danke! Ich liebe euch! Auch wenn diese wunderschöne Auszeichnung, dieser größte Moment meiner Karriere, ein Fehler ist. Ich habe nämlich mein Leben lang nichts geleistet. Wer bin ich denn? Noch immer der schüchterne Junge, der seine Unsicherheit überspielt, noch immer …«

»Okay! Cut!«, unterbrach ihn die Aufnahmeleiterin. »Das wärs, bis morgen!«

Man verabschiedete sich, am nächsten Tag würden sie sich maskiert und kostümiert wiedersehen, es wäre der umgekehrte Effekt einer Hochzeitsgesellschaft, dachte Valerie, wo sich die Gäste zuerst steif und unsicher in ihrer Verkleidung auf dem Fest begegneten, um einander erst am Frühstücksbuffet danach wirklich entspannt noch einmal neu kennenzulernen.

»Und jetzt? Trinken? Kiffen? Beides?«, fragte F.

»Du weißt schon, dass die Aufnahmen morgen früh um zehn beginnen?«

»Genau. Und bis dahin bin ich ein freier Mann.«

»Möchtest du nicht lieber reden?«, fragte sie. »Gibt es Dinge, die du mir schon lange gerne sagen möchtest?«

»Wieso denn das?«

»Ich dachte bloß …«

»Vally, bleib cool, du und ich, wir sind Männer!«

»Bitte?«

»Alle Frauen suchen in mir nach was Kaputtem. Du nicht. Dafür lieb ich dich.«

»Verstanden«, sie grinste erleichtert, »aber kiffen musst du alleine. Trinken nicht.«

In der Bar erzählte sie ihm von Teo, dem Porsche, dem Sex, der Einladung an den Genfer See, seinem Faible für reife Frauen.

»Classy, der Typ«, sagte F., »hast du etwa Gefühle für den? Gefühle sind super, massive Pornodrogen. Und jetzt sag ich dir, was ich noch keiner Frau geraten habe: Trink Tee und heiße Milch! Ich weiß genau, was wir machen.« Sie gehorchte amüsiert.

Am nächsten Morgen erwachte sie beschwingt und ohne Kopfschmerzen, aß ein leichtes Frühstück und begab sich ungeschminkt in die Maske. F. war schon da. »Macht meine Freundin richtig schön, denkt Hollywood, denkt Hepburn, Garbo«, sagte er. Die Visagistin legte ihr ein Cape um, sie schloss die Augen, eine kühle Creme wurde in ihre Haut massiert, Schwämmchen und Pinsel huschten über ihr Gesicht, sie lauschte dem zarten Zischen des Haarsprays.

»Ist das Kleid da?«, hörte sie F. fragen.

»Ist da!«, antwortete jemand.

Was wollte F. mit ihrem Kleid? Hatte sie nicht schon längst eins? Sie öffnete die Augen, wollte den Kopf drehen, aber die Visagistin hielt ihn fest und applizierte großzügig Mascara. »Fertig«, sagte sie. Aus dem Spiegel blickte ihr ein unbekanntes Geschöpf entgegen, jeder andere Mund musste beleidigt verblassen, die Augen schienen Stürme halten zu können, Wangenknochen deuteten sich an, das Haar lag als Rahmen aus schwarzem Lack um das Gesicht. Und daneben stand F. mit einem Kleid. Es war tiefrot, aus dunklen Zweigen blühten silberne Blumen und ein einzelner türkisblauer Vogel war auf die linke Schulter gestickt.

Mit einer Assistentin ging sie hinter einen Paravent und zog sich bis auf ihre figurformende Unterwäsche aus – »ultrafeminin und effizient, das aufgeflockte Wabenmuster sorgt für einen zusätzlichen Shaping-Effekt und optimale Passform«, hatte der Hersteller versprochen – er hätte auch ein Rennauto beschreiben können. Dann hob sie die Arme über den Kopf und glitt in das Kleid wie in einen stillen See an einem Sommermorgen. Der Spiegel sagte ihr, dass es keinen Zweifel mehr geben konnte: Sie war schön.

»Danke, mir fehlen die Worte und so weiter.«

»Sehr gut«, sagte F., »und jetzt lass uns Spaß haben.«

Punkt zehn Uhr betraten sie das Kaminzimmer neben der Hotelbar, die Fenster waren verdunkelt, in Champagnerkelchen wartete gespritzter Apfelsaft, eine schwangere blonde Ex-Miss und der schwule Topmoderator der Nation gesellten sich zu ihnen, sie wärmten sich auf, sie legten los, sie waren gut, und Valerie wusste: Ich bin ein Glanz. In jeder Hinsicht.

22

Sie träumte jetzt immerzu von Abschied. Legte sich schlafen und glitt in ein Fieber aus verzerrten Räumen, überdimensionierten Plätzen und kristallinen Hochhäusern. Und irgendwo war Alex. Sie sah ihn weit weg, zwischen ihnen war etwas Unüberbrückbares, er winkte ihr zu, wandte sich ab und war verschwunden. Oder sie saßen beieinander, waren sich scheinbar nah, tranken Kaffee oder Champagner zwischen Fassaden aus smaragdfarbenem Glas, er öffnete den Mund, sagte etwas in einer Sprache, die sie nicht verstand, und ging. Ohne jede Berührung. Sie wollte auseinanderbrechen vor Schmerz. Das waren die Nächte.

Die Tage waren besser. Yann war wieder da, sie war gezwungen, den Wahnsinn in sich zurückzudrängen. Als er nach Hause gekommen war, kauerte sie auf dem Küchenboden und versuchte, klebrige Reste von ihrem Werkzeug zu kratzen. Sie hatte den Tisch vor die Spüle gerückt, die Stühle daraufgestellt, es sah aus, als hätte sich die Wand gehäutet, sie hatte nicht nur die Tapetenschichten heruntergerissen, sondern auch angefangen, den Verputz abzuschlagen, es war alles vollkommen unnötig, aber sie hatte es gebraucht, eine andere Rechtfertigung hatte sie nicht. Ihre Stirn war grün und blau gefleckt, unter den Augen hatten sich dunkle Ringe gebildet, ihre Hände und Arme waren mit Schrammen überzogen, alles an ihr war dreckig.

»Gerda?« Er nannte sie zu Hause nie Gerda, eigentlich nannten sie sich nur in der Öffentlichkeit bei ihren Vornamen, zu Hause bedeutete dies eine Unsicherheit, eine Vorsichtsmaßnahme in einer Unterhaltung, deren Koordinaten gerade nicht einschätzbar waren. Misstrauen.

»Hey!«, sagte sie so unbeschwert wie möglich, sprang auf und schüttelte sich den Staub von den Kleidern. »Ich dachte, du kommst erst in einer Stunde, bis dahin hätte ich, na ja, aufgeräumt gehabt.« Sie versuchte es mit dem entwaffnenden Lächeln und dem Schulterzucken eines schuldbewussten Kindes.

»Wie siehst du denn aus?« Sein Blick war deutlich genug.

»Tut mir leid, du hast dir das nicht eingebildet. Die Sache mit dem Fleck. Die Wand war feucht. Aber ich finde die Ursache nicht. Und ich habe endlich gelernt, wie wichtig Baustellenhelme sind«, sie griff sich an die Stirn, »das war ein aggressives Stück Verputz.«

»Wieso hast du nicht den Vermieter angerufen?«

»Hab ich ja«, log sie, »er ist schon im Urlaub. Ich dachte, ich kann das. Nicht böse sein! Bitte!« Sie ging auf ihn zu. Er machte einen Schritt zurück. Das war neu. »Machst du dir Sorgen wegen des Besuchs bei deinen Eltern? Musst du nicht, ich besitze kompetente Kosmetik für so was. Und sonst sagen wir, es war ein Haushaltsunfall. Wars ja auch.« Yann machte wieder einen Schritt auf sie zu. Sie atmete innerlich aus. Er legte seine Hände auf ihre Schultern.

»Wie wärs damit: Du gehst duschen und ich räum in der Zwischenzeit etwas auf?«

»Das macht dir nichts aus?«

»Ich bin total relaxt. Aber ich hab ja auch nicht versucht, ganz allein einen Wasserschaden zu beheben. Übrigens: Alex lässt grüßen«, er reichte ihr die Zellophantüte mit Weihnachtsgebäck.

»Oh! Alex ist ein Schatz! Hast du ihn noch gesehen?«

»Nein. Ganz im Gegensatz zu dir.«

Nicht rot werden, befahl sie sich. »Ja, ein lustiger Zufall. Netter Abend. Du hast allerdings ganz fürchterlich gefehlt.« Sie stellte sich auf die Zehenspitzen und wollte ihn küssen.

»Zähneputzen solltest du auch!«

Einen Augenblick lang brannte das warme Wasser auf ihren zerschrammten Händen, wow, dachte sie, ekelt er sich vor mir? Hatte ihn so was auch an all den verschwitzten, verdreckten Tagen im letzten Sommer gestört? Oder roch er ihre Sehnsucht nach einem andern Mann? Den Gestank des imaginierten Betrugs? Gab es so was? Sie wusch sich die Haare, tupfte Concealer unter die Augen und auf die Stirn, legte Lidschatten auf, spritzte Parfum in die Luft und drehte sich einmal in dem duftenden Nebel. In der Küche stand ein voller Müllsack, Yann hatte den Boden gekehrt und gefegt, der Tisch stand vor der Wand. Nur ihr verklebter, stumpf gewordener Stechbeitel mit dem roten Griff lag noch da. Schnell schob sie ihn hinter den Brotkasten, außer Sicht. Die alten Steine, die sie hervorgehämmert hatte, waren von einem blassen Orange und tauchten die aufgeräumte Küche in spätsommerliches Licht.

»Gefällt mir«, sagte sie.

»Mir auch. Wenn der Wasserschaden fachgerecht repariert werden soll, werden allerdings ein paar der Steine ersetzt werden müssen.«

Daran hatte sie nicht gedacht. »Mach ich im neuen Jahr, jetzt genießen wir die Feiertage.«

»Du machst gar nichts. Du hast schon zu viel gemacht. Der Vermieter soll uns einen Profi schicken.« Wieso war er so nüchtern? Wo war der Mann, der in Freude zerfloss, wenn er sie wiedersah?

»Du hast recht. Mein Einsatz in diesen vier Wänden ist jetzt eh vorbei.«

»Hast du dich etwa nach Jobs umgeschaut?«

»Ja«, log sie, »sieht nicht schlecht aus. Und ich hab ein paar Blindbewerbungen losgeschickt.«

Er wurde etwas weicher. Das Bedürfnis, sie zu umarmen, hatte er offenbar noch immer nicht, aber das war okay. In Gedanken stand sie wieder neben dem Fahrrad, zitterte, und Alex bewahrte sie in seinen Armen vor dem Zerspringen. In Gedanken ließ sie ihre Lippen auf seine gleiten und ihre Zunge in seinen Mund.

»Das Essen in Berlin war grässlich. Gehen wir heute zum guten Thailänder?«

In Gedanken roch sein Mund nach Zigaretten, Quitten und Melancholie.

»Extra spicy für dich?«

»Bitte?« Yann hatte geredet und sie hatte nicht zugehört. Er war erst seit einer Stunde zu Hause und sie hatte schon wieder nicht zugehört.

»Oder wir bestellen was?«

»Gerne!«

In Gedanken ging sie unter. Wurde mit Alex durch einen der vielen Spiegel in Sues Zimmer in eine ewige Zweisamkeit hinausgesogen.

In der Nacht träumte sie von Abschied.

So verliefen auch die Weihnachtstage. Bei Nacht glitt sie in ihre eigene fahl glimmende Hölle. Es waren keine Träume, aus denen sie schreiend oder weinend erwachte, aber sie machten sie traurig und schutzlos, und am Tag fühlte sie sich wie eine Lügnerin. Sie stand neben Yanns Vater in der Küche, trocknete Weingläser, redete heiter mit ihm über Bohrmaschinen und Wasserschäden und dachte: Wenn du wüsstest, wie kurz ich davor war, deinen Sohn, unser Leben und euch aufzugeben. Glaub mir, es wird wieder. Ich arbeite daran. Ich bewältige mich selbst. Ich will euch doch nicht wehtun, ich will das nicht. Obwohl ich noch nie so sehr geliebt habe. In ihrer Hand zersprang ein Weinglas. Blut sickerte ins Geschirrtuch. »Hoppla«, sagte Yanns Vater. Ruhig befreite er sie von den Scherben, ein kleiner Schnitt in der Handfläche, sonst nichts.

Überraschenderweise entpuppte sich ihre Mutter als durchaus gesellschaftsfähig. Es stellte sich heraus, dass Yvonne auf den vielen Reisen, die sie als Physiotherapeutin für Ballettcompagnien oder Fußballmannschaften in irgendwelchen Flugzeugen oder Bussen verbrachte, den Trash tatsächlich las, den Gerdas Mutter übersetzte. Die Mutter war fassungslos, noch nie hatte sie eine Leserin oder einen Leser ihrer Übersetzungen getroffen. Yvonne wollte alles wissen. Natürlich lieber über das Leben der Autoren als über die Arbeit der Mutter. Und weil die Mutter von allen, auch von ihren Autoren, nur das Schlechteste dachte, amüsierten die beiden sich aufs Boshafteste. Gerda versuchte, ihre Mutter ganz unvoreingenommen zu betrachten. So wie sie vor drei Jahren Yanns Eltern begegnet war. Und plötzlich sah sie eine Frau vor sich, deren Gedanken flink und deren Worte witzig waren und die eine schräge Passion für das Groteske und Abseitige hatte.

»Was ist deine liebste Todesart in Krimis?«, fragte Yvonne.

»Lass mich überlegen«, sagte die Mutter und widmete ihre Denkpause hingebungsvoll einem Zimtstern, »da gibt es diesen Psychokiller von Romqvist …«

»Der mit der Blutpumpe?«, unterbrach sie Yvonne.

»Müsst ihr das am Kaffeetisch besprechen?« Die Mutter der Ypsilon-Geschwister klang angesäuert.

»Der ist auch gut, aber ich mein den andern«, sagte Gerdas Mutter, »er schneidet seinen Opfern die Lunge auf, füllt sie mit betäubten Vögeln …«

»… näht sie wieder zu und lässt sie an den flatternden Vögeln ersticken! Ich liebe ihn! Den hast auch du übersetzt?«

»Ja.«

»Wow, dein Leben möchte ich haben.«

»Jetzt reichts! Ich will, dass sofort über was Schönes geredet wird!«, reklamierte die Ypsilon-Mutter.

»Hier ist was Schönes!«, sagte Yvonne. »Welches ist für euch die schönste natürliche Todesart? Für mich: beim Sex sterben.« Alle lachten.

Yvonne und Gerdas Mutter machten lange Spaziergänge, von denen sie gut gelaunt und in Gespräche vertieft zurückkehrten. Yvonne und Yann machten einen langen Spaziergang, und als Gerda sie mit heißem Tee und einem warmen Apfelkuchen wieder begrüßte, schloss Yvonne sie erst unerwartet heftig in die Arme und verschwand dann wortlos in ihr altes Zimmer.

»Was hat sie?«, fragte Gerda.

»Ihre Tage?«, sagte Yann.

Ein Spaziergang mit Yvonne ergab sich nicht, obwohl

Gerda darauf gesetzt hatte. Auf die Gelegenheit, all ihre Fragen zu stellen. Darauf, dass sich unter Yvonnes tausend Liebesgeschichten eine fände, die ihrer eigenen hoffnungslosen Besessenheit gliche. Dass sie so etwas erfahren könnte über effizientere Selbstheilungsmethoden des Herzens. Nach der Szene mit dem Apfelkuchen brachte sie den Mut dazu nicht mehr auf.

An Silvester blieben Yann und Gerda zu Hause, was angesichts all ihrer halbherzigen Vergnügungsversuche der letzten Jahre die beste Wahl schien. Zwei Mal hatten sie sich im letzten Augenblick zu Partys einladen lassen, wo sie kaum jemanden kannten und Mitternacht nur gähnend erreichten. Ein Mal hatten sie sich ein Sternerestaurant geleistet, doch nach sieben von dreizehn exaltierten Silvestermenü-Gängen war ihnen so schlecht gewesen, dass sie sich beide übergeben mussten.

Schon am Vormittag schalteten sie den Fernseher ein, zappten sich durch die tschechischen Märchenfilme ihrer Kindheit und waren zufrieden. Am Nachmittag stieß Yann auf skandinavische Romantik. Etwas mit blonden Menschen, Fjorden und Pferden. In einer väterlichen Nebenrolle war der überaus bekannte und beliebte F. als norwegischer Fischereibesitzer zu sehen. »Hey, dem bin ich in Berlin begegnet!«, erzählte er aufgeregt. »Im Adlon, leider war ich zu feige, ihn um ein Selfie zu bitten, ich hätte es dir zu gerne geschickt.«

»Was hast du denn im Adlon gemacht? Etwa eine Affäre getroffen?«

Er suchte nach einem Kekskrümel auf dem Boden: »Bitte?«

»Ob du im Adlon eine Affäre hattest!«

»Schatz! Du bist doch meine Affäre, immer und immer wieder!«

»Du betrügst mich mit mir? Wie interessant! Und wie wars wirklich?«

»Ganz banal, ich musste mal. Und da saß dann eben der F.«

»Ach so. Den könnt ich mir als Ersatzvater auch noch vorstellen. Nach deinem natürlich.«

»Wieso denn das? Du kennst den doch gar nicht.«

Natürlich kannte sie F. Sie sah ihn ja andauernd. Seit Jahren. Jahrzehnten. Kannte seine Stimme, jede seiner Furchen, die beruhigende Größe seiner Hände, wie sich seine Augen je nach Lichteinfall veränderten. Sie musste nicht mit ihm reden, um zu wissen, dass er gut war.

Im Fernsehen tadelte er gerade einen jungen schönen Mann, der dabei war, sich zwischen zwei jungen schönen Frauen für die falsche zu entscheiden. Nämlich für die strenge Maklerin, mit der er schon länger liiert war, und nicht für die niedliche Food-Bloggerin, in die er sich während eines Kochkurses verliebt hatte.

»Mein Sohn, merk dir das«, sagte F. und wirkte so erfahren in Liebesdingen, wie nur er das konnte, »du wirst sie nicht vergessen können. Wir Männer erinnern uns viel zu deutlich an die Frauen, mit denen wir gut gegessen haben.«

»Und wie ist es mit den Frauen?«, fragte der junge Mann, und über seine Stirn zog das düstere Gewölk der Entscheidungsfindung.

»Die Frauen«, sagte F. und ließ seinen Blick sehnsüchtig über einen Fjord schweifen, »sind ein Mysterium, das wir nie ganz verstehen werden. Dennoch sollten wir alles daransetzen, es wenigstens zu versuchen.«

»Bullshit!«, kreischte Gerda, und Yann klopfte einen kleinen Trommelwirbel auf die Tischplatte.

Allmählich fühlte sie sich in ihrem Leben wieder zu Hause. Inzwischen hatten sich auch schon die ersten Wiederholungen in ihre Träume geschlichen, und Alex wurde unschärfer, wurde ihr gleichgültiger, seine Züge verschwammen, sein Mund, seine Augen wären bald nur noch die eines beliebigen Mannes. Dagegen gewann Yann wieder an Kontur und erleichtert stellte sie fest, dass sie seine Gegenwart angenehm fand. Dass sie gern neben ihm auf dem Sofa saß und mit ihm zur alten Unbeschwertheit zurückkehrte. Ich bin wieder daheim, dachte sie, noch ein paar Wochen Wehmut und es ist ausgestanden, der Infekt des Herzens abgeklungen. Nichts wird uns stören, wenn wir im nächsten Winter Mandarinen essen. Vielleicht ist dann eh alles anders. Vielleicht werde ich doch schwanger, bevor ich einen Job finde, vielleicht kauft uns Yanns Vater sogar das Haus. Sie würde allem mit Grazie und Gelassenheit begegnen. Natürlich wäre ein Drama aus Leidenschaft reizend gewesen, nur, was hätte es am Ende gebracht? Genau nichts. Hatte sie Angst, Alex im neuen Jahr wiederzusehen? Nein. Es gab keinen Grund dazu. Es war ja nichts passiert. Sie und Yann waren unversehrt. Jedenfalls wenn sie vorsichtig war. Wenn sie die dünne neue Haut über ihrem Herzen nicht wieder wegkratzte.

Ihr Silvesterdinner bestand aus allem, was sich in ihrem Vorrat für besonders faule Tage fand. Sardellen aus der Dose, Artischocken aus dem Glas, Büchsenpfirsiche, Gänseleberterrine, bittere Orangenmarmelade, gesalzene Butter und frisch aufgebackene Brötchen. Es hatte nicht allzu viel Stil und machte in der Kombination auch nicht richtig Sinn. Es war ein Mahl so fett und disparat wie das Fernsehprogramm.

»Der schon wieder!«, rief Gerda, als sie in einer Sendung über die emotionalsten Momente des vergangenen Jahres F. an einem gediegenen Kaminfeuer sitzen sahen. Neben ihm saß eine Frau, mit der er sich auffallend gut verstand. Ihr Kleid war eine Sensation. Yanns Mund stand für einen Augenblick offen, Gerda sah ein Stück nass gekautes Brot auf seiner Zunge.

»Erkennst du die Frau?«, fragte er.

»Nein.«

»Doch! Das ist unsere Nachbarin.«

»Die alte Krähe? Niemals!«

»Sie heißt Valerie.«

Er wirkte verstimmt. Und verstummte. Gerda war fasziniert, die Krähe hatte sich tatsächlich in eine Diva verwandelt. Sie wirkte zwar noch immer, als sei sie im Grunde ihres Herzens eine böse Frau, aber eine mit riesigem Talent für den Effekt und die Kamera.

»Ich gehe Schnee schaufeln«, sagte Yann, »muss mich noch etwas bewegen.«

»Klar, mach nur.«

»Und jetzt«, sagte der Moderator, der mit Valerie, F. und einer Missen-Blondine am Kamin saß, »jetzt kommen wir zum schönsten Teil des heutigen Abends – reden wir über die Liebe! Was fällt euch persönlich zum Thema Liebe ein? Ich möchte mit der Frau in unserer Runde beginnen, die gewiss sehr viel Erfahrung in Sachen Liebe hat. Valerie, darf ich bitten?«

»Mit der Liebe«, sagte Valerie, hielt vielsagend inne und legte ihre Hand auf die Lehne von F.s Sessel, »ist es doch wie mit der Literatur. Oder jeder andern Kunst. Sie macht uns das Vertraute fremd und das Fremde vertraut.«

»Wow«, sagte F. ergriffen, »niemand sagt das so treffend wie du.« Er küsste ihre Hand.

»Willst du uns damit sagen, dass die Liebe eine Kunst ist?«, fragte der Moderator.

»Natürlich«, sagte unvermittelt die schwangere Ex-Miss, »ich sag nur Ovid. *Ars amatoria*. Die Liebeskunst.«

»Bevor wir allzu philosophisch werden«, unterbrach sie der Moderator hektisch, »schlag ich vor, dass wir uns die schönsten Liebespaare des vergangenen Jahres gemeinsam anschauen. Liebe Zuschauerinnen und Zuschauer zu Hause: Haltet eure Taschentücher bereit. Denn: Das. Geht. Ans. Herz!«

Es ist wichtig, im alten Jahr alles zu Ende zu bringen, aufzuräumen, lästige Pflichten zu erledigen, sagte sich Gerda. Sie ging in den Keller, nahm das Einmachglas mit dem erst ein Mal gebrauchten Pinselreiniger vom Regal und suchte im Werkzeugkasten nach dem Schleifstein, zu dem ihr Yanns Vater geraten hatte. Sie trug das Glas und den Stein in die Küche, tränkte einen Lappen mit Pinselreiniger und begann, ihren Stechbeitel von den eingetrockneten Tapetenresten zu befreien. Dann hielt sie den Stein unters fließende Wasser, zog die Kanten des Werkzeugs wieder und wieder mit gleichmäßigen Bewegungen darüber. Das Schleifen und Schärfen hatte etwas Meditatives, sie liebte es und bedauerte, dass sie erst über Yanns Vater dazu gekommen war, es hätte ihr und ihrer Mutter früher viel Ärger mit stumpfen Scheren und Messern erspart. Vielleicht hätte sogar das Essen ihrer Mutter ein bisschen besser geschmeckt, wenn sich Gemüse und Fleisch in zartere Stücke hätten zerteilen lassen.

Der Fernseher plapperte weiter: »Ich dachte, ich tanze mit einem Schmetterling oder einem Engel«, sagte der Fußballer, der mit seiner Eistänzerin zum Liebespaar des Jahres gekürt worden war, »ich dachte: Wenn du diese Frau nicht festhältst, fliegt sie sofort wieder davon.«

Sie überlegte, was sie in den nächsten Tagen kochen könnte, sie wollte sich besondere Mühe geben, vielleicht einen Braten, der vierundzwanzig Stunden lang in Rotwein eingelegt war, dazu Kartoffelgratin, etwas Behagliches, was der Kälte widerstand, der Schnee war seit Heiligabend überraschend heftig und trocken gefallen, die Temperaturen würden weiter sinken, es hieß, im Januar sei mit Eisschollen auf See und Fluss zu rechnen. Sie trat ans Fenster. Wo Yann so lange blieb? Das gedämpfte Scharren der Schneeschaufel war nicht mehr zu hören. Der Pfad durch den Vorgarten war frei, das Stück Weg vor ihrem Grundstück ebenfalls. Und weiter, bis zum Endes des Grundstücks der Nachbarin. Und der Pfad durch ihren Vorgarten. Es waren ebenmäßig gezogene Linien, die ihre Haustür mit der von Valerie verbanden, als hätte jemand ein geheimes Netz zwischen den beiden Häusern offengelegt.

Yann war nicht zu sehen. Das heißt, doch, ganz deutlich sah sie ihn jetzt, er stand mit Valerie in ihrem Wohnzimmer am Fenster und tat was? Schauten sie zu ihr hinüber? Das Licht einer Lampe warf ihre Silhouetten als Schatten auf den Schnee. Lang und scharf wie Messer. Gerda konnte nicht einschätzen, wie nah sie beieinanderstanden, ob nur eine Handbreit oder ein halber Meter zwischen ihnen lag, aber ihre Schatten kamen sich näher, überschnitten sich und wurden zu einem einzigen schwarzen Dolch im Schnee.

Eine Ahnung kroch ihr Rückgrat hoch, Wirbel für Wirbel, ein Verdacht. Nein, sagte sie sich, ich bin bloß paranoid, Yann ist nicht wie ich, er ist besser als ich. Valerie jedoch traute sie alles zu, die war eine verzweifelte alte Frau. Ob sie Yann retten musste? Es wäre ganz einfach, sie könnte mit einem Crémant bei Valerie klingeln und ihr zum Fernsehauftritt gratulieren, das wäre souverän. Sie suchte nach einer Flasche und ging zur Garderobe. Vergrub ihr Gesicht in dem dunkelgrauen Wollstoff von Yanns Mantel, dachte, mein Mann, das nächste Jahr wird wunderbar. Für uns. Sie war sich nicht sicher, woher sie diese Gewissheit nahm, aber sie war gut darin, sich Dinge einzureden, das hatte sie sich mit Alex bewiesen und das würde sie sich jetzt wieder mit Yann beweisen. Sie freute sich auf den nächsten Tag, sie würden einen langen Schneespaziergang machen, unterwegs etwas essen, vielleicht in diesem Gasthof am Waldrand neben der Eisbahn. Nach dem Essen würden sie Schlittschuhe mieten, es wäre der verzauberte Neujahrstag eines Liebespaars.

Sie nahm den Mantel vom Bügel, zog ihn über, steckte ihre Hände in die Taschen und fand darin eine Tageskarte der Berliner Verkehrsbetriebe. Und ein sorgfältig gefaltetes Stück schwarzes Papier. Sie strich es glatt. Die Rückseite war weiß. Sie las: »Falls du mal wieder meine Augenfarbe wissen möchtest.« Die Worte sprachen von Vertrautheit. Von Sehnsucht. Von Körpern, die Gefallen aneinander fanden. Wie lange schon? Deshalb also war Yvonne nach dem Spaziergang mit ihrem Bruder so seltsam gewesen. Weil sie es gewusst hatte. Eine jähe, bittere Übelkeit raste durch Gerdas Magen und hoch in ihre Speiseröhre. Hitze erfasste ihre Brust und ihr Gesicht. In ihr starb jeder Traum und sie wusste: Zwischen Yann und Valerie hatte keine Handbreit mehr Platz, zwischen Yann und Valerie gab es jetzt nur noch Dinge, die ineinander Platz finden wollten.

Der Dolch im Schnee stach zu. Zerschnitt die dünne neue Haut. Alle Wunden lagen offen. Das also war die Realität, der sie ihre überhitzte kleine Liebesfantasie geopfert hatte. Sie wollte zu Alex, wollte sagen: »Yann betrügt mich. Wohl schon länger. Und ich hab mich in dich verliebt. Sehr sogar. Schon vor Monaten.« Nein, so was machte man mit siebzehn oder dreiundzwanzig oder im Film. Wo war er eigentlich? Skifahren mit den Eltern wahrscheinlich. In einem Luxusresort irgendwo in den Bergen. Nicht mal er konnte sich dreihundertfünfundsechzig Tage im Jahr von seinen Eltern fernhalten. Würde er dort an sie denken? Und wie? Sah er ihre Hand, wenn sich Schneeflocken auf seinen Ärmel legten? Erregte ihn die Erinnerung an ihren Mund, spürte er irgendwas, wenn er sie vor sich sah? Sah er sie denn je? Oder nie? Und Yann: War er etwa nicht nur mit seiner Chefin, sondern auch mit Valerie in Berlin gewesen? Gleich mit zwei alten Frauen also? Hatte er etwa einen Fetisch? Bewahrte er die Fahrkarte auf, weil sie für ein paar Stunden der Geliebten gehört hatte? Mit ihr unterwegs war, während er auf der Tagung vor sich hin dämmerte? War er eifersüchtig auf die Karte? Alles war immer vorstellbar. Darin lag die ganze Grausamkeit der Einbildung. Doch ihre Fragen waren hinfällig. Es war zu spät. Mit der Liebe war es wie mit der Arbeit: Sie war das Glück der anderen. Nicht ihres.

Sie ging zurück in die Küche und legte ihre Hand auf einen der Steine in der offenen Wand. Es war, als berührte sie das Herz ihres Hauses, es pulsierte zustimmend. Sie fragte sich, ob sie ein letztes Mal am Computer nach dem grünen Punkt suchen sollte, doch es ergab keinen Sinn, seine Anwesenheit hätte sie vollends versengt, seine Abwesenheit ebenfalls, und sie brauchte jetzt ihre ganze Kraft. Sie berührte die Dinge mit einer letzten Zärtlichkeit, den Tisch, den Stuhl, auf dem Alex vor wenigen Wochen gesessen hatte, die Tür, durch die sie gleich gehen musste. Sie griff nicht nach dem Crémant, sondern nach ihrem geschliffenen Werkzeug, dann trat sie nach draußen und begab sich auf den Weg, den Yann allzu sichtbar freigeschaufelt hatte.

Die Nacht war klar, ein kleiner Mond schimmerte durch die Kälte, in den kahlen, schwarzen Zweigen des Apfelbaums glaubte sie Kreuze zu erkennen. Noch ein Mal blickte sie zurück, doch das Haus schwieg. Sein Herz, dachte sie, schlug, wie jedes Herz, einzig um seiner selbst willen. Sie musste gar keinen Schritt von ihm weg machen, es zog sich unbarmherzig von ihr zurück, es war wie in ihren Träumen, am Ende war sie ganz allein. Konnte Schmerz eine Spur hinterlassen? In ihr drin öffnete sich ein feuriger Korridor, ihr Blut verbrannte.

Während Gerda bei Valerie klingelte, zeigten unzählige Bildschirme im ganzen Land, wie eine Frau im roten Kleid mit jedem Wort schöner wurde. Ihre Attraktivität wuchs, während die Bedeutung der Dinge, über die sie sprach, schwand. Aber wer kümmerte sich am frivolsten, da letzten Tag des Jahres schon um Inhalte? Wer die Frau kannte, staunte. Wer sie noch nicht kannte, war hingerissen. Ein junger Unternehmer, der sich auf einer Neujahrsparty der Kempinski-Gruppe feiern ließ, machte heimlich mehrere Screenshots mit seinem Handy. Bang fragte er sich, ob sie nach diesem Auftritt ihre Verabredung für den zweiten Januar noch einhalten würde.

Als Valerie die Tür öffnete, sah Gerda sich genau dieser Frau gegenüber. Und sie sah sich selbst in einem Spiegel hinter ihr. Sie schaute ihrem Spiegelbild in die aufgerissenen, vom Gang durch die Dunkelheit beinahe schwarzen Augen, schaute in sich hinein und spürte, wie das Biest sich regte. Sich auf die Frau konzentrierte. Auf die Ader, die tief unter der Haut zwischen Ohr und Schlüsselbein pochte. Dann setzte es zum Sprung an.

Ich danke Sara und Elena für das Lektorat. Und Daniela für die Liebe.

KEIN & ABER POCKET

Simone Meier
Fleisch

»Eines der Bücher, die man in einem Rutsch liest
und dann gleich noch mal.«
Spiegel online

Ein lustvoller, lustiger Liebesroman über Menschen, die mit dem
Jungsein und dem Älterwerden kämpfen. Und damit, dass ihre
Fantasie die Realität um Längen schlägt. Aber manchmal ge-
schehen Dinge, die hätten sie sich selbst nie vorgestellt.

Roman
Taschenbuch, 256 Seiten
ISBN 978-3-0369-5973-3

www.keinundaber.ch